★ 冷面傲嬌捉妖侯爺 × 嬌貴災星皇族公主

★ 人氣古風大神「白鷺成雙」虐戀大作！

★
隨書附贈
《長風幾萬里》
絕美明信片
將書中的浪漫收藏心間！

「就算我如願上了九重天，殿下也還是我的妻子，
天上人間，妳沒一處躲得掉。」

目錄

第94章　女帝

明珠臺門口圍了許多的精銳官兵，雖然被沸騰的百姓打了個猝不及防，但等他們反應過來，將這些人鎮壓下去也只需半柱香的功夫而已。

半柱香之後，百姓四散，為首的幾個被禁軍抓住，看樣子要落獄。

計畫裡該做的事已經做完了，坤儀這時候只需要回明珠臺裡去，爛攤子交給三皇子來收拾就可以了，但她看著下頭粗暴押解著平民百姓的禁軍，突然就覺得不太爽快。

抬頭看向遠處氣喘吁吁的三皇子，坤儀問他：「今日若來犯的是妖兵，不是百姓，你當如何？」

三皇子被侍衛護得牢牢實實，身上未曾有什麼髒汙和傷痕，但他惱極了，滿腔怒火地站起來：「我是未來的帝王，妳豈敢……」

「我問你話！」

坤儀冷了臉色，一聲叱下，如寒風捲面，凍得三皇子一個哆嗦。

他眉毛猶橫著，氣勢卻是弱了一些：「禁軍自然不是妖兵對手，我等當撤。」

「禁軍護著你撤了，百姓呢？」她聲音更厲，「你這些禁軍，難不成專是欺壓百姓用的，遇強則弱，遇弱則強?!」

外頭一萬多禁軍呢，被她一介女流當面說這種話，心裡多少有些不忿。

漂亮話誰不會說，但凡人怎麼能打得過妖怪啊，不還是白白送死？

三皇子也有些下不來臺：「一介女流，妳懂什麼！」

說著，像是賭氣似的對下頭吩咐：「將這些暴民統統關進大牢，等著秋後處斬！」

坤儀聽得瞇了瞇眼，攏在袖子裡的手突然就捏了一個訣。

她也不記得這訣什麼時候跟秦有鮫學的，但當真想用的時候，使起來還挺俐落，這邊手一收攏，那邊三皇子的脖子就像是被什麼給掐住了一般，眼瞳驚慌地睜大，想叫卻叫不出聲，臉上漲得通紅。

近侍發覺了他的不對勁，連忙扶著他問：「殿下怎麼了？殿下？」

三皇子直擺手，想讓秦有鮫救他，可秦有鮫與宗室族老一起已經在混亂中離開了，現下只有他帶著禁軍，與那妖婦遙遙對望。

不妙，實在不妙！

三皇子一邊捂著自己的脖子一邊猛拍車輦上的椅子扶手，示意他們快走，可他的笨蛋屬下壓根沒明白他的意思，看他氣得臉色通紅，又猛地揮手，恍然大悟地對他道：「卑職明白了！」

然後就對著下頭招手吩咐：「查封明珠臺，留下坤儀公主性命，其餘的人一律帶走！」

「是。」下頭當即有人領命。

三皇子氣得差點白眼一翻暈過去。

這裡有三萬精銳和一萬禁軍，咬咬牙狠狠心直接將坤儀公主殺了，今日之事就算朝臣會有非議，也沒有別的嫡親皇室可以選擇了，皇位該是他的還是他的。

但是，宗親族老們都走了，坤儀眼下若是化妖將他們都殺了，誰來當見證啊？

三皇子想跑，他扶著桿子就想下輦。

他的笨蛋屬下十分殷勤地道：「殿下莫慌，這路哪用得著您親自走？我讓他們抬您進去！」

說著，一群人抬著他的車輦，浩浩蕩蕩地就往明珠臺大門裡闖。

坤儀看著車輦上自家姪兒驚恐又絕望的眼神，忍不住嘆了口氣。

她很有禮貌地往庭院裡退了幾丈，給他們讓開道，然後就看著打頭的幾百精銳連帶著吱哇亂叫的三皇子一齊闖進了門，開始查封她的府邸。

明珠臺很大，也很華貴，地上隨便踩著一塊都是能雕物件的玉石，是以這幾百人進來之後壓根沒多打量，急吼吼地就開始搜刮。

三皇子原本對財寶是感興趣的，但眼下，他只看得見自己的姑姑。

他的姑姑微笑著看著他，眼裡卻滿是遺憾。

這神情太像在看一個死人了，三皇子想起那日在她府裡看見的東西，不由地雙腿打顫，扶著車輦落到地上來，膝蓋一軟就朝著她的方向跪下來了。

「姑姑。」他顫抖著聲音道，「妳我終究是一起長大的，妳成全姪兒一回又如何啊，何至於鬧到這個地步。」

「這要是太平盛世，我便點頭了。」坤儀嘆息著一步步朝他走近，「但你這樣的性子，做得了盛世的昏君，在亂世怕是不到三月就要連累盡了大宋的百姓。」

三皇子覺得荒謬，一個婦道人家，說什麼家國天下，更何況她是誰？驕奢淫逸慣了的坤儀公主，誰說這話都可以，她說出來沒半點分量。

心裡不屑，但眼瞧著周遭的光都暗了下來，連帶著四周的人和聲音都漸漸遠去之後，三皇子覺得還是識時務者為俊傑。

他連連點頭：「只要姑姑助姪兒一臂之力，姪兒必當做一個亂世裡的明君。」

「哦是嗎我不信。」坤儀攤手。

三皇子又惱了：「妳就是想篡位！」

「原先沒這個想法，但眼下確實是想了。」她歪著腦袋仔細思量，「我不是可靠的人，但你更不是，矮個子裡拔高個兒，那便我去吧。」

三皇子氣極反笑：「妳休想！父皇臨終之時，說好了讓我繼位。」

提起自家皇兄，坤儀心情還有些複雜。

她原以為皇兄是在為當年讓自己去和親而愧疚，所以臨終之時將那麼多封地都給了她，但如今瞧著，她的皇兄恐怕不是沒有過別的心思。

悶嘆一聲，她擺手，完全無視了三皇子的惱怒，輕聲道：「就這麼定了吧，等我將這位子坐順了就還你。」

「妳真是痴心妄想……」三皇子破口大罵，剛要叉著腰借借力，就感覺眼前一黑，驟然失去了知覺。

「用術法壓人是不太好的。」送走他，坤儀看了看自己的指尖，認真地道，「……但是爽。」

不懂事的姪兒想殺她，她卻沒想要他的性命，早先就在門口埋下了千里符，將他送去幾千里外的莊子養幾年便是了。

至於剩下的人——

坤儀以擅闖明珠臺的罪名，將他們統統打入了典獄。

動手的是上清司臨時借調來的警察，做事乾淨俐落，很多人都沒反應過來，轉瞬就到了典獄司的牢房裡坐著了。

他們不少人要反抗，要求見三皇子，要求伸冤，但典獄司的獄卒們人手兩個紙團，將耳朵堵嚴實了，任由他們怎麼喊叫也不管。

至於三皇子，一開始還有人詢問他的下落，後來發現張皇后都不著急，並且對坤儀突然搬進上陽宮的舉動毫無反對之意時，眾人就不問了。

朝中的風向在一層又一層的秋雨裡打了幾個彎兒，突然就往女帝的方向吹了。

這個時候的朝堂是最精彩的，能看見好多從前絕不待見她的大臣，如今紛紛睜著眼睛說瞎話，歌頌她勤儉節約，歌頌她愛民如子。

坤儀倒是沒有急著登基的意思，她先去跟張皇后說了三皇子的去處，得了她鳳印和龍璽雙蓋允准之後，便開始以輔國之名，坐朝聽事。

這些事在短短半個月裡就落定了，順利得不像話，當聶衍站在她下首對她拱手道喜的時候，坤儀還有些恍惚。

「您如今可以行玉璽，主朝事。」聶衍淡聲道，「若不是國喪仍在，舉行登基大典也是可以的。」

坤儀好笑地問：「登基之後可以開後宮麼？」

聶衍面無表情地道：「隨妳。」

說是這麼說，她一問這個問題之後，聶衍就再也沒提過登基大典。

西邊多城的妖禍已經蔓延到了盛京的郊區，原先盛慶帝為了防備上清司，不曾給那邊增派多少人手，坤儀接了玉璽，第一件事就是重用淮南，將他擢升成了平西將軍，命他帶三千道人，以法器和法術為便，運送援軍和糧草趕往西城。

她這舉動有人稱讚，倒也有人不贊同：「殿下，如今國庫空虛，實在無法支撐這麼大的消耗。」

見她無動於衷，戶部的老頭子急了：「妳知道三萬援軍一日需要多少糧草麼？那可不是妳在街上布幾個粥棚就能養得過來的，增援過去這麼多天，想平定禍事少說也得撥下三十萬兩雪花銀，妳知道國庫裡現在就剩多少銀子了，還能這麼大手大腳……」

嗡嗡嗡的，吵得坤儀腦仁都疼。

她從奏摺堆裡抬起頭，問戶部的老臣：「五十萬兩銀子夠不夠？」

老臣一呆：「五……五十萬？」

不耐煩地擺擺手，坤儀對旁邊已經變成大宮女的蘭苕道：「妳快帶他去拿銀子，別在我耳邊一直唸了。」

蘭苕點頭，優雅地給老臣帶路：「大人這邊請。」

被殿下這豪氣萬丈的模樣給震驚了，戶部尚書半晌也沒回過神，跟著蘭苕走出去了好長一截路，才想起來吞吞吐吐地問：「殿下的私庫裡出？」

「大人放心，一應流程，魚白姑姑晚些會帶著殿下的私印去都辦好的。」

誰擔心流程了！戶部尚書眼睛都紅了：「那可是五十萬兩！」

「嗯。」蘭苕雲淡風輕地帶他去了上陽宮旁邊臨時改的小帳房裡，抽了厚厚的一打銀票放進他懷裡，「殿下不摳門，給錢很俐落，但只一點，銀子花了不心疼，若是落在不該落的口袋裡，大人可就要小心了。」

第95章　睏倦

戶部尚書三朝為官，第一次遇見這種事。

哪朝的帝王不是費盡心思地從國庫裡給自個兒摳錢啊？頭一回瞧見有人不摳反送的，而且這一送還就送了半個國庫，誰拿著不覺得燙手啊！

深思熟慮之下，老尚書覺得這小妮子可能是在考驗自己坐著戶部這肥差，會不會中飽私囊？

他才不會，他是全大宋最清白的官兒了。

只是，下頭的人他管不住啊，這小丫頭初初輔國，雖然讓身邊的女官放了狠話，但銀子當真落去哪裡，她哪有空去挨個查？

憂愁萬分，老尚書抱著銀票走了。

坤儀一連在書房待了七日，才將喪儀期間三皇子疏漏了的摺子給處理完。

她扶著門出來，打算去寢宮，卻撞上了一堵人牆。

外頭朝陽初升，坤儀一宿沒睡，睏頓萬分，瞇著眼看了好一會兒，才認出聶衍的輪廓。

「你做什麼？」她啞聲問。

聶衍很是不經意地道：「路過。」

才不是路過，她最近這般重用上清司，他早就該來找她談話了。

撇撇嘴，坤儀掩唇打了個呵欠，順手牽過他的衣袖：「有什麼事去寢宮說吧。」

背脊微微一僵，聶衍臉上難得有了些不自在：「就在前殿說了便是了。」

睏得要命的坤儀才不管他，拉著人就走。

兩人最近都很忙，大抵是因著利益一致，關係和緩了不少，雖然聶衍覺得坤儀待他是與從前有些差別，但總歸是能正常說話了。

聶衍想過自己該不該與她和解，但她從頭到尾都沒有在意過他的感受，他這樣自己生氣又自己消氣，未免太為她省事兒了。

可眼下，她這麼睡眼惺忪嬌嬌軟軟地拉著他往寢宮走，聶衍連腳步都下意識地放輕了些。

沉重的雕花大門在兩人身後闔上，坤儀已經是閉著眼在往床榻的方向摸了，只是她還不太熟悉這裡的路，走兩步撞著花几，再走三步就撞著屏風，正當她撞得不耐煩了的時候，有人將她抱了起來，囫圇塞去了床榻上。

還沒來得及道謝，坤儀就睡著了。

她漂亮的臉蛋上少見的有了眼下青，烏髮鬆散，整個人疲憊得不像話，半張臉都陷在被子裡，還發出了輕微的鼾聲。

聶衍先前的彆扭消散了個乾淨，敲了敲自己的額頭暗罵自己多想，又不由地皺眉。

什麼事能讓她累成這樣。

高貴的玄龍是不覺得人間的俗務算什麼要緊的事，揮揮手就能歸置好，為什麼要勞心勞力熬七天，笨蛋才做這事兒。

但眼下這個笨蛋不但做了，看那鬆緩的眉眼，似乎還覺得自己特別棒。

無奈地嘆了口氣，聶衍以神識傳話去問黎諸懷：「西城那邊如何了？」

黎諸懷回他：「眼看著那霍安良要兵斷糧絕了，誰知咱們這位坤儀公主突然讓附近的屯兵增援，還從盛京調度了人手和糧草，怕是有得忙活了。」

聶衍沉默。

黎諸懷輕嘖了一聲：「你該不會想幫她跟我們自己對著幹吧？」

「沒有。」他漠然地道，「我只是覺得如若真要僵持，不如改個法子。」

那頭的黎諸懷聞言，當即如同被點炸了的炮竹：「你說什麼？大人你清醒一點，我們先前之所以選這條路，不就是因為沒別的路好選了麼？天神面前，凡人哪裡敢撒謊，只能讓他們親眼看見，親身經歷，才能替你龍族洗清冤屈！」

聲音太大了，吵得慌，聶衍當即閉了他的神識。

黎諸懷氣得在上清司裡走來走去：「我早料到他是這麼個瘋子，當初就絕不為了讓他出力就撮合他和坤儀，這坤儀是給他下了什麼咒了，要他什麼也不顧地就替她想法子？大事已經成了一半了，豈有因為一個女人停下來的道理！」

朱厭被他晃得腦袋都暈，連忙安撫他坐下：「你冷靜些，大人有他的道理。」

「他能有什麼道理？」黎諸懷暴怒。

朱厭憨笑：「虧你是個動腦子的，往日裡淨說我是武夫，這道理竟沒我想得明白？先前盛慶帝與我們為敵，不肯合作，大人才決定走那狐族的歪路子，如今若是坤儀殿下肯合作，咱們成事不就快得多了麼？」

黎諸懷一愣，倒是漸漸冷靜了下來。

可冷靜一想，他又撇嘴：「坤儀殿下能憑女兒身和一封大家都不知道內容的密旨坐上輔國之位，你真當她是傻的不成？她是凡人，也恐懼妖怪，眼看著自己的家國山河被妖怪侵奪，竟還能一心一意幫著聶衍重回九重天不成？」

「那我可不知道了。」朱厭擺手，「就想著殿下如果能幫忙，那自然是更好的。」

他一個以力氣大聞名的妖怪，難得想對了一回地方，坤儀從輔國的第一天開始就在思量要如何與聶衍取得雙贏。

她不覺得自己這肉體凡胎能鬥得過九天玄龍，但也不覺得凡人合該任他們宰割，大家有商有量，各取所需嘛。

上清司至少明面上還是為民除害的斬妖部門，當下很多活兒要倚仗他們去做，坤儀不吝嗇重用他們，但同時，得想辦法約束一些藏匿其中的食人妖怪。

盛慶帝沒能解決這個難題，但坤儀覺得她可以，畢竟上清司六司主事曾經是她的枕邊人。

兩人雖然已經回不到過去那纏綿的樣子了，但坤儀覺得，做好表面功夫是不難的，比如她一覺睡醒，一定要悠悠抬頭，用毫無防備的睡眼對上他鴉黑的眼眸，再露出恰到好處的震驚和喜悅，柔柔地問：「伯爺怎麼在這兒？」

聶衍坐在她床邊，面無表情地抬了抬自己的衣袖：「被殿下強行拉拽過來，聽了殿下一晚上的鼾聲。」

坤儀：「……」

什麼表面功夫，不做了！

甩開他的衣袖，她起身下床，瞥一眼外頭擦黑的天色，沒好氣地坐到桌邊：「蘭茗，餓，飯。」

門被推開，蘭茗送了三碟菜並著一碗軟粥上來，又恭敬地退了下去。

坤儀優雅又迅猛地進食完，抬眼看向還坐在自己身邊的人：「西邊的妖禍再平不了，我便打算親自去。」

眉心幾不可察地皺了皺，聶衍抿唇：「殿下去能頂什麼用。」

「除妖滅魔啊。」她大方地指了指自己後頸上的胎記，「夠她吃的吧？」

想起青雘，聶衍倏地就按住了她的手腕。

力道大了些，疼得坤儀一縮。

他沒察覺，只沉著臉道：「若將她餵飽了放出來，妳這天下死的就不是幾萬人爾爾了。」

「我知道。」掙開他的手，坤儀有點委屈，「我比誰都清楚她恢復了幾成，你慌什麼。」

「咯咯咯。」青雘突然在她腦海裡笑出了聲。

坤儀不爽地與她暗語：「別出來打岔。」

「我睡飽了，不能笑一笑麼？妳難道不好奇聶衍為何這麼怕我出來？」

「還能為什麼，他恨妳唄。」

「他恨我就應該讓我出去，然後親手殺了我報仇，可他連見我都不敢。」笑得越發放肆，青雘嬌俏地道，「我猜他心裡還有我，妳猜呢？」

坤儀懶得猜，猜中又沒禮物。

她下意識地把青艧往黑暗裡按，不一會兒，還真就沒聽見她的聲音了。

坤儀不由地看了看自己的手。

「青艧變強的時候，妳似乎也在變強。」聶衍漫不經心地說了一句，「如果妳能抓緊修煉，那平日裡吃掉幾隻妖怪也不打緊。」

但西邊，她不能去。

坤儀撇嘴，她現在都忙死了，哪來的閒工夫修煉道術。

喝光碗裡的粥，她嘆了口氣：「畢竟夫妻一場，他日我若當真登基，你也是皇夫，就算念在百姓都是生靈的份上，也請伯爺讓他們少造殺孽吧，我願意想辦法替你們龍族澄清。」

「妳想辦法？」念起舊怨，聶衍臉色微沉，「天神能看穿凡人所有的謊言，妳若不是親眼所見，就幫不了我。」

擺擺手，坤儀道：「我不用親眼所見，青艧知道的事，我都知道。」

青艧在黑暗裡一愣，突然破口大罵，她權當沒聽見，只認真看向聶衍霎時亮起來的眼裡：「你保我大宋免於妖禍，我還你們龍族清白。」

聶衍沒表態，但看他的表情，坤儀知道這件事有得談。

「殿下。」蘭苕突然很為難地進來了，看了聶衍一眼，沒吭聲。

坤儀了然地對聶衍道：「伯爺回去好生想想？」

「告辭。」他在這兒坐得夠久了，她不留，他自然要走。

只是，看蘭苕那神色古怪的樣子，聶衍還是沒忍住留了個耳朵。

於是他走出去幾丈遠之後，就聽得門關上，蘭苕跪地道：「相府送來了二十個……二十個品貌不錯的公子給您，說是相爺親自挑的。杜姑娘的意思是您挑一個今夜過去，也好讓相爺有個臺階下。」

先前杜相和坤儀鬧得那麼不愉快，如今坤儀輔國，他又為相，若是不和解，這朝事也不好處理。

坤儀沉默片刻，當即笑了：「還是杜相懂我，這便去看看吧。」

第96章　大動作

杜相那老頭子確實不好相處，人也強，但眼下她還有許多事要倚仗他，這人辦大事又不賴，是以杜蘅蕪給這臺階很不錯，坤儀提著裙子就打算去下。

然而，儀駕剛走到一半，郭壽喜就躬著身子匆匆忙忙地來攔駕了。

「殿下，前頭走了水，您且別過去。」

掀開面前的垂簾，坤儀滿頭問號：「這禁宮內一向巡邏嚴謹，怎麼會突然走了水？」

郭壽喜苦著一張臉：「奴才也不知，剛想去芳華宮傳話讓那些個人準備接駕，誰料還沒走到宮門口，就看見了濃煙滾滾，執仗隊已經趕過去了。」

芳華宮？

坤儀嘴角幾不可察地抽了抽。

怎麼就這麼巧，送來的美人兒們前腳剛放過去，後腳這宮裡就走了水。

她撐著下巴想了好一會兒，問郭壽喜：「昱清伯這幾日在何處下的榻？」

郭壽喜恭敬地答：「伯爺為國鞠躬盡瘁，最近一直下榻中樞院。」

中樞院就在上陽宮前頭，位於後宮之前，前朝之後，除了辦事的主殿，還有好幾個供大臣休息的側殿。

「那就過去看看吧。」她漫不經心地道。

郭壽喜連忙去開路，蘭茖走在坤儀身側，忍不住低聲問：「殿下覺得是伯爺所為？」

除了他，坤儀想不到誰還有這樣的神通。

可是，他做這等無聊事幹什麼，難道就為了不讓她看美人？

手捏得緊了緊，坤儀撇嘴。

不可能的，他那樣冷酷無情心懷大事的人，哪有空與她玩這些呷酸吃醋的小孩子把戲。連她的性命都不放在眼裡的人，又怎麼會在意別的。

心裡這麼想著，儀駕落在中樞院側門的時候，坤儀心跳得還是有些快，她按下了郭壽喜的通傳，端莊地捏著裙擺跨進門去。

「伯爺討厭。」何氏的嬌聲從屋子裡傳了出來。

腳下一頓，坤儀覺得自己心口的躁動霎時平靜了下來。

她皺了皺眉，收回了想去敲門的手。

宮中是不能帶側室來的，他是得多想人家，才能這般費工夫地把人留在中樞院親熱。

什麼情啊愛的，玄龍的心裡哪會有這個，短命的人對他而言不過是玩物，今日逗逗這個，明日逗逗那個，什麼呷酸吃醋，他哪裡會，就算真會，也不過是不想自己的東西給了別人。

那才不是心悅，是玄龍天生的霸道而已。

坤儀在門口站了一會兒，像是想通了，轉身回上陽宮，讓郭壽喜傳杜相面談。

話直說為好，她眼下也沒有要與杜家作對的意思，杜相只要願意與她一起穩住這江山，她甚至還能給杜素風追封。

至於那二十個美人，她就收去京中的私塾裡讓他們學驅妖，有所成者，可脫賤籍為官。

這一番坦誠相待，杜相十分動容，美人不美人的也隨她了，畢竟她未曾正式登基，後宮也沒開，在這緊要關頭沉迷溫柔鄉也不合適。

消息傳到中樞院，聶衍倒是有些過意不去了。

他起身又坐下，端了茶又放下。

「大人，您要是實在難受，不如就將何氏徹底消了，然後去給殿下軟言兩句。」夜半看不下去了，「她都肯為您散盡美人兒了，您非留著這何氏做什麼。」

聶衍抿唇。

他哪裡是非留下何氏，就是方才縱火燒宮的行為太過明顯了，若被她上門來問，他肯定是遮掩不過去，又要被她調笑，只能拿何氏來打個幌子。

誰料她們也不進就走了。

原以為她是生氣，可她回去又將人都散了。

是不是太傷心了，所以在跟他低頭？

聶衍喜歡看她低頭，但想著她傷心了，又有點不知所措。

這會兒能過去麼？過去的話說什麼？

他要是將心思表現得太明顯，會不會成了青腰手裡的把柄？

顧慮重重，聶衍站在側殿裡，遲遲沒有動。

夜半忍不住嘆了口氣：「主子，凡人跟咱們不一樣，有些東西是不能算計太多的。」

越算計越抓不住。

聶衍沒聽這句話。

都是妖怪，誰能教誰什麼？夜半連自己的事兒都沒處理好，又哪能來給他出主意。

時候不早了，他想，明日再說吧。

然而第二日，西邊三城出了事。

原本因著坤儀能做他的證人，聶衍已經讓黎諸懷將西城的事緩了緩，妖兵都隱匿了去，也不再繼續往盛京攻打。但不知為何，命令下去了，西邊三城的封主還是在一夜之間被妖怪咬死，屍身懸掛城牆之上，引發眾怒。

「真是欺人太甚！」林青蘇站在朝堂上拱手，「殿下，臣願意請命，增援西城。」

坤儀揉著額角坐在朝堂一側的鳳椅上，還未開口，就見杜相黑著臉站了出來：「你一個文官湊什麼熱鬧，讓你出去，他們還真當我大宋無人了。」

說著，朝坤儀拱手：「龍魚君擅長道術，讓他帶兵過去增援，想必能有助益。」

「殿下，妖怪數量不多，但因著妖術懾人，讓許多士兵不戰而逃，眼下我方最缺的是士氣，應該派個德高望重的人去。」

「臣舉薦昱清伯爺，當今朝野，無人比昱清伯爺更能勝此重任。」

「可是昱清伯爺畢竟是伯爵，身上沒有武職，上清司又需要他坐鎮。」杜相猶豫地道，「還是另選個人為妥。」

聶衍捏著一個上清司已經讓皇族宗室畏懼不已，再將兵權交一部分到他手上，皇室中人誰能睡得安穩？

杜相考慮得很周到，然而架不住這朝堂上力挺聶衍的人眾多。

「微臣以為，上清司還有六司主事在任，伯爺離京並不會有什麼影響，沒有武職也不是什麼難事，殿下給一個便是了。」

「是啊，伯爺功績累累，除了他，誰還敢掛帥出征，抵抗妖禍？」

「臣也覺得昱清伯爺掛帥最妥。」

不少人出列，紛紛為聶衍請帥，杜相背後冒汗，這才發覺聶衍在朝中的勢力遠比自己想像中更大。

帝位空懸，坤儀一個女兒家輔國，朝中沒幾個能幫她說話的人，他們安分了一個月，終究是向她亮出了爪子。

聶衍若是掛帥，這大宋的天下以後誰說了算就真不一定了。

正為難，杜相就聽得鳳椅上那人輕笑了一聲。

「本宮與昱清伯爺新婚燕爾，各位大人竟也能狠得下心在這時候要他掛帥，留本宮獨守盛京？」坤儀俯視著眾人，戴著金色護甲的手有一下沒一下地點著椅子扶手，「於理合，於情卻是難容。我朝一向以情理治天下，眼下雖無帝王，卻也不能做這等事。」

都幾個月了，還新婚燕爾？

下頭的人議論紛紛，氣氛卻是緩和了一些，畢竟昱清伯爺是駙馬，與他們老宋家是一家人，掛帥並非只是朝堂之事，也是家務事。

那就沒必要那麼針鋒相對了嘛。

坤儀笑瞇瞇地坐著，等他們議論了一輪，才正兒八經地開口：「與其讓伯爺掛帥，不如讓本宮掛帥，伯爺為軍師，再帶龍魚君為從翼將軍，出征西城。至於盛京，便由杜相與宗室幾位族老一同鎮守，普通奏摺照例交由中樞院，緊急的摺子直接送到西城。」

她說完，看向下首第一排站著的聶衍，笑問：「如何？」

群臣面面相覷，杜相卻是笑了：「殿下聖明。」

「可是殿下，西城環境艱難，您……」

「就是因著環境艱難，才該本宮去。」坤儀拂袖，袖子上金色的鳳凰烈烈展翅，飛起又垂落在鳳椅兩側，「若我皇室只會躲在黎民百姓身後安逸享樂，又該如何服眾？」

聶衍被她這氣勢鎮得挑了挑眉。

他記得自己第一眼看見她的時候，還覺得這是個禍國殃民的女人，骨軟肉嬌，蠶食民脂。如今才過了多久，她嘴裡竟也能說出這樣的話來。

是什麼時候變成這樣的？他不由地深思。

旁邊的人見昱清伯爺完全沒有反對的意思，臉上甚至有一絲讚賞，也便沒有多說了，連忙順著坤儀的話拱手：「殿下聖明。」

「殿下聖明。」

朝上的官員一個又一個地低下頭，有人不服，想再爭一爭，被旁邊的人使了眼色，倒也將話咽了回去。

杜相驚奇地發現，坤儀這個占盡便宜的議案，竟然被昱清伯爺給通過了。

軍師沒有兵權，卻也要他出力，龍魚君從四品的武職突然升到二品，還是手握兵權的從翼將軍，昱清伯也沒反對。

換做先帝這樣提，他早就翻臉了。

不過，坤儀公主竟然願意放棄盛京的榮華和安穩，親自掛帥，這也是杜相沒料到的。他原以為她只是圖好玩趕走三皇子自己來繼位，誰料在大局面前，竟比三皇子還拎得清些。

眼裡浮出些讚賞之意，杜相跟著眾臣拱手低頭。

下朝之後，聶衍站在了上陽宮裡。

坤儀一邊讓蘭苕收拾東西，一邊問他：「伯爺還有別的事要吩咐？」

閉了蘭苕的視聽，聶衍略為歉疚地道：「我也不知道西城那邊是怎麼回事，我的人應該沒有動手。」

坤儀擺手，十分想得通：「林子大了什麼鳥都有，你們的勢力大了，也就難免混進來一些只想分一杯羹而不想聽話的人，怪不到伯爺頭上。」

第97章　誤會

不知為何，她這麼大度，聶衍反而有些不自在，他捏了捏自己的手腕，悶聲道：「我不至於對女人食言。」

「伯爺待女人一向極好，本宮省得。」

「……」哪裡就是這個意思了！

上前兩步，他道：「你們人間的權勢於我而言沒有半分作用，妳既願意作證，待九天眾神出關之時便可隨我去不周山，我又何須再添殺孽。」

坤儀似笑非笑：「伯爺怎麼著急了？我雖沒什麼本事，倒也不至於將這件事也怪在伯爺頭上，只要伯爺願意助我平了西城之亂，去不周山時我必定知無不言言無不盡。」

她說話聲音很溫柔平和，像潺潺溪流，不急不躁，可始終像是缺了點什麼。

聶衍有些煩。

他拂袖揮掉四周的屏障，看向蘭苕：「夜半不會收拾東西，待會兒勞煩妳一起將我的東西與殿下的放上一輛車。」

蘭苕微怔，心想夜半不是挺會收拾的麼，上回還傳授她獨特的折衣法子。

一扭頭對上後面瘋狂眨眼的夜半，蘭苕抿唇，屈膝應下：「是。」

夜半鬆了口氣。

等聶衍沉著臉自己去了中樞院，他連忙去找到蘭苕：「好姑娘，幫我家主子給妳家殿下說說情，他當真不知道西城之事。」

蘭苕白他一眼：「家國大事，是你我能議論的？」

「哎呀，我怕主子回去又睡不好覺。」夜半直撓頭，「他高傲了幾萬年了，從沒跟人低過頭，也不知道有些事要怎麼原諒妳們殿下，所以彆扭到了現在……」

「你等等。」蘭苕停住步子，睇了睇眼，「你家主子在我家殿下生病之時納妾，還有什麼事需要他來原諒我家殿下？」

心口起伏，蘭苕越想越氣，放下手裡的衣裳，雙手叉腰瞪著夜半：「知不知道為人駙馬是不能納妾的，否則就是在打皇室的臉！換做普通人，你家主子得推出去砍腦袋！」

夜半被她突如其來的怒氣嚇了一跳，連忙低聲哄：「好姐姐，我哪裡說這事兒了，妳消消氣，先前不還說得好好的……」

「我那是看在三皇子那事兒上你幫了我家殿下，才對你顏色好些。」蘭苕橫眉冷目，「但你若要藉著這點事欺負我家殿下，我告訴你，沒門！」

「誰能欺負得了她，姐姐誤會了。」夜半哭笑不得，「我說的那事，是指殿下與伯爺的第一個孩子。」

聞言，蘭苕胸口起伏更大，「你還提這事，想往我家殿下傷口上撒鹽不成?!」

夜半很莫名：「殿下自己打掉的孩子，談何傷口撒鹽？」

蘭苕氣得眼睛都紅了，重新抱起衣裳，推開他就走。

「誒，好姐姐，這事兒妳得說清楚，我們家大人為這事難受到如今了，若有誤會，那可真是冤枉死了。」夜半連忙追上她，亦步亦趨。

蘭苕正眼也沒瞧他，只道：「小產之事，殿下毫不知情，還是後來才發現的。」

夜半大驚，下意識地就抓住她的胳膊：「怎會？殿下不是自己喝的流子湯，還將藥罐子砸碎埋在了府邸後院？」

蘭苕皺眉：「你們怎麼知道藥罐子在後院？」

「黎大人帶我家主子去找的，看了個當場。」夜半撇嘴，「主子便覺得殿下心裡沒他，只是在算計他，所以後來才氣成了那樣。」

「……」蘭苕覺得不太對勁。

她停下來仔細想了想。

自己當日去抓藥，為了避人耳目，特意去鄰街的小藥鋪抓的，那藥抓回來，也沒敢讓府裡的大夫看，徑直就熬了給殿下喝了。

普通的避子湯怎麼會落子，黎諸懷怎麼又恰好能帶伯爺去找藥罐子碎片？

心裡亂成一團，蘭苕抓著夜半的手道：「你讓你家伯爺去查，原先御賜的府邸鄰街那間小藥鋪，與上清司有沒有關係？」

這都不用查，她一報藥鋪夜半就知道：「那是上清司的據點之一，黎主事有兩個行醫的徒弟在那邊坐堂看診。」

蘭苕冷笑：「那此事你便去問黎主事好了，我家殿下被迫小產，小產之後又要面對伯爺突然納妾，一捧熱血被他涼了個徹頭徹尾，能熬著與伯爺過到今日已是不錯，伯爺就莫要再奢求別的了。」

說罷，一拂袖，氣衝衝地就抱著衣裳走了。

夜半很震驚。

他料想過無數種坤儀公主的心思，獨獨沒有想過這件事可能是個誤會，而且還是自家大人誤會了她。凡人何其脆弱，傷身和傷心都能去掉半條命，殿下那麼嬌弱的人，先是小產，再是面對伯爺的背叛，還要笑著給他納妾，再面對自家皇兄的病逝，伯爺的權傾朝野……

神色複雜，夜半幾乎是僵直了雙腿回到中樞院的。

他沒敢直接告訴聶衍這回事，怕他殃及池魚，只敢在他睡著的時候，將白日裡聽見的這些話用神識一股腦地傳給他。

傳了就跑，跑得越快越好。

出征的日子定在兩天之後，坤儀養精蓄銳，打算當天英姿颯爽地給眾人鼓舞士氣。然而不知為何，聶衍突然就帶了他的枕頭來，悶不吭聲地站在她的床邊。

坤儀是不會禮貌地請他上來睡的，她抱著自己的被褥，和善地問他：「伯爺睡不好覺？是不是中樞院的被褥不乾淨？本宮這便讓魚白給您送新的過去。」

聶衍張了張嘴，沒說出話來，只用一種懊惱又溫柔得人毛骨悚然的眼神望著她。

坤儀覺得很稀奇：「跟何氏吵架了？」

「沒有何氏。」聶衍垂眸，「我是新學會了以泥土造人的法術，想使出來多練練，所以才有了她。」

這是女媧祕術，他無意間學會的，練熟了往後上九重天與女媧見面，也能多個籌碼。

坤儀抿唇看著他，顯然覺得他這個說法很荒謬，但她卻沒繼續問他什麼，只配合地道：「原來是這樣，伯爺真厲害，他日若上九天為神，也別忘了澤被大宋一方國土。」
說著，扯了被子就要繼續睡。
聶衍攔住了她。
他問：「我納何氏的時候，妳是不是很難過？」
坤儀樂了。
你瞧，這世上就是有這麼無恥的人，傷害了妳還覺得挺好玩，非要妳自己承認了難過他才有成就感一般。
拂開他的手，她微微一笑：「男兒本就喜歡三妻四妾，本宮生性風流，十分能理解伯爺，斷不會為這等小事難過。」
說著，叫來蘭苕：「讓魚白給伯爺送新的被褥去中樞院。」
「我想睡在這裡。」他微惱。
坤儀皮笑肉不笑：「我這床有些小。」
聶衍沉默地看了一眼這丈寬的大床。
坤儀挪了挪身子，整個人呈大字將床占住：「就是有些小了，擠得慌，伯爺請吧。」
「西城剛剛送來邸報，說有大妖作祟，使得霍安良都受了重傷，性命垂危。」聶衍半闔了眼，淡淡地道。
臉色微變，坤儀心口緊了緊。
她已經很對不起錢書華了，霍安良若再死在西城，她以後下黃泉都沒臉見她。

眼裡的抵觸毫無痕跡地切換成了熱情，坤儀掀開被褥，大方地朝他拍了拍床榻：「伯爺既然有救人之心，那便一定要好生歇息，養精蓄銳。」

蘭苕抿唇退下了。

聶衍絲毫不客氣地躺去她身側，坤儀下意識地往床裡讓了讓，卻被他攔著腰撈回懷裡，死死按在心口。

有些涼的背脊被他炙熱的胸口一覆，坤儀抿唇，不適地動了動腰。

「對不起。」她聽見身後的人突然說了一聲。

睫毛顫了顫，她閉著眼睛，假裝沒聽見。

聶衍說完這三個字，也不知道該說什麼了。

他無法形容自己知道那件事的來龍去脈之後的心情，將心比心，他也不知道這段日子坤儀是怎麼過的。

一開始她當真很喜歡他，看見他的雙眼都發光。

可現在呢？

他不敢問。

凡人的情緒好生複雜，比修煉複雜一千倍一萬倍，她若是像別的妖怪那樣，給上幾百年的修為就能平息一切仇怨就好了，可她是凡人。

抿了抿唇，聶衍抱緊了她。

坤儀假睡著，不明白這人為何會突然這樣，但是眼下西城情況緊急，京中也還有眾多事務沒清，她才沒空管他的情緒，想膩歪就膩歪好了，只要他肯幫她的忙。

她不是只會兒女情長的傻公主，他自然也不是什麼能把情事放在第一的糊塗蛋，兩人適當演演戲就得了，還真當能愛得死去活來？

至少在何氏出現之後，她是不會了。

陷入夢境之後，坤儀看見了青雘。

不知為何，今日的青雘顯得格外的焦躁，瞥了她一眼，想動怒又將自己的情緒壓了下去。

她說：「我們妖族是最會演戲的，這世上所有的妖怪，除了我和樓似玉，沒人會全心全意為妳的性命考慮，妳最好不要掉進奇怪的陷阱裡，因小失大。」

坤儀翻了個白眼。

青雘當即大怒：「妳當我說笑不成？」

「不是。」她懶洋洋地道，「我覺得妳說的有道理，所以此去西城，妳一定要保住我的性命。」

提起西城，青雘的臉色就好看了很多。

她哼笑道：「妳如今想做什麼聶衍都不會攔著，就只管去，再大的妖怪遇見我，也能被我吃進肚子裡。」

第98章　救治

青艧不太喜歡坤儀，畢竟她是封印自己的容器，誰有毛病才會喜歡一個監牢。

但眼下，青艧覺得坤儀挺天真可愛的，一點心機也沒有，為了活命和守護她的國度，竟就答應讓自己去吃妖怪。

聶衍明明都說過利弊，這小傻子完全就沒聽進去。

青艧笑瞇瞇地想，沒聽進去好啊，她去的地方妖怪越多，她恢復得也就越快，到時候將這個小傻子吃了，她的煩惱也就沒有了。

坤儀看著興奮不已的青艧，一句話也沒說，只任由她蹦來跳去地高興。

一般帝王出征，場面都十分盛大，但坤儀一來並未登基，二來大張旗鼓離開盛京也會讓權貴們不安，於是出征這日，她挑了一處空地，帶著人馬和糧草，一句話也沒說就站上了千里傳送陣。

聶衍站在她身側，十分正經地對她道：「人多，妳若不拉著我，待會兒落地說不定就被擠走了。」

坤儀完全沒懷疑，聽話地就抓住了他的手。

她昨兒特意剪了指甲，長長的護甲也取了，一雙小手又白又軟，沒有任何尖銳的地方，握著叫人心也跟著一起軟下來。

聶衍幾不可察地彎了彎嘴角，捏緊她，啟動了陣法。

按理說其實大軍出行一般是用不上這麼奢侈的方式的，畢竟上清司道人的法力有限，凡人自己行軍也不過三五日就能到西城，可不管黎諸懷怎麼抗議，聶衍就是要選傳送陣，並且一人出力，用不著任何人幫忙。

黎諸懷很疑惑，他問夜半：「你家主子該不會是因為心疼那嬌公主旅途顛簸吧？」

夜半笑著搖頭：「怎麼會呢，這是最快平定妖禍的法子了。」

說罷，將一紙調任書放在了他手裡。

黎諸懷打開一看，好懸沒氣背過去：「又讓我去守不周山？理由呢！」

夜半拱手：「主子說您昨兒吃飯的時候掉了筷子，影響氣運。」

黎諸懷：．．？

怎麼不說他吃飯的時候用了嘴呢？

來不及多說，法陣亮起，後頭上萬人源源不斷地走進光裡，轉瞬就出現在了千里之外的駐軍大營。

坤儀一落地就鬆開了聶衍的手，四處打量，發現營裡只剩幾十個巡邏駐軍，她按下身後跟隨的眾人，讓他們別發出動靜，然後獨自去尋中帳。

結果還沒靠近就被人攔下了：「什麼人！」

步子微微一頓，坤儀低頭看了看自己身上簡單的布衣，笑著朝那人道：「來送信的。」

「送信？」小兵猶豫了一下，伸手就要來接她手裡的東西。

坤儀笑瞇瞇地將手遞過去，手掌一翻，卻是將一張顯形符貼在了這小兵的額頭上。

說時遲那時快，黑氣如同噴薄的泉湧，霎時從這小兵的額頭上衝出來，片刻之後人皮落地，一隻獐子妖尖嘯著朝她撲過來。

青臒察覺到了妖氣，十分興奮，連吃飯的圍兜都給自己圍好了。

然而下一瞬，坤儀竟然自己出手，甩出三把桃木匕首，將這獐子妖扎了個魂飛魄散。

「妳做什麼！」青臒大怒。

坤儀看了看自己的手，笑著安撫她：「這種沒道行還要剝人皮來偽裝成人的妖怪，哪裡夠妳吃的，我就能解決，等後頭遇見大的，再求妳幫忙。」

再小的妖怪也是肉啊，她怎麼能自己動手？

青臒很生氣，可坤儀說的語氣太真誠了，她又覺得沒道理發火。

不過，她原本不是學不會道術的小廢物麼，怎麼這會兒殺起小妖怪來，也挺順手的？

青臒想啊想，沒想到答案，乾脆也就繼續等了。

坤儀的動靜很小，弄死這一個之後就知道這營裡的人多半已經被殺光了，為了不打草驚蛇，她特意讓聶衍動手，悄無聲息地將剩下的妖怪全部收拾了，才開始搜查中軍帳。

霍安良渾身是血地躺在中軍帳裡，一息尚存。

聶衍倒是個講信用的，當即鎖住了他的魂魄，又用自己的一滴血給他療傷。

勾魂的小鬼就在不遠處了，眼瞧著那魂魄上生出玄龍的印子來，哪裡還敢動手，連滾帶爬地就走了。

霍安良重傷之中竟也醒了過來。

他睜眼看見床邊站著的坤儀，以為自己在做夢，誰料這人卻對他道：「叛亂的妖怪還多著呢，你這會兒若是就死了，我朝裡可找不出第二個人來接你的任了。」

還真是坤儀的聲音。

霍安良嗆咳兩聲，被聶衍扶著坐起來，有些恍惚地道：「殿下怎麼親自來了。」

「特意來給你添麻煩的。」坤儀掃了一眼他身上的傷口，語氣很是輕鬆，「給你兩日功夫，養好了便帶我去城裡看看。」

霍安良深吸了一口氣。

他有太多話想說了，比如先感謝她，若不是她輔國之後立馬增援，他們全得死在西城。比如現在西城已經淪陷了大半，進城是不可能了，只求今晚能守住駐軍營。再比如，那些瘋狂吃人的妖怪，怎麼能叫叛亂的妖怪呢？這天下難道還有順服的妖怪不成？

大抵就是想說的話太多，他沒能說出來就嗆咳得暈了過去。

身上的傷重的已經看得見白骨，輕的也是大片烏青帶著血口子，若是以前，坤儀看一眼就要吐了，可眼下，她愣是仔仔細細將霍安良身上的傷看了三遍，而後才對聶衍道：「麻煩你了。」

聶衍雖也有些感慨，但一聽她這客氣的話，心裡便不舒服了：「妳替外人與我客氣？」

「這不叫客氣。」坤儀嘆了口氣，「你救他，你也得花費心神和精力。」

「那也用不著妳來說這話。」他皺眉。

坤儀沉默。

她覺得現在的昱清伯十分小氣，總是在意一些奇怪的事情。

不過，眼下他能救人他就是老大，坤儀調整了一下心態，立馬用十分熱情的表情對他道：「伯爺最厲害了，這就交給伯爺了，我去外頭歇會兒等著你好不好呀。」

她說得嬌嬌嗲嗲的，就連旁邊的蘭苕聽了都直皺眉。

但聶衍莫名地受用，他鬆開了眉心，朝她擺手：「去吧，箱子裡帶了菓子，妳自個兒吃些。」

蘭苕：「……」

這是什麼奇特的嗜好。

駐軍陣營被清理乾淨，帶來的援軍全數入駐，四周被重新落下法陣，只是，這附近的妖怪數量十分懾人，夜晚光聽著各路小妖被四周的法陣燒得吱哇亂叫都能聽到天亮，蘭苕和魚白沒一個睡好了的。

坤儀也以為自己不會睡得著，畢竟她認床又嬌貴，這裡的矮榻又硬又潮，她為了輕減行裝，連被褥都沒帶。

但出乎意料的是，晚上回到自己的帳篷裡，她竟然看見了一張熟悉的羅漢床。

「蘭苕也真是的，都說了帶著這個累贅，她怎麼還是帶了。」又高興又惱，坤儀坐上去，一邊責備一邊將自己裹進了被褥。

乾淨清爽的被子，還帶著被曬過的溫暖氣息。

坤儀打了個呵欠，沒忍住就這麼睡了過去。她白天安頓好霍安良，又與城中幾個堂口通上消息，再巡邏了一圈陣營，實在是乏了。

可青䑋不乏，她精神地奪過坤儀的耳朵，仔細聆聽遠處的聲音。

聶衍坐在營地邊緣的大石塊上，正在與朱厭說話。

朱厭勘察了一番城內的消息，頗為苦惱：「黎主事糾集的這幾個族類都非善類，有利肯來，無利卻不肯走，待在那城裡每三日至少能有一個人吃，若是退出去，又不知要在深山老林裡餓上多久，是以，他們派了人來談條件。」

聶衍聽得冷笑：「跟我談條件？」

朱厭聳肩：「他們的意思是，若族中各有一人能追隨您左右，此番就算將幾座城池拱手相讓也未嘗不可。」

追隨他左右，那可不只是送來當隨從那麼簡單，想必是打他要上九重天的主意，想跟著撈一個仙官做做。

聶衍瞥了一眼他們的族類名目，淡聲道：「若我不允呢？」

「不允，便只有打。」朱厭遞給他一張圖，「城中百姓已經被他們圈養起來，吃男不吃女，女子留著生子再吃。」

「……」聶衍突然抬頭，「我化出他們的時候，有給過他們這麼大的戾氣？」

「大人未曾如此。」朱厭抿唇，「但飛禽走獸行於世間，多為凡人所圈養宰殺。」

這只不過是以彼之道還施彼身。

造物主需要對自己做出來的東西的本性負責，但後天養出的東西，實非他之過。

收了圖紙，聶衍道：「就算是生了報復之心，若沒人教唆，牠們也做不出這麼有條理的事。」

獸性凶殘，比起圈養，牠們更喜歡的一定是直接捕殺食用。這城中的妖族這麼快知道他來了，還提出這樣的要求，很難不懷疑背後有人在通風報信。

身邊的風突然怪異地停頓了一瞬。

聶衍側頭，冷冷地看向某個方向，眼裡殺意頓起。

青䨼嚇了一個趔趄，趕忙將身子還給坤儀，坤儀被她這劇烈的動作驚醒了，睜開眼有些茫然地看著四周。

眼前風一般地跑來一個人，她怔愣，抬頭看過去，就見聶衍皺眉看著她，還伸手探了探她的額頭：

「殿下可有什麼不適之處？」

第99章　出征

她這麼嬌弱的身子，被青臒這麼奪神識應該很難受。

可眼前這人只像是睡糊塗了，呆愣愣地看著他，然後歪了歪腦袋，像是沒聽懂他在說什麼。

聶衍的心突然就軟了軟。

他將她抱起來，自個兒坐去羅漢床上，然後攏過被褥來將她與自己一起裹了：「衣裳也不換就睡，不硌得慌麼？」

軟巴巴地打了個呵欠，坤儀含糊地嘀咕：「我這衣裳好歹也是布的，外頭的難民還穿粗葛布呢，他們都沒嫌硌得慌，你怎麼這麼麻煩哦？」

好麼，當初不知是誰半點不懂天下疾苦的，如今倒還反過來教訓他了。

聶衍莞爾，將她塞在被窩裡蓋好，而後在四周落下了一個結實的結界。

結實到日上三竿的太陽都照不進來。

於是第二日晌午，坤儀坐在帳中，很是懷疑人生：「我睡了多久？」

「回殿下。」蘭苕沒忍住笑，「六個時辰。」

完蛋了啊，人家皇室親征是為了提升士氣的，她倒是好，換了個地方來給辛苦戰鬥的士兵們表演皇室中人是如何好吃懶做的了？

這威怎麼立！這仗怎麼贏！

「殿下不必驚慌，伯爺一早傳了話，讓您睡醒了再進城都來得及。」魚白道，「他說路不好走，也要清理到那個時候去了……哦對，龍魚君也一起去了。」

坤儀頭上冒出兩個問號：「他一個軍師，跑得比我這個主帥還快？」

「瞧著也是心疼您。」蘭苕難得地給他說了句好話，「不捨得您犯險。」

「我要是怕犯險，就在盛京裡待著不出來了。」坤儀起身，將長髮挽了個最簡單結實的髻，然後換了衣裳，戴上了盔甲，「真要躲在他倆後頭，往後我這主帥就沒地方說話了。」

原本不讓聶衍掛帥，就是為了把兵權捏在自己手裡，也順帶養一養威信，這可倒好，還把她當金絲雀護著呢。

氣衝衝地出營，坤儀迎面就遇見了朱厭。

朱厭朝她拱手，而後道：「西邊三城的妖怪數目多到殿下難以想像，伯爺的意思是讓殿下稍等片刻，再直接進城。」

「不必。」坤儀道，「我們直接追上去，將隊伍匯攏到一處再行軍，也可以避免偷襲。」

「可是……」朱厭忍不住用餘光打量了一圈她這細胳膊細腿，輕輕搖頭，「這外頭不比宮裡，殿下還是莫要任性為好，萬一出什麼意外，軍師和從翼大統領又都趕不回來，那可就糟了。」

這人模樣挺恭敬的，說話都低著頭，但話聽著裡裡外外都是對坤儀這一介女流的看不起，覺得她就是個需要人保護的累贅。

坤儀樂了：「自古以來，有元帥戰死沙場，朝堂問罪副將的嗎？」

朱厭一愣：「這自然是不會。」

「那我都不怕死，你怕什麼？」

「……」朱厭皺了皺眉。

雖然他很感激這位殿下明事理，願意給龍族當證人，但她這驕縱和不管不顧的模樣可真不討喜，萬一出事，還不是得他擔著。

長嘆一口氣，他朝她拱手：「那便隨了殿下吧。」

坤儀清點營中士兵，一個不留，全往城中帶。

「不用留些人駐守？」朱厭皺眉，「萬一營地被妖怪占據……」

「我們最好的營地該是城中。」坤儀道，「有伯爺和龍魚君開路，想必是能進去的，這地方你留多少人都沒用，妖怪若是當真能破了陣法搶占營地，再多的駐兵都是人家的口糧。」

話是有道理，但不符合一貫的行軍規矩。

朱厭也懶得多勸了，他就想看看這嬌公主半路遇見妖怪嚇得花容失色的時候會不會後悔。

援軍取了一條寬闊的山路進城，坤儀沒坐車，改騎的馬，一身銀紅相間的盔甲，倒也挺像那麼回事。

只是，隊伍還沒走出二里地，前頭就撞見了個帶著倆孩子的逃難婦人。

「軍爺行行好，給口水喝吧，我要渴死了。」那婦人摟著兩個孩子就跪在了坤儀的馬前。

朱厭看了一眼，沒吭聲。

坤儀勒馬，十分動容地伸出手——

甩了她一張斬妖符。

霎時，路上血霧爆開，兩個幼童登時化出原形，朝她撲過來。一左一右，是豹子精。

要是以前，坤儀定會先花一炷香的時間想想自己該甩出去什麼符，然後等著青雘來幫她解難，可眼下，她隨手就拔出了腰間佩劍，一劍環斬。

妖血濺了她滿身，腥臭無比。

青色的劍身一點血也沒沾，映出坤儀有些英氣的眉目，可只一瞬，她就將劍收回去，嗔怪地扯著自己的衣裳：「這也太臭了吧。」

蘭苕和魚白都看呆了，雖然先前也知道自家殿下在習道術，可這還是第一回見她用，好生厲害。

朱厭倒是看不上她這點身手，他只是沒想明白：「殿下隔這麼遠都嗅到她們身上的妖氣了？」

「未曾。」

「那殿下如何知道她們是妖？」

瞥他一眼，坤儀哼笑一聲夾了夾馬腹繼續往前走：「若她是人，開口一定會說是孩子渴了，不會說是自己渴了。」

舐犢情深，這妖怪一看就是個沒成親的，半點經驗也沒有，跪下的時候也將兩個孩子拉得一個趔趄，面對這麼多的人馬，也不怕孩子被踩著。

哪有這樣當人娘的。

朱厭若有所思，片刻之後，卻還是道：「這只是小妖，再繼續往前，遇見的妖怪會話也不說直接撲上來。」

「那好。」坤儀甩著韁繩走得更快了些，「我去前頭替你們開路，吩咐後頭的人注意四周，拿穩法器，莫要被偷襲了。」

朱厭：？

這小姑娘不怕死的？

他說西城妖怪多可不是開玩笑的，黎諸懷當初起碼糾集了三四十個族類，按少了算，這城裡也該有幾千頭妖怪。

看笑話歸看笑話，朱厭還是不敢真的讓她出事，看黎諸懷的下場，他才不想回不周山。

於是朱厭吩咐了後頭的人小心，自己也打馬追了上去。

前頭的大路上橫著一根絆馬繩，坤儀瞧見了，定睛看了看四周。

「別看了，十幾頭妖怪，最大的那頭三百年的修為。」青雘突然開口。

坤儀問她：「夠妳吃麼？」

青雘眼眸一亮，卻又含蓄地道：「當個開胃菜吧。」

坤儀毫不吝嗇地帶著她往前去了。

青雘沒吹牛，不管多厲害的妖怪，在她面前都是一口，連第二下都沒嚼就消失在了光裡。

坤儀探了探自己的經脈，微微一笑：「多謝。」

青雘吃得開心，沒空與她搭話，只吐了幾根骨頭出來。

骨頭一落地，就化成了煙。

朱厭追上來的時候，四周安安靜靜的，絆馬繩自己就消失了，那個看起來弱不禁風的殿下正興致勃勃地繼續往前走。

「奇怪。」他嘟囔，「方才還察覺到妖氣的。」

坤儀走得很順當，甚至在一個路口上，還回過頭來救了朱厭一把。

朱厭怕擅長水的妖怪，來的妖怪恰好是食人魚，張口就給了他一個水牢。朱厭正心煩，就眼瞧著坤儀從天而降，一劍將食人魚砍成了兩半。

劍身上溢出來的道氣比方才那一個環斬要濃烈得多，如同清風拂面，將四周的妖氣都捲散了，天地間一瞬鳥語花香，風和日麗。

水牢落下，朱厭僵硬地看著她，有點不好意思。

居然被這個嬌公主給救了。

他搓了搓手，想開口道個謝，坤儀卻像是完全沒當回事，將他的馬牽過來給他，然後就翻身上自己的馬看了看前頭的路：「快了，能看見城門了。」

後半程路，朱厭沒再囉嗦半句，甚至主動替坤儀解決了幾隻上百年的妖怪。

青𦞦在坤儀的神識裡不住地罵他多管閒事，坤儀卻覺得這人好像比一開始看著順眼多了。

傍晚的時候，一行人到了城門口，坤儀清點了人數，一路過來一個人也沒少，眾人都神情興奮，原先有些畏懼的士兵也膽子大了起來，開始主動跟旁邊的人學一些法器的使用。

聶衍沒食言，他將城門打開了，而且進城的官道清理得很乾淨，一點血跡都沒有。

只是，不知道為什麼，這城裡的百姓好像不太熱情，看著他們人馬進城，沒說話也沒動，只躲在一扇扇門和窗戶後面偷看。

朱厭低聲與她解釋：「先前妖兵進城，就是偽裝成了援軍的模樣，殺了不少的人。」

坤儀委屈地指了指王旗：「可我是皇室親征……」

「他們先前也掛了這個旗子。」

坤儀：「……」

說什麼都要把這些妖怪宰了。

聶衍占據了原先的城主府，城主的屍身也已經從城樓上取下來了。

天氣熱，屍體的氣味十分難聞，眾人的意思都是先將城主厚葬，再去報仇，可坤儀按住了他們。

「找城中最好的棺材鋪，給城主打一副最好的棺材，銀子我出。」她道，「再分出八個人來，咱們帶著城主一起去打妖怪。」

這不是白白多花力氣麼？

眾謀士頗有微詞，聶衍倒是點了頭：「按照元帥說的做。」

他不明白坤儀這樣做的意義，但她想做的，他就可以讓她做到。

第100章　元帥辛苦

妖怪偽裝成人不是什麼稀罕事了，為了生存，在這幾十年的流離裡，妖怪們已經逐漸學會了凡人的言行舉止，但獨獨難學會的，是凡人的情感。

簡單愛恨好學，但更進一層的，他們就琢磨不透了。

單獨給城主抬棺，費時費力又費事，在妖怪眼裡屬於坤儀的任性之舉，但真當城主的屍身入了棺，有了靈儀隊之後，城中躲藏的百姓不知為何，就開始敢站在街沿上看他們了。

紛紛揚揚的紙錢落下來，街邊沉默的人突然就落了淚。

「救命啊……」他們啞著嗓子喊，「救命啊……」

小兒啼哭，婦孺跪地磕頭，朝著坤儀立的王旗的方向，不住地哽咽：「城主是為了護下一整個私塾的幼童才死得這麼慘，大人救命啊，城中不剩多少人了……」

「我將小兒塞在地窖裡，原以為能躲過一劫，誰知今天去送飯，只看見了一堆白骨。」

「牠們吃人不眨眼的，誰能救得了我們啊。」

「好些人被關在大牢裡，跟待宰的牛羊也無甚區別了。」

坤儀聽得喉頭發緊，她在大街上勒馬停下來，朗聲開口：「本宮乃大宋坤儀公主，先帝親妹，皇室嫡系血脈。而今率兵討回西邊三城，已將城主府占下並設立了法陣，妖怪莫敢侵也，城中尚活之人，可隨本宮走，去城主府避難。」

朱厭在後頭跟著，聞言有些擔憂地看了前頭的聶衍一眼。

這裡的百姓剛被妖怪用皇室之名騙過，哪裡還肯輕易信這些話，就算殿下說得英氣十足，但又能帶走多少人呢？他們還趕著去攻占大牢呢，這不是白耽誤功夫麼。

正嘀咕呢，朱厭就瞧見城主的家眷都從街口走了出來，匯入了他們隊伍的中段。

城主的家眷都願意相信這人，街邊的百姓也就試探著靠了過來。

清風拂面，化開城裡濃厚的妖氣，坤儀的隊伍所到之處，混沌的天地似乎都晴了。

朱厭沒料錯，確實有人不敢信，但出乎他意料的是，從一條街的街頭走到街尾，匯入他們隊伍裡的百姓也有一百來人。

並且越往後走，人越多。

朱厭很驚奇，他打馬走快兩步，去問聶衍：「他們怎麼就敢信她這幾句話啊？」

聶衍莞爾：「我家夫人說話聲音好聽。」

朱厭：？

道理他都懂，但眼下怎麼看都不是因為這個。

聶衍其實也好奇，但他只看著，不多問，眼裡隱隱還有些驕傲之色。

他的公主原來這麼厲害。

這一路浩浩蕩蕩的，動靜極大，也不是沒有妖怪想趁機混入，好跟著進城主府。但聶衍只坐在馬上往街邊掃了一眼，那些個妖怪就悻悻地隱了身去了。

原本在城中顯著原形大肆殺戮的妖怪，一夜之間彷彿都消失了，街上只多了許多神色古怪的凡人。

「這麼怕他們做什麼，我們分明已經將城占下來了，就算是死戰，我們的人也不比他們少啊。」黑暗裡，有尖嘴的妖怪憤憤不平。

「死戰？」年長些的妖怪輕笑了一聲，「跟誰死戰？昱清伯？那便是他戰，你死。」

「青丘那邊不是說了會幫我們？」

「她是說了，可人家都進了城了，你可見著那狐狸出來幫忙了？」

「這可怎麼辦？」

妖怪們慌了神了，一部分在大牢附近負隅頑抗，一部分藏匿了起來，像從前一樣混在人堆裡，伺機而動。

坤儀親自提著劍將大牢的門劈開了。

柔色的光華自劍尖流遍她全身，若不注意是看不見的，但聶衍恰巧一直盯著她瞧，也就將這一抹光收進了眼裡。

好像比他之前看見的還要厲害一些。

他沒吭聲，只看向她背後胎記的位置。

青臒吃妖怪吃得很開心，但坤儀這麼厲害，她就有了新的煩惱。

原先利用坤儀的身子遞了信給西城這邊，讓這邊幾個妖族鬧大些，好在將來作為威脅玄龍的把柄，給他們在九重天謀一席之地。可誰料聶衍居然親自來平叛了，這些人若將她供出來，那可就不妙了。

青臒的想法很簡單，坤儀反正是要斬妖的，她趁機將他們都滅了口就好了。

可是，西城的妖怪當真比她想的還要多，光是一個大牢就蟄伏著上百隻大妖，其中好幾隻的修為甚至過了千年。她被封印著，身子虛弱，一口氣也吃不下這麼多啊。

眼瞧著又一波妖怪撲了過來，青臒用坤儀的眼睛看了聶衍一眼，心想你堂堂玄龍，難道就拱手站在後頭看你女人自己斬妖？

哎，聶衍還真就這麼做了。

他目光深沉地瞧著坤儀的胎記吞下遠超青臒能吸收的妖怪，見她神色沒有任何異常，便知自己的猜測大約是對的。

多餘的妖力青臒吃不下，她卻是能容納的，她本身就是一個極佳的封妖之軀。

這小姑娘膽子極大，竟然想與青臒那等狡猾的狐狸謀皮。

坤儀帶了三千士兵來大牢解救難民，結果最後是她一個人站在大牢面前的空地上，把衝出來的妖怪都殺退了。

夜半嘖嘖搖頭：「這是不是顯得咱們家大人沒啥本事？」

朱厭深以為然：「聯手都沒抬一下，光站那兒好看了。」

瞥了他二人一眼，聶衍似乎也終於是良心發現了，他抬步走向氣喘吁吁的坤儀，深深地凝視她，然後抬手——

為她擦了擦額上的汗。

「元帥辛苦。」他低聲道，「實乃三軍表率。」

夜半、朱厭：？

就這。

坤儀倒是雙眼亮晶晶的，她仰頭看他，問：「軍師，本元帥這一戰夠不夠名垂青史？」

「以一敵千，殿下已是一代名將。」

坤儀樂了，放回佩劍，抬手就朝後頭的士兵道：「走，去把裡頭的難民救出來。」

皇家公主掛帥，其實眾人都有了心理準備，這人多半是個花架子，真打仗還得靠昱清伯和龍魚君，但方才那兩個時辰，一眾男兒眼睜睜看著殿下劍法術法齊出，還用背後的不知道是什麼的法器收妖，實在是很震撼。

是以，眼下她一聲令下，後頭的隊伍響應的聲音比任何一次都要熱烈：「遵命！」

震天的響聲傳進大牢，裡頭瑟瑟發抖的百姓都以為自己要下鍋了，誰料卻看見一溜兒穿著鎧甲的士兵進來，將牢門挨個打開，又引著人往外走。

「元帥，這麼多人，安置起來有些麻煩。」龍魚君上前來拱手，「城主府附近雖有安全的大宅，但都是些能自己雇傭道人的富貴人家，他們是斷然不肯讓難民進門的。」

坤儀一聽，有些為難：「沒別的地方了？」

「倒是有幾處校場，地方大，但全是黃土，沒別的東西，也安置不了他們。」龍魚君飛快地看了她一眼，又垂眸，「城中因著妖禍嚴重，米糧、棉被等物皆是價格高昂，也曾有人從別的地方運送這些東西過來，但一旦在市面上出現，就會被富貴人家以極高的價格收購。」

富人是不嫌東西多的，災難當頭，他們肯定先保自己的命，窮人為了銀子，就算受到了接濟，也會將東西轉手賣給他們。

坤儀皺眉：「城中富戶幾何？」

龍魚君側身，後頭的一個小吏上來答：「還剩五戶，家宅都在城主府附近，全是商賈起家的，家財頗豐。」

能在這個節骨眼上還能住在城中並且保住全家性命的，也只能是商賈了。

坤儀想了想，對龍魚君道：「讓盛京那邊運送大量草席、被褥和米糧過來。」

龍魚君遲疑：「東西不難，運送也不難，但……」

這些難民拿著就被人高價收購了，如何是好？

「你放心。」坤儀道，「讓望舒鋪子的掌櫃準備充足的貨源和銀子即可。」

龍魚君不明所以，卻還是領命下去了，臨走又看了坤儀一眼，見她手上沾的是妖血而不是自己的血，這才放心離去。

安排好事情，坤儀轉過頭去，想跟聶衍邀功，結果就對上他一雙黑沉沉的眼。

臉上分明沒有什麼表情，可他兀自站那兒，坤儀就知道他不高興了。

「軍師這是怎麼了？」她好笑地湊過去問，「莫非我方才斬的妖怪裡，有軍師的故交？」

聶衍淡哼一聲，拂開她要來捏自己的手：「殿下運籌帷幄，哪裡還用得著軍師。」

旁人聽這話，牙都快被酸倒了，可坤儀不這麼想啊，她眼裡的聶衍哪裡是喜歡兒女情長的人，說這個話出來，一定不是吃味的意思。

難道是怕她影響了他的勢力？

神色嚴肅起來，坤儀一把拉過他的手，將他拉到了僻靜一些的角落裡。

「伯爺。」她認真地開口，「江山社稷離不開您，我今日就算殺敵驍勇，他們最敬仰的滅妖之人，也一定是您。」

所以呢？明知道他就在旁邊站著，她還跟人說那麼久的話，還一直盯著人家看？

聶衍冷笑。

他這一笑，坤儀頭皮都發麻，立馬挺直了腰桿：「答應伯爺之事，我一定會做到，還請伯爺寬心。」

居然還內涵他心胸狹窄。

臉色更冷，他拂袖，越過她就翻身上馬。

第101章　比拚

留下坤儀一個人站在原地很是茫然。

怎麼了？剛才還好端端的，這人的臉怎麼說變就變？

她分明做得很好啊，難民也救出來了，人也安置了，他不誇她也就罷了，這麼難看的臉色是衝誰的？

百思不得其解，坤儀也跟著上了馬。

龍魚君自從入朝為官，氣質變化了不少，原先是有些輕浮嬌軟的，眼下瞧著倒是正派又規矩，他的馬跟在坤儀後頭三個身位的地方，秋風拂袍，滿袖麥色。

坤儀回頭看王旗的時候，正好瞧見他。

龍魚君克制地對她點了點頭，坤儀就也點了點頭。

然而這場面落在昱清伯爺的眼裡，那可就叫一個眉來眼去暗送秋波了。

他突然就勒住了馬。

坤儀聽見聲響，回頭看他：「怎麼了？」

「旁邊有妖氣，我過去看看。」他面無表情地道，「你們先走。」

這哪行？坤儀連連搖頭。

在這妖怪橫行的地方聶衍是不會有危險的，但放他獨自走了，別人就有危險了。

「我陪你一起去，其餘的人先護送百姓往前走，我們稍後追上便是。」她道。

聶衍沒拒絕，卻也沒多說一句話，一扯韁繩就奔向了旁邊的小路。坤儀將兵符扔給龍魚君，囑咐他帶這一隊的人歸府，然後就策馬跟了上去。

龍魚君想攔都沒來得及。

他皺眉看了看四周，一些不起眼的小妖，哪裡就值得聶衍親自趕過去了？

被追趕的小妖也是這麼想的。

牠辛辛苦苦修煉了五十年，連人形都還沒來得及化，好不容易抓著了個小女孩兒，剛咬了一口，就被一掌拍到了牆上。

這一掌的力量之大，牠連反應都沒來得及，就命歸黃泉了。

如果有機會說遺言的話，牠一定會對那個氣勢洶洶的男子問一句話：多大仇啊！

聶衍收了手，將奄奄一息的小姑娘拎在了手裡，轉過身的時候，坤儀正好趕到。

她皺眉看著他粗魯的動作，連忙下馬將小姑娘抱在懷裡，看了看傷勢之後，又上了馬：「先將她送回去吧。」

聶衍半闔了眼：「妳自己回去，我再四處走走。」

坤儀納悶：「你不想跟我一起走？」

「不想。」他背過身去。

後頭安靜了片刻，她沒再說話，馬蹄聲隨後響起，順著小路跑遠了。

聶衍吐了一口氣。

他似乎是有些過於計較了，要是以前，分明壓根不會將龍魚君看在眼裡。但最近也不知怎麼了，總覺得有些慌。

人分明就在他身邊，卻像跟他沒什麼瓜葛似的。

龍魚君待她溫和又尊敬，比他這副冷傲的模樣，不知道好了多少。

眼神黯淡了些，聶衍抿唇看著牆角裡的碎石出神。

身後跑遠的馬蹄聲不一會兒又「嘚嘚」地跑了回來。

聶衍呆住，不可思議地回頭，就見坤儀抹著頭上的汗珠笑瞇瞇地在他面前下了馬來：「我讓他們把孩子先帶回去啦，你還想去哪兒，我陪你。」

日頭照開了西城上頭的烏雲，在她肩上落下一片璀璨來，他恍惚地看著，突然就忍不住伸手，將她攔腰攬過來，按進了懷裡。

「別，全是汗。」

「嗯。」他摟得死緊。

坤儀看不懂他這情緒是什麼意思，方才還那麼不高興的，一轉眼就又好了。

輕輕拍了拍他的背，她問：「這就不惱我了？」

「惱。」他悶聲答，「但可以先不惱一會兒。」

好麼，還怪好商量的。

坤儀哭笑不得地拍了拍他的肩。

照顧美人情緒這方面，她坤儀公主認第二，盛京無人敢認第一，她可不像那些個蠢男人，不知道自己錯在哪裡就不哄不管了，那可不得讓人更氣麼。就要學她這樣去而復返順帶加以關切，簡單，好用。
這麼多年的容華館是沒白混的。
兩人在巷子裡擁了一會兒，坤儀就拉著他回城主府附近的校場了，大事在即，可不是風花雪月的時候。
城主府開始給難民發糧食，米餅和稀粥，配一些野菜，因著城主府的廚房不堪重負，就再加一小袋子米，讓他們自己搭灶。
坤儀先讓人給五家富戶遞了話，想跟他們商量給難民一條活路，結果這五家商戶壓根不買她的帳，大約是想著強龍難壓地頭蛇，第一批米糧剛到，他們的人就開始在附近喊著高價收米。
盛京賣百文一斗的米，他們千文來收，總有難民肯賣給他們，然後自己挨餓，省了銀子下來，城裡卻也買不著別的吃食，只能吃些土餅樹根，想著等能離開這城裡，去別的地方就能過上好日子了。
貪婪又愚昧。
龍魚君看得生氣，與坤儀直言：「不如直接派發土餅好了，看他們這模樣也是不想吃好飯的。」
坤儀搖頭：「那不是人吃的東西，會將人活活撐死。」
「可他們這樣，再多的米糧也填不滿啊。」
「你放心。」她鎮定地道，「咱們的米糧夠。」
趙錢孫李周五個大家聯合起來定了收米糧的價格，又以更高的價格將這些米糧賣給零散的有錢人家，從中牟取暴利。原先城主死了，他們眼看著要沒了活計，正在準備讓道人護送自己和家眷離開，誰料突然來了個坤儀公主。

五大家族瞬間就把屁股放回了凳子上。

公主都來了，城池一時半會肯定滅不了，他們還能多賺些錢。

只是，不知為何，這次他們按照商量好的一千文錢去收糧，旁邊卻出來了個用一兩銀子收糧的商家。

一兩銀子雖然就能兌換一千文錢，但銀子肯定是好過銅錢的，難民當即紛紛湧向這個新商家，換了一些立命錢。

五大家族疑惑，讓人去打聽底細，可這收糧人就像憑空冒出來的，什麼也打聽不出來。

第二日，第三日，難民一半的糧食都被他收了去。

他們坐不住了，開始派道人去將這人抓回來，哪有這樣斷人財路的。

結果派出去的道人沒一個回來的，下次再見，那道人就成了新商賈身邊的護衛。

五大家族嘴都氣歪了，靈機一動，開始向這新商賈大量傾售米糧，想著一個新人能有多少銀子？將他的現錢花光，再把糧價一壓，這小子必死無疑。

結果，一百兩百，一千兩千，無論他們拿多少糧食出來，這個小夥子都能給現銀。

並且，他收來的糧食也沒有高價賣，就囤在了城主府附近的倉庫裡。

「不對勁。」趙家的掌櫃坐不住了，「這別是個來砸場子的。」

「怕什麼，他就一個人，這西城始終是咱們的天下。」錢家掌櫃的安慰他，「再過半個月，他必死無疑。」

說是這麼說，可一日又一日的，城主府裡的飯菜沒斷過，收糧商賈的銀子也沒斷過。

坤儀白日出去清繳妖怪，夜晚就坐在城主府的門樓上，聞著從校場那邊飄過來的米糧香氣。

跟隨的官員裡很少有人見過這賑災的陣仗，不少覺得坤儀公主捨近求遠，將那五個富戶抓起來開倉放糧不就好了，怎麼非要自己花那麼多銀子？國庫多少銀子夠她花啊？

但一向嚴苛的言官這次卻站了坤儀。

「我朝重商賈，輕易殺商賈開倉，於朝根基有損，殿下這樣的舉動恰好，只要她錢糧充足，便能以商賈之道讓那五大家族跪地求饒。」

道理是這個道理，但坤儀公主能有多少錢糧呢？

魚白也好奇地問了蘭苕這個問題。

蘭苕是幫坤儀看著帳的，聞言只淡淡一笑：「他們五家加起來也未必有咱們公主十之一二。」

坤儀為這一場看不見硝煙的戰爭準備了很厚的一疊銀票，銀子從盛京傳過來，比米糧還多，這些普通的商賈是很有錢，但想跟她鬥，遠遠不夠。

眼瞧著想撐死那新商賈是不成的了，五大家族又聯合起來開始抬價，坤儀這邊一兩銀子收，他們就一兩三錢，原想著找回些顏面，誰料新商賈直接掛出了二兩銀子一石的價格。

這到底是誰在抬誰的價？

趙錢兩家怒了，跟著抬價到二兩三錢，其餘三家卻是認了慫，悶頭不吭聲了。

「沒出息。」趙掌櫃指著他們罵，「這時候若不能共進退，往後你們也別指望我們相幫。」

「可是錢當家的，你還沒看出來這人來頭不小？」孫掌櫃弱弱地道，「與其這樣爭鋒相對，不如大家坐下來談一談？」

「你以為我沒想過？」錢掌櫃恨恨地道，「是那邊不肯談，一定要跟我們拚到底。」

那就拚，誰怕誰？二兩三錢的價格，他不信這小子還能更高。

坤儀確實能出更高的價錢，但她沒出。

她讓替她跑腿的徐武衛將之前一兩銀子收的米糧，統統反傾倒給了趙錢兩家。

短短半日，他們派出來收糧的人就灰溜溜地跑了。

「我來賑災，他們居然上趕著讓我賺錢。」坤儀看著帳本，覺得十分稀奇，「還有這種好事？」

蘭苕擦了擦額頭上的汗：「二兩三錢的價格，在盛京能買十石米，有伯爺相助，他們要多少有多少。」

合上帳本，坤儀笑道：「不急，晚上多做兩個菜，等著他們過來用膳吧。」

第102章　面見公主

商賈是最會趨利避害的，眼瞧著那新來的小子軟硬不吃，刀槍不入，就算是有再大的火氣，趙錢兩家看看自家的帳面，也就按下來了。

這麼拚下去不是個辦法，他們是來賺銀子的，沒道理反讓別人把銀子賺了回去。

於是兩家的掌櫃帶著五大家族的掌事，一起親自去徐武衛跟前與他作揖：「勞煩大人引我等見見你家主子。」

一個來歷不明，連名姓都沒聽過的人，怎麼可能是什麼真的商賈，幾家掌櫃想了這麼久終於想明白了。背後若沒有人，這人收的糧又怎麼會送去城主府。

西城已經被妖禍弄得破敗不堪，雖還有數十萬人存活，但要說誰還有本事弄得他們這麼走投無路，那只能是剛進城的這一撥人。

而這一撥人裡，最高深莫測的，便是那傳聞裡權傾一方的昱清伯了。

錢掌櫃畢恭畢敬地抬了二十石白淨的大米做為敲門磚，站在徐武衛面前，將剛進城這一支援軍誇得天上有地下無，末了恭順地道：「我們也沒別的意思，就是各家府上都有地還有糧，想看看大人們需不需要。」

徐武衛一點也沒手軟地收了二十石米，然後就十分爽快地引他們去了城主府裡坤儀住的院子。

原本還算恢弘的城主府，眼下到處都搭著小草棚，草棚裡住著許多嘰嘰喳喳的婦女，後頭好一些的廂房裡也塞滿了老人和幼童，一路走過去吵吵嚷嚷的，嘈雜非常。

掌櫃們哪裡見過這架勢，都紛紛抬袖掩鼻，皺眉而過，走在中間的趙家掌櫃還小聲嘀咕：「救這麼些沒用的玩意兒，真是浪費米糧……」

精壯的男子好歹還有一把子力氣，能幹活兒，女人在他眼裡就是吃白飯的，除了生孩子，半點用也沒有，如何該在這城主府裡，反讓男人都去住外頭的校場？

正想著呢，前頭院子門口就出現了個長得分外清秀動人的姑娘。

「勞煩幾位進來稍等片刻。」她端捏著雙手，微微屈膝，「殿下稍後就過來。」

幾家掌事不由地多看了她兩眼，前頭的錢家掌櫃卻是不樂意了：「我們請見的應該是昱清伯爺，何須驚擾殿下？」

蘭苕皺眉，看向後頭的徐武衛，徐武衛朝他們拱手：「各位要見的，應該就是咱們殿下。」

幾人怔愣，紛紛交換眼神。

殿下，當今的坤儀公主？這嬌女子能說個什麼，倒是比昱清伯爺好糊弄些。

神色輕鬆兩分，這幾人恭敬地行了禮，就進去桌邊坐下了。

剛一坐下，旁邊水靈靈的丫鬟就開始上菜。

這位殿下貼身就只帶了兩個丫鬟，但這兩個丫鬟是當真好看，杏仁眼瓜子臉，看得幾個掌櫃的心猿意馬。

趙掌櫃一開始也瞧了，但瞧著瞧著，他一掃桌上的菜色，臉色瞬變。

「老錢。」他拽了拽身邊人的袖子。

錢掌櫃將目光從丫鬟的身上收回來，納悶地低聲問：「怎麼？」

「你看桌上。」

桌上怎麼了，不就是一桌子菜麼？錢掌櫃正想笑老趙什麼場面沒見過，竟在這兒大驚小怪起來了，結果自己仔細一看，也驚了驚。

像是事先做好的，這些菜已經沒了剛出鍋時候的熱氣，只是尚有餘溫，但一共八道菜，有一道他最喜歡的糖醋鯉魚就放在他跟前。

一道菜沒什麼可怕的，可怕的是趙掌櫃最愛吃的肘子、孫掌櫃最愛喝的龍鳳湯、李掌事愛吃的富貴圓子和周掌事最愛吃的姑蘇糕，都一一擺在他們的跟前。

一道菜可以是巧合，但五道菜絕對不是，更何況其中幾道壓根不是什麼常見菜，在眼下的西城甚至只有他們自己家裡才有原料。

這位殿下是早料到他們會來，並且連他們的口味都知道得一清二楚？

背脊一陣發涼，五個人呆呆地坐在自己的座位上，再不敢亂看了。

隔斷處的珠簾一響，有人進來了。

五個人大氣也不敢出，紛紛起身準備行禮，卻聽得一道分外嬌軟的聲音：「勞各位久等。」

眼前一花，一套紅白相間的鎧甲在他們面前一晃而過。

「不用這麼多禮，坐吧。」她笑著拍了拍桌沿。

要是沒有這一桌子菜，他們幾個心裡肯定會罵這又是個玩世不恭出來瞎搞的祖宗，可眼下，就連趙家掌櫃都不敢輕易出氣，幾個人磨磨蹭蹭半晌，才挺直了背重新落座。

「聽他們說，各位掌櫃有事吩咐。」坤儀拿起筷子，十分自然地吃起自己面前的三盤菜，十分輕鬆地問他們：「何事啊？」

「吩咐……吩咐是萬不敢當！」錢掌櫃擦了擦頭上的虛汗，顫顫巍巍地也夾了一塊魚，卻沒夾穩落進了自己碗裡，「我等就是想著，殿下賑災辛苦，這城裡的妖禍又一時難絕，畢竟都是大宋百姓，我等也想替殿下分憂……」

話沒落音，桌下放著的腳就被旁邊的趙掌櫃踩了踩。

來的時候說好是談生意，這怎麼一張嘴就成了分憂了。

錢掌櫃吃痛，卻沒敢表現，只敢對坤儀笑。

坤儀十分欣慰：「難得城中富戶們有這般為國為民的念想，待本宮回朝，當獎賞這位掌櫃的才是。」

一聽這話，趙掌櫃收回了踩錢掌櫃的腳，立馬道：「我等雖然都是小本生意起家，但在曾經的西邊十三城裡都是有名聲的，未曾遭妖禍的時候，還競過皇商之位。殿下若有需要幫忙的，只管開口。不管是棉花、布匹還是大米小麥，我們這幾家都是足貨的。」

他一開口，剩下幾個掌櫃的都反應了過來，紛紛應和。

坤儀聽得明白他們的話中之意，皇商是個好差事，上可吃國庫，下可享民銀，只是這五家雖然在西城是富裕的，但放在整個大宋來看，未必夠得上。

所以她只笑了笑，繼續夾了菜吃。

不知為何，這位殿下雖然是他們見過最好看的女人了，但她就坐在這裡用膳，就壓得他們幾位大氣也不敢出，甚至開始隱隱後悔自己方才的冒失。

皇商哪裡是那麼好拿的，不過退幾步來說，能拿塊匾額也好啊。

幾人你看看我，我看看你，最後還是周掌事的小聲開口：「我等知道殿下有神通，能從盛京取糧，但如今天下都在遭妖禍，蔓延到盛京是遲早的事，殿下若在此處將米糧都用盡了，將來盛京難免糧食短缺。」

「小的倒是有個拙見，殿下可以一聽。」

坤儀看了他一眼，示意他說。

周掌事連忙道：「我們五家屯糧甚多，足以解西城燃眉之急，殿下若是願意，便用一千文一石的價錢都買去，但也希望殿下，能讓我五家有個安身立命的一官半職。」

商賈雖有錢，但後世子孫不入科考。他們自己去買官，至多買個七品的，還有被查徹的風險。可若不入仕途，再多的家財，也總有拗不過權勢的時候。雖然眼下他們算是跟公主都說得上話，但這是在西城，若不是這麼特殊的環境，他們八輩子也見不著公主一面。

坤儀停筷問他：「家裡有子女能入仕？」

周掌事連忙道：「趙家長子才富五車，只是被家世耽誤了，他比前任城主也是不差的，以前在西城頗有才名，錢家的二少爺會武，也會一些道術，至於我們後頭三家的，都有年齡合適的兒子。」

坤儀挑眉：「竟是沒女兒了？」

「有，女兒自然是有的。」周掌事乾笑，「只是女兒終究要嫁人，要算外姓……」

他話還沒說完，孫掌事就將他拉下來了，自己站起來道：「我家嫡長女會道術，也習過私塾，可以入仕。」

坤儀莞爾，頷首一笑，將筷子放下用帕子擦了擦嘴：「各位慢用，本宮還有別的事要忙，就不遠送了。」

幾人連忙站起來，恭送她出門。

眼瞧著坤儀走遠了，他們才覺得四周的空氣輕鬆了些，不由地跟劫後餘生似的喘起氣來。

「你個沒腦子的！」孫掌事輕踹了周掌事一腳，「也不看看人臉色，坤儀公主不就是以女子之身輔國了？你還敢提外姓。」

周掌事恍然大悟，連連打了自己兩個嘴巴，又問趙掌櫃：「依您看，殿下這是允了還是沒允？」

趙掌櫃臉色不太好看：「難說，咱們開的條件不算好。」

一千文一石的糧食，雖說是按照他們的收購家，一分不賺地出手了，但對殿下而言，這還不如在盛京買糧便宜，更何況她還要搭上五個官職。

但她沒拒絕，是因為她知道他們還會主動來求她。

西城原先的糧價是捏在他們手裡的，但現在，是這位公主說了算。他們若真的要鬥，以這位公主的家底，可以將他們五家嚼碎了吞下。

趙掌櫃頭一次覺得原來女兒家也能厲害成這個樣子。

離開的時候眾人再看見那滿院的婦女，都沒敢再捂鼻了，一個個像霜打了的茄子，灰溜溜地從側門小路離開了城主府。

桌上的菜沒動多少，路過有下人瞧見了，左右看了看，沒經過允准就偷摸將這些菜端出去給了旁邊住著的幾位老人家。

第103章　獎賞

等魚白回去發現菜沒了的時候，她扭著那個自作主張的原城主府的下人，徑直送到了坤儀跟前。

坤儀臉色不太好看：「妳為何擅自做主？」

下人哆哆嗦嗦地道：「奴婢瞧著有魚有肉，隔壁屋子那幾個老人家身子弱，想著與其倒了，不如給他們……」

「拿過去多久了？」她皺眉。

「半個時辰……」

好麼，已經是拿不回來了。

坤儀扶額，語氣都冷了些，「先前的主子沒教過妳，主子的東西只有主子能處置？」

那丫鬟嚇得直抖，可又有些生氣，她們整天大魚大肉的，就拿一些白米出來當恩施，竟還不允許老人家吃些剩菜了，真是朱門酒肉臭。

她就算是擅自做主了，那做的也是好事，難道還能挨頓打？

誒，坤儀還真就打了她一頓，雖然不多，就五個板子。

丫鬟委屈壞了，回房哭了一整夜，原本挨打時答應的「不將此事說出去」也不算數了，哭著哭著就將坤儀數落了一通，什麼浪費吃食，大魚大肉寧願倒掉都不給難民吃，自己享福，讓難民受罪等等。

本來賑災是個善事，坤儀那麼多自己私庫裡的錢糧砸下去也沒圖什麼報答，但人的劣根性就是斗米恩升米仇，這消息傳開，不少難民就有了怨言。

城裡的日子不好過，憑什麼公主就要一頓飯吃八個菜還要倒掉，她們這些人連肉都吃不上一口。簡直過分。

於是，住在城主府的好些人開始不安分了，要麼一個勁想往公主住的院落裡闖，要麼就是砸壞城主府裡的東西。

不知誰傳的流言，第三天，整個難民營都在說這坤儀公主原本就是妖怪變的，不然尋常女子哪有這麼多心眼，能做這麼多事，還能帶兵打仗。

沸沸揚揚的言論甚囂塵上，坤儀站在窗前，將那個挨打的丫鬟按在她身邊，讓她一字一句地聽完這些話。

那丫鬟猶有不服：「妳早分菜下去，什麼事都沒了。」

坤儀冷笑，將碎嘴的人挑出來，與這丫鬟一起，打包送出了城主府。

沒了城主府周圍法陣的庇護，也沒了每日賑災的糧食，她們被外頭的妖風一吹，霎時清醒過來，哭著跪在門口求殿下原諒。

坤儀沒理，她掃了一眼仍舊在院子裡縮著的女人們，冷聲道：「八個菜換妳們家園安寧，你們倒還嫌多了，誰還有怨的，大門就在這裡，慢走不送。」

外頭的日子太可怕，這裡就算不公平，也好歹是不會突然跳出來妖怪要吃人的。公主發了火，剩下的人也就不再嘀咕了，每日照樣做針線、砌磚補院，來換取更多的米糧。

坤儀板著臉就回了自己的院子，恰好撞上提劍歸來的聶衍。

聶衍不知道府裡發生了什麼，這幾日妖兵一直企圖衝破城主府和校場的法陣，他每日都要出門忙活幾個時辰，眼下見她臉色不好，他還以為出了什麼大事。

結果這人走過來，將頭往他心口一撞，然後就這麼抵著，悶聲道：「賑得了災也救不了笨，所以開私塾多重要啊。」

「嗯？」聶衍沒聽明白。

她好似也不是一定要他明白，只自顧自地嘟囔：「分菜下去，不患寡而患不均，沒分到的人該多怨？見過大魚大肉，誰還稀罕白麵米飯，那玩意兒就是倒了也不能給他們看見。」

「老娘自己賺的銀子老娘想吃八十個菜都行，不發威真管我頭上來了。」

「看來是太閒了給她們慣的。」

碎碎唸著，她突然抬頭：「明兒起就讓他們工作掙糧食，老人和幼童可以免費吃飯，但其餘人得自己掙，掙多了我可以給他們折成銀子。」

說著，掐指算了算：「我還剩三千萬兩，他們應該掙不完。」

聶衍將喉嚨邊那句「這開銷很大」給咽了回去，摸了摸她的腦袋，改成了一句：「殿下聖明。」

坤儀終於鬆開了眉眼，這才抬頭打量他，笑眯眯地問：「伯爺這是打哪兒回來，怎麼一頭的汗？」

「收了些妖怪。」聶衍雲淡風輕地道。

夜半被噎住似的在後頭看了他一眼，然後立馬對坤儀瘋狂搖頭：「殿下您別信，伯爺收的肯定不止一些。」

「哦？」坤儀來了興趣，「那是有很多隻了？」

夜半唏噓：「這西城裡最頑固的三個妖族，這幾日被咱們伯爺基本收拾乾淨了，餘下幾個散支，傍晚的時候應該就會來投誠。」

最頑固的三個妖族，坤儀了然地點頭。那應該就是她在山海經裡見過的蠱雕、長右和耳鼠，聶衍曾說過，這三個妖族都十分愛吃人，所以一旦占據了有凡人的城池，也是最不肯退讓的。

但是等等？

坤儀突然想到了什麼。

她扒拉開面前的人，跑回房間裡，將他那卷山海經副冊翻出來仔細查了查，然後又咚咚咚地跑回原處，將面前的人扒拉了回來，愕然地仰頭看著他：「這三個妖族加起來有兩千多隻大妖怪？」

不是那種她可以一劍一隻的小妖，這些上古的妖族，有幾千甚至上萬年修為的，城裡藏著的幾千隻，最低也有幾百年的道行。

他全解決了？

聶衍被她看得不太自在，別開頭道：「用了原身。」

那麼多厲害的妖怪圍攻，他這道術肯定是不夠用的了，是以只能現原形，以玄龍之身將他們盡收。

坤儀一臉崇拜地「哇」了一聲，雙手合十朝他拜了拜，「您可幫了我大忙了。」

原想著還要幾個月才能將這一座城池搞定，誰料這位大爺幾個晚上不聲不響地就替她將最大的麻煩解決了，餘下的一些小妖，完全可以一邊恢復城鎮一邊再抓捕。

她忍不住就拉著他轉了個圈圈。

聶衍被她這奇怪的舉動逗笑了，他伸手按住她的眉心，半闔著眼問她：「殿下可有獎賞？」

「有哇。」坤儀道，「我回去再給上清司劃一塊封地修鎮妖塔。」

臉色一僵，他不太高興：「這算什麼獎賞。」

坤儀愕然地瞪眼，雙手叉腰：「伯爺，您忘記原先上清司要修鎮妖塔耽誤了多久了？現在有本宮做主，你們回去就能修，立馬就能修，這還不算獎賞？」

話是這麼說，但他立的功，她獎勵上清司幹什麼。

從前那麼愛給他送各種金銀珠寶，花裡胡哨的東西，眼下竟是連哄他都懶得花心思了。

垂了眼眸，聶衍不情不願地拱手：「那就多謝殿下了。」

「不客氣。」坤儀恢復了笑臉。

她高興了，青雘聽見這消息可是煩躁得很，她雖說吃不下那麼多妖怪吧，但聶衍一口也不給留是怎麼回事？原本就指著西城這些妖氣來恢復自己的元氣呢。

坤儀倒是看得開，安撫她道：「妳不用著急，後頭還有兩座城呢，這一座城都這麼多妖怪，妳還怕餓著了不成？不妨先修煉修煉，爭取下回能多吃點。」

畢竟是聶衍下的手，青雘再生氣也只能認了，坤儀說得沒錯，她該好好修煉，不然有那麼多的妖怪都吃不了。

可是，她也不知道是什麼原因，分明吃了那麼多妖怪了，修煉起來還是有些虛弱的感覺。

沒有多想，青雘繼續入定。

太陽又升起的時候，整個西城顯得有了一些生氣，街上雖然有很多的巡邏士兵，但出門的百姓也多了，路邊甚至擺起了集市，有賣布的，有賣米的，數量不少，價格也便宜，但限著一個人只能買一份兒。

許多一直躲在家裡的人聽著風聲都趕緊上街來買些米糧和布匹了，誰料一出來才發現，外頭好像也沒先前那麼危機重重了。

精壯的小夥子搭著梯架在修被妖怪撞壞的屋頂和窗簷，遠處還有士兵在幫著修城牆和街道。開澡堂的大嬸燒著熱水，笑瞇瞇地收著難民的一小袋米，給他們安排位置洗漱，又連忙將米匯成大袋，交給家裡的兒媳好做午飯。腰高的孩提懂事地拿著布匹，吆喝著來往買賣。

錢掌櫃站在街頭看著，有種恍如隔世的感覺。

他當然知道西城不可能一夜之間自己恢復成這樣，這都是坤儀拿銀子堆出來的，從難民手裡買她們做好的針線和布匹，再讓不會做的難民拿去賣，賣多了的銀子歸難民自己。

米糧也是如此。

這女子真是有天大的膽子，敢一力撐起整個城池的商貿，也不怕資金鏈突然斷掉，血本無歸。

可想了想這人背靠著國庫，他又長長地嘆了口氣。

「孫掌事。」他對旁邊的人道，「你帶上你那個嫡女，咱們再去見殿下一回。」

孫掌事是求之不得的，其餘幾家人雖也心疼銀子，也不想虧錢，但思前想後，還是都將家裡出息的孩子帶著，跪在了城主府外。

坤儀沒有馬上讓他們進去。

她兀自坐在窗臺邊塗著手上的丹寇，等塗得差不多了，也就收到了徐武衛的傳話。

「他們說，三百文一石，幾乎與盛京平價。」徐武衛佩服地拱手，「恭喜殿下。」

第104章 勸說

坤儀其實做過預算，將他們的價格壓到五百文左右就已經比從盛京弄糧食過來合算了，但沒想到，這幾家大戶竟然肯主動放血。

她將丹寇水撤了，興致勃勃地就讓這些人進來了。

老實說，富商家的孩子養得不差，只是因著銀錢太足，難免有些不知民間疾苦。坤儀一一將他們帶來的孩子看過考過，心裡暗許了位置之後，才應了他們兩家從五品，三家從六品的要求。

原以為殿下還會再壓一壓官階，沒想到竟就這麼答應了，五家人喜出望外，連連謝恩，又將孩子都留在她府上伺候，等著走馬上任。

坤儀沒拒絕。

眼下的西城是個極好的鍛鍊之地，她給這四個少年人和一個姑娘分配了一些簡單的工作，但給他們定了相對困難一些的目標，然後就等著驗收成果。

孫家姑娘分配到的任務是勸說三十家鋪面開張做生意，任務量是最重的，但不到一日，她第一個回到了坤儀身邊。

坤儀很意外，捏了捏她的小臉：「怎麼勸的？」

孫家姑娘秀秀乖巧地道：「我幫爹爹營著三家綢緞莊，所以挑了三十家小布莊，勸說他們只要開門，就給他們平價讓貨，並且分一些固定的客人給他們，開門就能有生意，門口還能分一張驅妖符，是以開了個會之後，他們回去就開張了。」

她說著，歪了歪腦袋：「殿下，我原本能勸動四十家的。」

坤儀正震驚於她辦事的乾淨俐落，聞言又好奇了起來：「還有十家怎麼了？」

眼神黯了黯，秀秀小聲道：「七個當家的死了，都是被妖怪吃了，家裡夫人只想著賣掉鋪面回娘家。還有三個沒了胳膊腿，不願意再出來見人，只說再過些時日，等家裡長子能從盛京回來撐場面再開張。」

坤儀嘆了口氣。

她看了一眼窗外，低聲道：「再過一個月，這裡就能好起來了。」

「以後都不會再有妖怪了嗎？」秀秀期盼地看著她。

坤儀沒敢應。

世人都覺得孩子好騙，但她最不敢騙的就是小孩兒，十四五歲，最是能信人的時候，若叫他們失望了，那可真是罪過了。

想了想，她道：「至少我還活著的話，這樣的大難就不會讓你們再受第二次。」

秀秀眼眸微紅，拉著她的衣袖低聲道：「殿下是我見過最好的女子。」

坤儀抿了抿唇，想笑又怕自己得意忘形，便就忍著。

於是晚上聶衍回來的時候，就看見坤儀褪了鎧甲，穿著慣常的金符黑紗坐在妝臺前傻笑。

他走過去看，以為她又得了什麼玉石寶貝，卻發現她面前是個貴重的漆木盒子，盒子裡卻只放了一朵被壓乾了的小黃花。

小黃花的旁邊，倒是新放了一片銀杏葉子，普普通通的，就是外頭地上都能撿著的那種。

他納悶：「殿下何時對花草感了這麼大的興趣。」

還非要這麼留存下來。

「誰稀罕這些玩意兒，又不值錢。」她撇嘴。

下一瞬，卻又跟藏寶貝似的將盒子蓋起來，用絲綢包了，塞去床下面。

聶衍突然就不高興了。

他問：「龍魚君送你的？」

「哪跟哪？」坤儀白他一眼，「秀秀送我的，她說這是她家鋪子前頭長得最好的一樹銀杏上頭的葉子，她摘的，不是撿的，特來送我。」

神色鬆下來，聶衍有些不自在：「你許她官職，她就給你一片葉子？」

「那不能這麼算。」她嘟嘴，「官職的謝禮她爹給過了，這是她給的。」

這麼說著，表情還有點委屈：「人家就不能是因著覺得我好，才送我銀杏葉？」

意識到她似乎很在意這個，聶衍改了口：「妳自然是好的，別說一片，她將樹砍了扛過來送妳，妳也能收。」

坤儀：「……」這收下有點困難吧，那樹都上百年了。

「明兒我也去摘給妳。」他說，「殿下還喜歡什麼葉子，我全摘了來。」

哭笑不得，坤儀甩開他的手：「伯爺怎麼一離京就跟變了個人一般，說話也不著正形。」

「我認真的。」他道。

「……罷了，我不用。」她笑著擺手，「能快些讓這城池恢復原樣，我等也能就繼續往下走了。」

她其實做得已經很好了，霍安良在城主府裡聽著消息都覺得震驚，這才過去小半個月，外頭原本布滿妖怪並且荒無人煙的街上，居然都出現集市了。

街邊的鋪面接二連三地開張，市面上的米糧都恢復了正常的價格，倖存的百姓開始被重新登記戶籍，居無定所的難民被分到了一些空房，喪葬事宜也開始恢復。

於是街上就出現了許多一邊撒著紛飛的白紙，一邊朝氣蓬勃打算重新開始的人們。他們逐漸從坤儀的手裡接過了整個城池的恢復重擔，開始自力更生。

難民營裡留下來的人越來越少，坤儀臉上的笑容卻是越來越大。

「咱們補了多少銀子？」她問蘭苕。

蘭苕看了看帳本：「一千萬四百二十三兩。」

算了算接下來兩座城池，坤儀鬆了口氣：「好在還夠。」

魚白一聽這話，嘴角直抽。

整個大宋上下，能有底氣說出這句話的，也就她們主子了。

更可氣的是，這話一點也不狂，望舒鋪子小半年的盈利就能將這些虧空給補上。

「留三千會法器的援兵駐守這裡，讓龍魚君帶隊。」坤儀接著道，「剩餘的人明日跟我啟程往後頭的城池走。」

「是。」

他們這一行出來就這麼多人，坤儀自然是想一座城拿下之後就留一個守得住的人，以免城池又落回妖怪手裡。

但龍魚君對這樣的安排顯然不太滿意。

規矩了許久的人，竟然堵在她回自己院落的路上，紅著眼看著她。

「殿下，這裡霍安良也能守。」他道，「屬下想繼續隨您去後頭的城池。」

坤儀抱著裙子在旁邊的池塘邊上蹲下，示意他也一起蹲過來。

「我想過，你已經錯過了十年一次的天水之景，想再躍龍門很難。」她語重心長地道，「但若積攢了足夠多的善緣，你本身的修為也是夠你直接飛升的了。兄弟，聽我一句勸，人間轉瞬百年，我死之後骨頭都會化成灰，沒什麼好跟的，你不如替我守住這城池，待善緣結滿，位列仙班多好。」

這是秦有鮫閒談時給她說起的法子，對龍魚君來說是最好的安排。

然而，他臉色還是很難看：「我若當真想飛升成仙，就不會一直錯過天水之景。」

坤儀靜靜地看著他，眼裡一點波瀾也沒有。

龍魚君被她這眼神看得怔了怔，有些懊惱：「妳不能因為聶衍，就否定所有的妖怪。」

聶衍本就是個沒有心的，為了他的大事甚至可以殺了她，但他不會啊，他守護她這麼多年，如何該被這混帳連累。

「人和妖怪到底是殊途各路。」臉上恢復了笑意，坤儀拍了拍他的肩，「莫說下一世我壓根不會再記得你，就算我記得，下一世的我，又還是你喜歡的我不成？」

龍魚君張口想駁，坤儀只搖頭：「我不是宋清玄，我沒那麼狠心，讓自己的愛人一世又一世地等著。況且，我也未曾拿你當過愛人。」

嘴唇微白，龍魚君垂了眼。

他道：「一開始我以為，變成一個足夠好看的人，妳就會喜歡我，所以我化出了人形。後來我發現，得是個跟妳同樣有權勢的人才行，所以我入朝為官。再後來，我覺得若要與妳一起，得有足夠的錢財寶物，才不會委屈了妳，於是我開始積攢家業。」

「妖市的生意好做，我也有不少的寶石珍珠。」

「但是殿下還是說，未曾拿我當愛人。」

龍魚君困惑地看著她，很是難過：「我到底該怎麼做？」

坤儀嘆息著笑了笑，她才活二十年，卻像個長輩似的，一字一句地寬慰他：「你不需要怎麼做，你只需要過好你自己的日子，我未曾拿你當愛人並不是你不好，而是我覺得妖怪和凡人沒有深陷情沼的必要。」

教訓她吃過了，疼得撕心裂肺的，好在收回來不難。

人生苦短，就跟人一起過了便是，何必貪慕妖怪的美貌和永恆的生命。

龍魚君怔愣地看著她。

他想了想，突然覺得好笑：「殿下果然是最懂人心的。」

所以這些日子一次也不曾理會昱清伯爺遞來的示好和愛意，不是她看不懂，而是她已經完全不信了，寧願將它們往別的地方想，氣得伯爺臉發白也未曾改。

想想，聶衍好像也沒比他好到哪裡去。

方才還有些難過，這麼一想龍魚君倒是振作了，他站起身朝坤儀拱手：「霍大統領再休養兩日就能好個完全了，屬下便替殿下守在這裡兩日，兩日之後再去與殿下匯合。」

都說成這樣了，坤儀也沒有別的辦法，只能點頭，起身拍拍袍子上的灰，想走又轉過來對他道：「最近伯爺脾氣怪得很，方才那些話，你切莫與他說了去。」

第105章　軟榻

龍魚君聽著這話，沉默地瞥了一眼遠處廊簷下的陰影。

陰影裡那人已經站了很久了，就算他不說，這人應該也全都聽見了。

坤儀沒發現他，兀自道：「時候不早了，我也該回去收拾東西了，你若有什麼消息，可以直接先傳給昱清伯，你倆說話比較方便。」

用神識傳話屬於高階道術和妖術，雖然她眼下不缺修為，但最近太忙，還沒來得及學那個。

龍魚君乖巧地應了，坤儀也就沒多說，帶著魚白和蘭苕就回去收拾東西。

聶衍很晚才回來，帶著一身的血腥氣。

坤儀裹著披風出門來，瞪大了眼看著他手上的傷：「這城裡還有妖怪能傷著你？」

「一時不察。」他垂著眼，嘴唇蒼白，面若清玉。

坤儀連忙扶他坐下，又讓魚白拿了藥箱來，替他清理傷口。

屋子裡燭光微暗，她蹲在他跟前，眼睫半垂，粉唇輕輕呼著傷口，顯得十分溫柔。

聶衍靜靜地看著她，突然道：「殿下若是能長生不死，會想去做什麼？」

心裡一跳，坤儀有些不自在地看了他一眼：「怎麼突然問這個？」

「我只是想起一件事。」聶衍垂眸道，「三百年前人間有一個帝王，傾盡所有，求得了長生不老，但他還是只活了一百年。百年之後，他的王朝覆滅，曾經的親人朋友也盡數不在，那個幾乎接近天道的帝王，最終選擇了自刎。」

長生不老對凡人來說似乎是幸運，又似乎是災禍。

坤儀噘嘴：「沒事想那個做什麼，不過若是我，我大概也會做跟他一樣的選擇，人活著就是要有個盼頭，身邊什麼都沒了活著還有什麼意思。」

聶衍收緊了袖子裡的手。

傷口清理完了，坤儀起身去放藥箱，又擰了帕子來地給他，見他有些出神，不由地笑道：「大人，您眼下這模樣還真像個為情所困不知所措的少年人。」

彷彿送出去的禮物被心愛的人拒絕了一般，嘴唇緊抿，眼裡微慌。

聶衍突然有些惱：「妳慣會看人心思。」

分明看得懂，為什麼又要當不懂。

「對啊，但那也得是人。」她抱著裙擺在他面前蹲下來，鳳眼裡笑意盈盈，「因為人的情緒是有因果的，會因為什麼高興，會因為什麼不高興。可您不一樣，我哪裡敢用凡人的想法來揣度您。」

「如何不一樣，怎麼就不一樣？」他冷了臉。

聶衍生氣的時候很嚇人，就連黎諸懷那種不怕死的看見他這表情都會打顫，可面前這人卻像是完全不怕一般，依舊笑瞇瞇的，甚至伸出手來撫了撫他的臉側。

他很想生氣地躲開的，但她動作很溫柔，指腹軟滑，一下一下地，像是將他倒豎起來的鱗片一一往下順。

「若大人是凡人，與我是正常夫妻，那按照人間的規矩，你我一榮俱榮，一損俱損，你斷然不會因著與別人的仇怨對我下殺手。」她耐心地與他解釋，「但是大人，發現青艧之時，您是想殺了我的。」

像是有涼刀子倏地插進心口，聶衍咬牙就反駁：「我沒有。」

坤儀沒有要與他爭執的意思，只微笑著看著他。

意識到那時候自己做過什麼決定，聶衍牙根緊了緊，略微慌亂：「當時是有別的事。」

「哦？」她歪了歪腦袋，「什麼事？」

自然是誤會她欺騙他利用他，還故意打掉與他的孩子。

但……夜半說，這些都是誤會。

臉色發白，聶衍捏著椅子的扶手，半晌沒能將這些說出來。

玄龍是不肯低頭的族類，更別說向一個凡人低頭。

坤儀似乎也知道這一點，並沒有對他抱有多餘的期待，見他說不出來，就笑了笑起身：「事情過去這麼久了，其實我已經不是很在意，大人也不必總放在心上。眼下妖禍未除，還望大人施以援手，我也好有多的話可以去諸神面前說。」

一開始就約定好名存實亡的婚事，最終真的變成了名存實亡。

她在與他做生意，而不是想與他過日子。

他想過他們的以後，她半點沒有將他納入將來的打算。

若是一開始無情也還好，但偏偏，她曾經把很多好的東西都捧到過他面前，包括她自己。

是他沒去接。

坤儀轉身打算送客了，但剛抬腳，手腕就被捏住了。

身後這人聲音低沉地道：「我走不動了。」

坤儀：？

傷著的是手，又不是腿。

不過這位大爺她是惹不起的，人家說走不動了，那她也只能吩咐蘭苕：「給伯爺鋪一下這邊的軟榻，今夜就不再去側屋了。」

「是。」

她對他好像沒什麼脾氣，不是那種情場兒女裡的惱怒，就算錯的是他，她也能把他當客人似的好好照顧，溫聲細語。

但也只是客人。

聶衍生平最討厭的是青丘一族，第二討厭的，就是眼下這種感覺。

坤儀似乎不需要他補償，也不需要他改過，更不需要他。

他可是玄龍，任誰都巴結不上的開天地的玄龍，在她眼裡，怎麼就成了可有可無的人。

聶衍緊繃著臉坐在軟榻上，一晚上都沒睡下去。

第二日援軍分撥拔營，坤儀起得很早，英姿颯爽地帶著人出城。

這城中的百姓對她的評價好壞參半，知道多的，對坤儀感激涕零；一知半解的，只說她手段了得，但身分不明，苛待難民；還有完全不知道的，只感嘆大宋居然要靠女子來當元帥。

這些議論聲沒能入她的耳，她眼裡是十幾里外的另一座城池，走在荒野上都能看見那城裡還冒著濃煙。

大約是聽見前一座城池裡的風聲，這座城池裡的妖怪已經藏匿好了，甚至以凡人的模樣打開城門來迎接他們。

坤儀手裡捏了收妖的法器，立在城樓之下，笑瞇瞇地問出來迎接的書生模樣的人：「人之初？」

那書生怔了怔，還沒來得及反應，就被坤儀收進了鎮妖盤。

下一個，坤儀問：「父親的父親叫什麼？」

那人臉色蒼白，轉身想逃，也被坤儀收了。

第三個人，坤儀問他：「大宋朝廷好不好？」

那人皺了皺眉，勉強道：「哪有不好的，稅收少，地方官員愛民如子……」

「說實話。」坤儀冷了臉。

那人一頓，立馬往旁邊地上「呸」了一聲。

這才是民間百姓的真實反應。

坤儀收了鎮妖盤，讓他引路帶眾人進了城。

這城池比上一座繁華多了，街上還有人互通買賣，只是大多妖怪夜間覓食，天亮之時城門口的棺材就又要多上幾副。

城主一死，他的弟弟就繼任了，所以城主府並沒有多餘的地方給他們住，好在趙錢孫李周那幾家在這邊也有生意，孫秀秀很快就替她找到一間閒置的大宅。

只是，這宅子裡房間雖多，安頓下幾千援軍也有些困難，算來算去，有個受傷的將領始終缺一間房。

「無妨。」聶衍淡聲道，「將我那間給他便是。」

夜半為難地道：「那您睡何處？」

朱厭當即笑道：「夜半大人也是糊塗，伯爺與殿下乃夫妻，如何就不能同住一屋了？」

坤儀嘴角抽了抽，想了想倒也是個辦法，反正她那間屋子裡也還能再放下一張軟榻，便點了頭：「就這麼辦。」

聶衍側頭，鴉黑的眼眸一動不動地盯著她：「妳願意？」

「這節骨眼上，若是不願意，那才是我驕橫了。」坤儀擺手，「你我仍有婚約。」

再要和離，也得等她與他的交易完成之後。

聶衍沒說話了。

但到了晚上，無論坤儀怎麼用符咒，都沒能掏出一張軟榻來。

「奇怪了。」她很納悶，「我在盛京的軟榻也帶不過來？」

蘭苕想了想：「是不是距離太遠了？」

「可就算盛京的不行，上一座城池裡的也不行麼？」

「殿下，上一座城池難民還有很多，錢城主的家眷也還沒安頓完全，軟榻被搬走用在別處也是尋常事。」魚白道，「奴婢再去外頭找找吧？」

「罷了。」她皺眉，「這城裡情況不妙，你們別胡亂走動，這床也夠寬，晚上且讓伯爺先歇息。」

「是。」

這座城池看起來平靜，實則比上一座還難清理，沒有妖怪傻乎乎地衝出來給她殺了，坤儀只能追著一樁樁的命案摸索凶手。

凶案的卷宗堆滿了書房，她花了一整日，終於在其中找到了城主的那一份。

原城主死前曾被人邀酒，喝得大醉之後在回來的路上從車廂裡消失，次日屍首就被掛上了城樓。

坤儀讓人細查了邀酒之人，發現都是一些擅長詩詞的文客，她點著燈剛想再看看這些文客的生平，誰料身子就被人從桌前端了起來。

沒錯，是端。

聶衍雙手抱著她的膝蓋，將她整個人以坐著的姿勢端去了床邊：「殿下白日操勞，還想挑燈夜戰不成？」

坤儀掙扎了兩下，哭笑不得：「辦正事呢。」

掃一眼她手裡的東西，聶衍不以為然：「有什麼難的，我一眼便能看出這城中誰是妖怪，他們偽裝得再好也無用。」

第106章　虎鮫

坤儀頓了頓，沒有搭話。

她將卷宗放下來，自己也褪了鞋坐進床裡：「伯爺也累了一天了，歇吧。」

聶衍看她一眼，在床邊坐了下來：「妳既知我有這本事，為何不求我。」

求他去幫她辯妖斬妖不是最簡單的了？

坤儀挑眉，拉過錦被蓋住腿：「伯爺還會留在人間幾十年嗎？」

自然是不會的，一旦龍族有了由頭重新討伐九重天，他就會離開人間。

聶衍張了張嘴，卻沒能把這個答案說出來。

坤儀卻像是知道似的，淺笑道：「既然不會，那我若事事依賴伯爺，將來伯爺走了，我又該如何？」

強大的人總會有一個劣根性，那就是想讓別人依附自己來表達自己的喜愛，完全不管這個人以後會怎麼樣。

若真有人信了，將自己活成攀在牆上的爬山虎，那有朝一日牆塌了，爬山虎還能自己長成樹麼。

搖搖頭，她揮手熄了桌上燃著的燈，蓋著被子閉上了眼。

身邊這人卻是遲遲沒有躺下來，像是在想什麼事。

明日還要早起，坤儀可沒興趣管他，兀自面對著裡頭的牆，緩緩入睡。

在即將睡著的前一瞬，她聽見身後的人突然問：「若可以呢？」

坤儀沒答，裝作已經熟睡。

若可以呢？可以留在人間幾十年？那她也不會想當爬山虎。

她受萬民奉養，金尊玉貴地長大，又不是長來只顧嫁人就行了的。

況且，以他的身分，這個「若」，壓根就不會發生。

四周黑下來，坤儀瞧了一眼自己身體裡的青䑊。

她兀自在黑暗裡坐著，幸災樂禍地瞧著她與聶衍的不和。

「小姑娘何必捨近求遠。」她道，「妳只要跟他低個頭，他一定會為妳做很多事。」

「然後呢？」坤儀問她。

青䑊被她噎了噎，皺起了好看的眉頭：「然後什麼？妳自去享榮華富貴便是。」

「榮華富貴。」坤儀嗤笑，「我享了二十年，整個大宋沒有人比我還會享。」

……那倒是也沒錯。

青䑊突然犯愁了，凡人至高的追求也不過就是榮華富貴和兩情相悅，前者這小姑娘有了，後者這小姑娘壓根不稀罕，那她現在還有什麼能給人拿捏的？

坤儀沒讓她多想，她笑瞇瞇地問她：「聶衍說他能一眼看穿所有偽裝的妖怪，妳能不能？」

青䑊一聽，當即就激動了：「我青丘也是上古的妖族，這點小事如何就辦不成了？只是……」

她想要的就是天下大亂妖怪盡出，吃妖怪可以，費心勞力地去幫她搜查妖怪就沒有必要了。

但，不等她開口拒絕，坤儀就道：「下頭的人說，這城裡藏著一隻三萬年修為的大妖，想來妳若吃下，定能恢復一半的元氣。」

三萬年修為的大妖，那幾乎就是與青臒同歲的了，青臒聽得眼眸一亮，下意識地舔了舔爪子：「可……這等修為的妖怪，是不會輕易現身的。」

「妳隨我去找不就能找到了？」

想了想，青臒點頭：「也行。」

大不了她只搜這大妖，看見別的小妖睜一隻眼閉一隻眼好了。

算盤是打得挺好的，但是第二日，坤儀帶人巡邏城池，不用她提醒就端了好幾處妖怪窩，夜裡她更是沒睡，指揮著手下的人在城中各處蹲守陷阱，一晚上就抓了幾十隻夜間吃人的妖怪。

青臒覺得這公主怪可怕的，這些事竟也能做得來。但坤儀倒覺得不夠，這樣下去得多少天才能將這裡的妖怪清繳乾淨？

她重新拿起了城主被害的案件，去拜訪了當時宴請城主的幾個人。

……

秋風四起，聶衍坐在城主府的亭臺之上，一臉鬱色地看著面前的人。

「我等也是受了那青丘狐的蒙蔽，不知大人您會親自來。」一個頭頂有兩隻尖角的人委委屈屈地跪坐在他面前，低聲道，「您看我們都收斂了，都沒幾個白日裡現原形的。」

聶衍沒說話，鴉黑的眼裡戾氣更甚。

那人惴惴不安地低頭：「大人您也知道，吃一個人能抵得上十年的修為，又能飽肚子，我雖能抵擋這誘惑，但下頭那些個小妖不能啊，難免命案多些。」

夜半看他雙腿都發顫了，想了想還是出聲解釋：「大人沒在怪你。」

他是在氣坤儀殿下，分明與他說一句就能抓著這罪魁禍首，她偏要自己去查自己去找，一整天都讓他見不著人。

眼下看起來是賭了氣了，非要坐在這裡等殿下自己找過來。

殿下倒也沒讓他等太久，這謀害城主然後自己篡位享受榮華的戲碼不是什麼新鮮的，她拜訪完幾個與城主飲酒之人，從他們嘴裡知道城主的弟弟三年前就死於了妖禍，便立馬提著劍和法器來了城主府。

只是，她身上帶了傷。

好長的一條口子，從她左手小臂一路劃到手背，皮開肉綻的，雖然被人用符咒封了，沒有淌血，但殿下本就生得白嫩，這傷口在她身上出現，分外令人心驚。

亭臺裡坐著的那位原還是一臉冷意的，餘光瞥見這傷口，臉色瞬間變得十分難看，當即起身朝她走過去，想伸手又怕弄痛她，只能硬著脖子問：「誰傷的？」

坤儀注意力全在亭臺上那隻大妖身上了，因為青䕳正在不斷地對她喊：「就是這個，就是這個，三萬年的虎鮫！」

她含糊地應了一聲，想過去，卻被聶衍攔住了去路。

不解地抬頭，她這才發現這人好像很生氣，眼睛都紅了，狠狠地瞪著她，活像是她欠了他什麼。

坤儀挑眉，柔柔一笑：「伯爺有何吩咐？」

夜半眼睜睜地看著自家主子背在身後的手狠狠地捏了捏。

然而再張口，他卻是放緩了語氣：「我問妳誰傷的。」

低頭看了看自己的手臂，坤儀撇嘴：「一隻三千年的化蛇，牙尖嘴利的，說不過我就要動手，那是他家院子，我吃點虧也是情理之中。」

她說得雲淡風輕的，似乎連用這傷跟他撒撒嬌的必要都沒有。

聶衍要氣死了。

他張嘴想說早與他一起出門就什麼事也不會有了，可想起她昨夜說的話，又只能硬生生將這幾句咽回肚子裡，整個人僵硬地站在原地，眼睜睜看著她繞過他去到後頭的虎鮫跟前。

這三萬年的虎鮫也是龍族的遠親，叫飛葉，喜歡吃人間的肉包子，就被一群雜七雜八的妖族哄騙到城裡來做了小霸主。他目瞪口呆地看著氣急卻沒動手的聶衍，十分驚愕地又看了看坤儀。

大約是人間的肉包子補腦子，此時此刻，飛葉意識到了跟聶衍求饒沒有用，但跟面前這個漂亮姐姐求饒一定有用。

念及此，飛葉「哇」地一聲就嚎哭了出來。

坤儀正尋思要讓青雘怎麼吃他，就被他這哭聲嚇得一個激靈，手裡的法器都拿出來了，卻見他只是像個孩子似的跪坐著哭，微胖的臉上鼻子眼都皺成一團。

哭笑不得，坤儀敲了敲桌面：「你哭什麼？」

「我沒殺人，咱們虎鮫族不吃人的，是他們殺的，姐姐妳相信我！」

坤儀：？

怎麼就成姐姐了？

飛葉一點不覺得哪裡不對，跪著挪動身子靠近了她些，睜開湖藍色的眼巴巴地望著她：「我就是來吃肉包子的，答應他們的條件只是不干涉他們，順便當他們的老大，這樣別的城池就不會敢來欺負我們，畢竟我是虎鮫。」

這世道，跟龍族沾親的，哪怕是遠遠遠親，也比普通妖族高貴了很多很多，是以他單憑著這身分也能每天吃三十籠屜的包子。

誰料真的老大哥居然跑這麼遠要來殺他。

飛葉很委屈，飛葉扁著嘴就又要哭。

「你等等。」眼前的漂亮姐姐好像完全不吃他這一套，皺著眉問他，「不是你殺的，那是誰動的手？」

「那幾個妖族，就住在城主府的地底下。」飛葉含糊地招供，「但他們一直給我包子吃的，我這樣出賣他們，不太好吧？」

坤儀擺手：「你把話說清楚，我能讓你吃一輩子的包子，肉餡兒的。」

眼眸一亮，飛葉當即道：「他們說大家好不容易占據了凡人的城池，怎麼能因著昱清伯的一句話就收兵，那沒法跟下頭的人交代，所以便藉著青丘狐給大家撐腰的機會，繼續在城裡吃些人來滋補。」

「他們比上一座城池的人聰明多了，只在半夜吃人，也沒有破壞這裡的城池，所以這裡的人還能人生人，讓他們一直有人吃。」

坤儀聽得有些不適，還沒開口，就見後頭聶衍上來一腳踩住了他身後。

「啊我的尾巴！」飛葉哀嚎，「大人饒命，我只是聽見他們這麼商量，我吃的包子都是豬肉餡兒的，沒人肉，我哪裡敢給龍族拖後腿呀嗚嗚嗚。」

「閉嘴。」聶衍覺得他哭得很煩。

飛葉眼淚汪汪地含住自己的嘴唇，沒敢再哭出聲。

可一轉頭，他瞧見旁邊坐著的漂亮姐姐眼眶也紅了，像是要哭。

她有尾巴給大人踩嗎？飛葉下意識地看向她的裙擺。

身後的大人真的動了！他飛快地朝這個漂亮姐姐走了過去，一撩衣袍就在她旁邊半跪下來，然後去踩……

嗯？

飛葉納悶地歪頭。

眼前的昱清伯並沒有踩漂亮姐姐的尾巴，反而是動了妖法，覆在了她受傷的手臂上。

第107章　條件

坤儀手臂上的符咒到了時限脫落了，傷疼得她眼淚汪汪的，可偏生她還在審這隻虎鮫，壓根不敢喊疼，只能自己忍著。

沒曾想，聶衍衝過來就為她施了妖法。

他這妖法一動，龍氣東出沖天，以城主府亭臺為圓心，直接在方圓一里之內炸開了金光。

坤儀看呆了，飛葉也看呆了。

漫天的金光如同天神臨世，將西二城裡裡外外一層一層地照了個乾淨，藏匿四處的妖怪皆是兩腿發顫，偽裝成人的妖怪也當即顯出了原形，如定身一般杵在原地不敢亂動。

「主子！」夜半低喝一聲。

聶衍像是意識到了什麼，飛快地收了手。

金光逐漸消退，四周的景物也慢慢分明，坤儀怔愣地看著他，眨了眨眼。

面前這人臉上有些惱色，似是後悔自己的衝動，但瞥一眼她手臂上淌血的傷口，惱意更甚：「妳符呢？沒別的了？」

恍惚回神，坤儀看了一眼自己的手臂：「這符是龍魚君給的，我不會畫。」

聶衍：「……」

旁邊跪坐著的飛葉很是疑惑，為什麼這個漂亮姐姐哭，大人不會踩她尾巴？不踩尾巴就算了，為什麼還自己把自己氣得脖子都發紅？

他好少看見聶衍生氣，雖然上一次見他都是一萬年前的群龍宴了，但他一直記得聶衍那如九天冰川一樣毫無波瀾的眉眼，彷彿無論眼前發生什麼事，他都不會在意。

如今是人間待久了麼，竟是喜怒哀樂齊全了，尤其是怒，這叫一個生動立體，火氣肉眼可見。

雖然飛葉也不明白他到底在氣什麼，漂亮姐姐只是隨便說了一句話而已。

「你。」聶衍突然喊了他一聲。

飛葉一凜，連忙重新跪好，眼睛偷偷往上瞟：「大人有何吩咐？」

「方才我動了不該用的妖術，後續可能有些麻煩。」他壓著火氣道，「你去收拾。」

知道不該用，怎麼還用出來了？

飛葉很想腹誹，他們龍族本就霸道，一顯真身就要引起方圓五十里的妖怪震動，更別說像他剛剛那樣用妖術，別說凡間，怕是天上都能看見光。

但面對聶衍這雙極具威懾力的黑眸，飛葉沒敢多說半個字，抱起自己的小尾巴就灰溜溜地下了亭臺。

夜半擔憂地看著遠處逐漸攏過來的烏雲：「主子，這……」

「事已至此。」聶衍道，「走一步看一步吧。」

坤儀聽著他們的對話，也跟著看了看天邊。

一向只有陰晴的天上突然變成了一邊烏雲密布一邊夕陽烈烈，夕陽那邊像是人間尋常時，但烏雲那邊……

翻滾變幻的雲朵，不像尋常要落雨的，反而像是在刻意朝這邊聚攏，如牛，如馬。

聶衍看著它，眼裡的黑色濃郁得像是化不開的墨團。

他低頭，發現坤儀也在看它們，但她什麼也沒問，看了兩眼，就又抱著她受傷的胳膊輕輕呼氣。

好像完全沒有察覺什麼異常。

大抵在凡人眼裡，這就是最簡單的下雨的徵兆。

收回目光，聶衍低聲道：「受了傷就早些回去，若是疼得忍不住了，便在路上尋個醫館。」

坤儀點頭，爬起身就扶著蘭苕下了亭臺。

「殿下？」

兩人一直走到了外頭的馬車上，蘭苕才奇怪地喊了她一聲。

坤儀臉上不見什麼波瀾，但扶著她手臂的手一直在抖，抖了一路也沒見歇。

什麼事能把她嚇成這樣？

「你讓王敢當去跟著剛剛從亭臺上下去的那個人。」坤儀沉聲吩咐，「有消息就來稟我。」

「是。」

蘭苕按著她說的去吩咐了，卻還是覺得納悶，就算剛剛那人是個妖怪，妖怪眼下又哪裡有什麼稀奇的，殿下該見過的都見過了，怎麼還會害怕。

若是龍魚君跟著來了西二城，眼下他就能看明白，坤儀不是在怕飛葉，她是在怕聶衍。

她看過他手裡那些《山海經》和相關的畫卷圖冊，上頭有說，龍族嘯血能引九天回首，是以龍族要在人間行走，必須將自己藏好，少顯原形，少動妖術。

聶衍以往顯真身動妖術，要麼是一魄化出來的幻象，要麼是提前落了結界，做得嚴絲合縫滴水不漏，可今日他居然疏忽了，伸手就想將她手臂上的傷化去。

他在人間學的道術裡沒有能醫治傷口的，但他原本就會的妖術裡有，方才也許是看她疼得可憐，他竟連多想一下都不曾。

妖術起，九天明。

天邊的烏雲她在畫裡見過，是九重天上的諸神要察看人間時候的動靜。

按照原先和聶衍的約定，只要她去不周山上最接近九重天的地方，澄清過往，還龍族一個清白，聶衍就會收手，饒過凡間。

可眼下的妖禍讓她明白，就算聶衍收手，大宋的百姓依舊會活在妖怪的陰影裡，更何況，她身體裡還有一個野心勃勃的青臒。

她不想就這麼放聶衍走，但又怕他生起氣來會做出她無法阻攔的事。

想起聶衍那強大到可怕的力量，她的身體就止不住地發顫。

可是，身體顫著，眼神倒是很清明，馬車骨碌碌地往前，她捏著自己鮮血橫流的傷口，一點點仔細地盤算著。

青臒原先是能看見坤儀的想法的，但不知何時開始，她周遭都變成了一片黑暗，雖然自己恢復了不少的力氣，但竟然連以前的奪身動作都做不出來了。

她困惑地一直往四周衝撞，但不管她衝向哪裡，都像是撞在又厚又軟的泥壁上，妖力甩出去也如泥牛入海一般，沒有絲毫回音。

正著急呢，坤儀突然就出現在了她面前。

青臒飛速捏住她的手腕，狐眸裡滿是懷疑：「妳對我做了什麼？」

坤儀用看傻子的眼神看著她：「妳是幾萬年的狐王，我一個凡人，能對妳做什麼？」

說的也是。

「可是我為什麼會變成現在這樣？」她氣急了，「原先還能聽妳所聽，看妳所看，想妳所想。可眼下我就像是真的被關起來了，四周除了黑色什麼也沒有。」

坤儀看著她，嘖嘖搖頭：「這麼好的修煉環境，妳居然不知道珍惜。」

修煉？青臒瞇眼，「我修煉對妳可沒什麼好處。」

「也沒什麼壞處。」坤儀聳肩，「反正我是個活膩歪了的，早死晚死都一樣，妳若能早日破開封印重返人間，我也替妳高興。」

哪有這麼傻的人？青臒仍舊懷疑。

坤儀也不多解釋，只與她道：「馬上就會有很多妖怪給妳吃，只要妳願意，我挑許多三千年的妖怪來給妳。」

提起這個青臒就來氣：「那隻上好的虎鮫妳怎麼不讓我吃？都到眼皮子底下了。」

「聶衍的人妳也敢動，你膽子真大。」坤儀咋舌。

虎鮫就算不是龍族，那也是人家遠房親戚，當年跟著聶衍一起攻打九重天的族類之一。

青臒不說話了，半晌之後，才氣悶地道：「妳這次若說話不算話，我往後就不幫妳了。」

「放心吧。」坤儀擺手，「多吃些，管夠的。」

聶衍讓飛葉去處理的「後續」，就是這些被龍氣嚇得僵如枯木的妖怪。

沒見真龍之前大家心裡都各自有盤算，但真的眼睜睜被龍氣兜頭罩住，妖怪們瞬間連自己魂飛魄散的畫面都瞧見了。

他們不反抗了，也不再打城池的主意了，一部分由飛葉收押，另一部分開始往城外瘋狂逃竄。

坤儀就堵去了這些妖怪逃竄的路上，不吃小妖，專挑三千年以上的大妖吃。

青雘身子恢復得不錯，但一口也只能消化一千年的修為。

她見坤儀履約了，很是滿意，也不管浪費不浪費了，一口一隻地吃著妖怪。

這些妖怪原本見著一個小姑娘來攔路，都有些不屑，可後來一個又一個地進了她的肚子，後頭的妖怪就不傻了，寧願去飛葉那邊投降，也不願意被這個小怪物吃得骨頭渣子都不剩。

幾天之後，坤儀吃累了，西二城也就安定了。

朝陽初升，光從緩緩打開的城門裡灑進來，坤儀站在官道上打了個呵欠，恍惚聽見身後有馬蹄聲。

她回頭，正好看見龍魚君一臉急切地朝她衝過來，神情裡滿是擔憂。

駿馬在她身側嘶鳴停蹄，他跳下來就半跪在她身前，仰頭看她：「殿下！」

坤儀笑了：「西一城事兒辦妥了？」

「杜大小姐領兵增援，已經接替了鎮守西一城的任務。」他目光灼灼地看著她，「國師讓卑職帶話過來，說讓殿下保重身體，切莫做出玉石俱焚的事情來。」

坤儀挑眉，轉過身去擺了擺手：「他老瞎操心這些。」

龍魚君起身跟到她面前，皺眉道：「他沒說錯，您若再用青雘食妖，她早晚會破封而出，到時候您會沒命的。青雘狡猾，您不該與她談條件。」

青丘狐是最會騙人的，不管許多少好處，最後一定會從她這裡拿走更多。

坤儀也知道這一點，所以，她從來沒讓青䕶先提條件。

但顯然，她師父和龍魚君都不太相信她的聰明才智。

官道的另一端也響起了馬蹄聲，坤儀還沒來得及回頭，身子就被人攔腰捲上了馬背。

第108章 傷心難平

聶衍連看都沒有看龍魚君一眼，攬過她策馬就走，坤儀「哎」了好幾聲他也當沒聽見，直到馬穿街過巷地走出去老遠，他才恍然笑道：「妳怎麼在這裡。」

坤儀看著他，很想說我為什麼在這裡你還沒數麼，這些天一開始飛葉還費力將叛亂的妖怪誅殺，後來發現她在這裡，直接就省事地把妖怪都運過來給她吃。這麼大的動靜，若沒他的默許，飛葉才不敢呢。

可抬眼瞧見他那動人的輪廓，話在嘴裡打了一圈，吐出來的就溫和多了：「馬車被妖怪撞壞了，蘭苕帶回去修，還沒送回來，我又累得很，就只能站在那裡等她了。」

聶衍點頭，順手將她的青絲攏到耳後。

自然得彷彿沒發生任何事。

坤儀心想這人最近大度了不少，不似先前那般愛與龍魚君為難了。

一連幾日吃妖怪，她也累得很，坐在馬背上顛簸得有些難受，下意識地就扭了扭腰。

然而，可能是她這動作有些大，身後坐著這人倏地就出手，將她的腰扶回來，死死箍住。

坤儀嚇了一跳：「你怎麼了。」

回頭看過去，聶衍方才臉上那股子淡定從容的神情已經消失了，眼前這人下頷緊繃，眼神凌厲又夾著些後知後覺的柔軟，他別開頭，含糊地道：「以為妳要掉下去了。」

他哪裡是以為她要掉下去了，分明是以為她要下馬。

哭笑不得，坤儀拍了拍他放在自己腰間的手：「龍魚君來城裡接任，你不該就這般帶我走的，怎麼也該與他將正事說完。」

身後這人身子一點點緊繃：「什麼話回住處不能說。」

「那你也不能就把人這麼扔下了呀。」

「他自己有馬。」

聶衍說著說著，突然就惱了：「殿下若當真在意他，當初怎麼就不選他做駙馬？」

坤儀被他這莫大的火氣嚇得一激靈，鳳眼無辜地眨巴眨巴：「當時……皇兄讓我選你。」

其實也是她自己見色起意，只是這話沒那麼容易說出口。

但容易說出口的這話，就不那麼動聽了。

聶衍氣得胸口起伏了一下。

有那麼一瞬間他很想對她用妖術，讓她忘記以前一切的不愉快，重新與他好好在一起。

可這念頭一閃而過，他就想起了張曼柔。

張曼柔對自己的愛人用了一次妖術，哪怕不是直接在感情上動手腳，而是轉換身分消除他部分記憶，她的愛人最後都還是移情別戀了。

要不是先帝喪期，眼下吳世子都該將霍二小姐娶進了門。

想了想坤儀重新納龍魚君為駙馬的場景，聶衍黑了臉，將那念頭一拍而散。

不能急，急不來。

深吸兩口氣，聶衍平靜了下來，他低頭在她耳側，一字一句地道：「既是選了，便請殿下一心一意，負責到底。」

一心一意？坤儀輕輕地笑了一聲。

她沒說自己在笑什麼，也沒有指責他的意思，但聶衍就是聽懂了。

馬在官道上疾馳，風從兩人身側呼嘯而過，他緊了緊後槽牙，沉聲對她道：「都說了何氏是我幻術所化。」

「哦。」坤儀歪著腦袋看著旁邊飛逝而過的街景，「那我當時撕心裂肺似的難過，你能用幻術消掉嗎？」

「……」

心口微微一窒，聶衍勒了馬。

住處到了，小廝已經殷勤地上前來接轡繩，可他坐著沒動，兀自將身前這人攬緊。

他該說點什麼的，但他說不出口。

坤儀倒是很自在，完全沒有要與他一起沉浸在這複雜的情緒裡的意思，她撥開他的手就跳下了馬，瀟灑地朝他擺手：「過去的就過去了，今日多謝伯爺捎帶一程。」

秋風烈烈，吹得她盔甲下的袍擺像極了銀杏樹葉的邊緣。

她的背影颯爽極了，連多看他一眼都沒有。

聶衍沉默地看著她進門，直到她身影消失在回音壁之後，才跟著下了馬。

「夜半。」他問迎上來的人，「你做錯事的話，會怎麼做來讓人原諒？」

又問他？夜半嘴角直抽，想了想，倒還是誠懇地答：「先道歉。」

「道歉。」聶衍覺得自己聽見了什麼笑話，「你讓我跟一個凡人低頭認伏？」

這對龍族是奇恥大辱。

夜半無奈地擺手：「他們凡間就是這樣的，做錯事先道歉再賠禮，尤其是姑娘家，主子若想與殿下冰釋前嫌，這是最好的做法了。」

對聶衍來說也是最難的做法。

夜半跟著聶衍太久了，他自然知道有些事主子絕對不會願意，所以也就是說說而已。難得看他有這麼頭疼的時候，不多說兩句就白瞎了平時受的他和蘭苕的夾擊了。

於是，夜半情緒一轉，聲情並茂地道：「主子，若是您重傷在床，殿下不聞不問，甚至沒過兩日就帶回來一個男人，說要納他做面首，但自己不方便出面，讓您去接進府裡，您會不會生氣？」

聶衍想了一下這個場景。

他覺得他不會生氣，只會當即從床上爬起來砍了她帶的男人。

「她當時可以拒絕。」他低聲道。

夜半覺得好笑：「怎麼拒絕？當時殿下正為盛慶帝的事傷心，朝中內外沒一個偏幫她的，她能倚仗的只有您一人，您這樣說了，她自然無法拒絕。」

聶衍慌了一瞬。

他勉強穩住自己的身形，垂了黑眸：「她若是拒絕，我不會怪她。」

「殿下可不知您當時怎麼想的。」夜半聳肩，「她曾是將您當成靠山的，但等她靠過來的時候，這山在背後捅了她一刀子，所以您瞧，後來殿下再也沒把希望全寄託在您身上。」

「……」

「哦對了，當時殿下還受著朝中大臣和民間百姓裡外一起的攻擊，錢書華一走，她連個能哭訴的人都沒有。」

「一開始屬下還不太明白，殿下與杜大小姐分明是互相看不順眼，以殿下的脾氣，又怎麼會在那時候還讓她進門看笑話。後來屬下想明白了，當時的盛京除了杜大小姐，沒有任何人能算她的故交。」

「當時殿下好像也才剛小產不久。」

「……」

一個沒走穩，聶衍微微趔趄。

夜半伸手扶住他，恍若未察他的心神大亂，只笑道：「說來這事也不怪您，殿下也得擔待些，畢竟是她讓您誤會在先，都沒跟您說清楚那後院的瓦罐碎片究竟是怎麼回事。」

還能是怎麼回事，她從頭到尾都被人陷害，他這個幫凶還站在陷阱邊上朝她填土。

深吸一口氣，聶衍啞聲道：「就算是我的過失，我解釋了來龍去脈，她又為何不原諒我？」

夜半挑眉：「黎大人也同您解釋了他這麼做的緣由，理由充分，也是為大局著想，您為何還是將他關去了不周山？」

「那能一樣？」

「如何不一樣。」夜半搖頭，「您如今在殿下眼裡，也不過是外人罷了。只因著她不想因為自己連累蒼生，這才不曾給您任何難堪。」

就像她說的，何氏是他幻化出來的又如何呢？當時她的傷心是真的，他抹不平。

捏著自己腰間的荷包，聶衍沉默。

西二城在夜裡下了一場大雨，秋風蕭瑟，吹得院子裡的竹子嘩啦啦直響，坤儀睡不著覺，提著燈將府邸四周的法陣都檢查了一遍，才坐回椅子上發呆。

今日接到消息，因著他們這支援軍所向披靡，西三城的妖怪已經開始退散，再在這裡停留幾日，也許這一趟就算成了。

青腹吃得很飽，雖然還是不能打破四周的黑暗，但坤儀去看她的時候，她已經恢復了一半的妖力。妖王何其可怕，一半的妖力便能毀天滅地，若不是還在封印裡，西三十城都不夠她吃。

摸了摸自己的肚子，坤儀兀自出神。

眼前突然躍出了一尾龍鯉。

她嚇了一跳，翻手就要甩符咒，卻見那龍鯉漂亮極了，黑白紅相間的花色，順著雨水在庭院裡起舞一般。

一連幾日的操勞，難得能看見這樣的好東西，坤儀舒緩了眉眼，就靠在椅子裡看著牠。

起先是一尾，後來是兩尾，再後來就是九尾錦鯉甩著漂亮的尾巴在雨水裡跳躍，在半空中飛游，白的黃的橙的紅的，長尾如裙，款擺搖曳，像極了她曾經最愛看的群仙舞。

牠們像是有靈性一般，直將她逗得開心了，才順著雨水往天上飛去。

「殿下笑了。」夜半躲在遠處的拐角，低聲道。

聶衍不自在地負著手：「這便算是成了。」

「哎，來的時候不是說好了，這時候您該過去跟殿下說說話了呀。」夜半連忙扶著他出去，「難得殿下如今心情好，您可別浪費了這龍魚舞。」

龍魚舞可是天上才能看見的，主子費那麼大勁兒弄下來，得趁熱打鐵啊。

聶衍抿著唇，被他推一步走一步，心想道歉是不可能的，但他可以說些軟點的話，她若懂事，也就該下臺階。

可是，還不等他走近，那頭心情極好的坤儀就招來了蘭茗：「明日一早妳做兩盤點心帶去給龍魚君，謝謝他替我花的這些心思。」

第109章 不捨

聶衍：？

他倒是不知道，這天下的龍魚難道就都歸了龍魚君了，她滿心就只有這個人不成？

「主子您快去說啊。」夜半急了，這半晌的功夫哪能替龍魚君做了嫁衣。

可是他越推，主子的步子就越不動。

「她想謝龍魚君就讓她去謝。」聶衍冷著臉道，「說不定瞧見我就沒那麼高興了。」

他料得沒錯，別說過去了，眼下坤儀聽見這邊的動靜遠遠抬眼看過來，表情就沒了方才的明朗。

「伯爺？」她好奇地問，「三更半夜，您與夜半怎麼還沒回去歇息？」

聶衍僵直了背脊，側著身子沒有回頭，夜半抓耳撓腮地，直對後頭的蘭苕使眼色：「我們，我們家主子想著殿下近幾日忙碌得休息不好，特意過來看看。」

坤儀聽得挑眉，心想聶衍什麼時候能體貼人體貼到這個份上了，多半是在打圓場說胡話。

她心地良善，並不直接拆穿，只走過去伸手替聶衍將鬆散的披風帶子重新繫好，然後朝他笑了笑：

「雨夜風涼，伯爺早些回去歇著吧。」

說著，也並沒有要留他的意思，帶著蘭苕就往回走了。

蘭苕一邊替坤儀打著傘，一邊回頭，朝夜半無聲地嘆息。

這不怪誰不幫忙啊，你家這主子上好的場面都把握不住，還有什麼好說的。

夜半垮著臉，哀哀地看了自家主子一眼。

他又生了氣，一張臉陰沉沉的，目送著坤儀進了屋子，才拂袖轉身離開。

「沒關係。」夜半一邊走一邊安慰他，「一招不成還有下一招，咱們還有機會。」

聶衍很想說，他是堂堂玄龍，天地主神之一，怎麼就要一個凡人來給機會了。

可話到嘴邊，想起方才她幫他繫帶子那雙溫柔的手，他撇撇嘴，還是沒真的說出口。

罷了，他想，就當他輸給女媧一回。

龍魚君一到西二城，坤儀就輕鬆了不少，他主動分擔了一些登記倖存百姓和清查妖孽的雜事，坤儀就只需要部署下一個城池的收復事宜以及處理一些盛京送來的摺子。

大亂的天下有那麼一瞬間給她的感覺是安定下來了，就連秦有鮫送來的信件裡也是好消息居多。

但，除了好消息之外，秦有鮫還幫她送來了極多的符咒卷宗和法術祕笈，坤儀跟他學了十幾年的道術，加起來都還沒學到這些東西的十分之一，秦有鮫好像也沒指望她能全學會，附言就四個字：盡力而為。

他像是料到了這一遭青腰會伺機而動，給她送來的都是關於封印的符咒和祕笈，坤儀隨手翻了翻，發現大多是高階的東西，凡人得有百年以上的修為才能運用自如。要是以前，她當即就會撂挑子耍賴。

可如今，坤儀一句話沒說，只讓蘭苕和魚白為她守著門口，自己就在屋內看了起來。

蘭苕望著外頭的天，正想感慨自家殿下終於能自己勤奮好學了，結果還不到一個時辰，殿下就開門出來了。

她神色看起來很痛苦，揉著自己的額角就道：「好累，蘭苕，我們去投壺玩兒吧。」

蘭苕：？

她很想問自家主子看了幾頁書，但瞧她實在疲憊，也不好太苛責，只能依言拿來器具與她玩耍。

到了晚上，坤儀入睡也早，滿屋的卷宗凌亂地擺放著，像是被人發了脾氣亂扔到四周的。蘭苕將它們一一收撿好，又替坤儀掖好了被角。

接下來幾日，秦有鮫時常都送卷宗來，坤儀都只看一個時辰不到就扔得滿屋都是，然後就同蘭苕她們去玩別的。

府邸裡漸漸的就開始有了坤儀殿下貪玩懶學的風聲。

青雘勤加修煉，終於得了一個空隙借著坤儀的身子去打聽消息，她懷疑這小丫頭想算計她，不然她也不會總是什麼也看不見什麼也聽不著。

但一打聽，附近的妖怪都直搖頭：「那公主有什麼厲害的，厲害的是昱清伯，她整天在府邸裡投壺放風箏，秦有鮫勸她多學封印的法術她都不領情。」

青雘聽得疑惑：「當真？」

「騙誰也不敢騙您啊，眼瞧著您這法力恢復了大半了，我等還上趕著得罪您不成？」

有這話，青雘就放鬆多了，她重新回到坤儀的身子裡，安心地修煉。

鬧得沸沸揚揚的妖禍在坤儀公主親征之後的一個月基本平息了下去，西邊眾城有了新的城主，大宋其餘地方的妖怪看著風聲緊，也著實低調了好一陣子。

坤儀躺在院子裡看著天色，對龍魚君道：「該班師回朝了。」

龍魚君笑道：「好，殿下奔波這麼久也辛苦了，待回去之後，臣下有一份大禮要送給殿下。」

她笑了笑，擺手：「不急，你先帶人回去，我還有事沒辦完。」

眼神稍黯，龍魚君問：「只您留下？」

「我和昱清伯一起。」

「……」

歡喜的神情徹底淡了下去，龍魚君幽幽地嘆了口氣：「殿下這是厭了我了。」

哭笑不得，坤儀直搖頭：「你堂堂從翼大統領，哪能學這怨婦語氣，我是與他有事。」

西三城已經不戰而定，聶衍功勞不小，她瞧著天邊時常有異動，想來應該是能提前替他做個證人，兩人將這事了了，她也能省事些。

可龍魚君不知道這回事，他只覺得發生這麼多事，坤儀竟還一心一意念著聶衍，他若真就讓這二人留下，來日回到盛京，坤儀怕是連面首也不願再納了。

於是，他跪在坤儀跟前就道：「臣下不放心殿下，想跟殿下一起。」

坤儀直挑眉：「大人，您是從翼大統領。」

知道什麼叫從翼大統領麼？就是隊伍必須分散走的時候，從翼大統領就要充當元帥帶兵，他甚至能與她握同樣多的兵權。

給他這麼大的權力，就是因著知道他並不貪慕人間的權勢，能把事情辦好，結果倒是好，這人總是不願與她分開。

她很頭疼：「我以為我上次將話已經說得很清楚了。」

「嗯。」龍魚君點頭，「臣下也並非是要死纏爛打，只是殿下身負天下，身邊哪能沒人護著。」

一直充當暗衛的王敢當從暗處現身，跪地拱手：「卑職必能護殿下周全。」

龍魚君頓了頓，繼續道：「一個暗衛是不夠的，這城裡妖怪何其狡猾，殿下也是親眼所見，殿下柔弱又不諳世事……」

話沒說完，坤儀就翻手祭出了一個困囿陣。

這等高階陣法她以前是不會的，眼下說出就出，連訣都沒捏。

龍魚君噎了噎，有些愕然。

面前的小姑娘攏著寬大的黑紗袍，坐在椅子裡笑瞇瞇地告訴他：「我不可能一輩子都靠別人護著來活。」

皇兄曾經最能護著她，但皇兄沒了。

她以為聶衍能護著她，但聶衍想殺她。

早知道後頭有這麼多苦難等著她，她早就該好好學道術，畢竟杜蘅蕪要花一個月才能學會的東西，她自己偷摸試過，十天就能有眉目。

只是當初的她堅信自己會被人護著，學不學這些都沒什麼兩樣。

撇了撇嘴，坤儀撤了陣法，又變出秦有鮫給她的那把長劍：「你安心帶他們回朝，我不會有事。」

劍光粼粼，隱有蛟龍之氣。

龍魚君沉默了，他看了那柄劍很久，才啞聲道：「臣下捨不得殿下。」

「總會再見面的。」她笑。

夜半用法器看著這場景，眉頭直皺：「男人怎麼能做到龍魚君這份上的，聽聽他的這些藉口，又虛偽又心機。」

聶衍淡然地在旁邊喝著茶：「如果是你，你會怎麼對付他？」

夜半來了精神，立馬跑到他跟前的腳榻上坐下：「屬下覺得，對付這種人就得比他對殿下還體貼，還死纏爛打。」

不置可否，聶衍垂眼。

真男人一般都用武力解決問題，誰要跟他玩這個。

「主子，不是屬下多嘴，有些時候硬來是沒有用的。」夜半似乎看穿了他的心思，連忙道，「咱們這位殿下，最會心疼弱者了。」

聶衍冷笑：「那你直接說她總會心疼別人好了。」

這天下誰不比他弱？

「屬下的意思是您也要學會示弱才行。」夜半嘀咕，「先前假裝受傷的時候不就挺好的。」

「我沒有假裝受傷。」他瞇眼，「我那是當真受傷了。」

「好好好，不管怎麼說吧。」夜半道，「我看殿下還是偏頗於您的，您只要稍微用用心，就能讓龍魚君走得遠遠的。」

龍魚舞都送她了，她卻只念人家的好，他還要怎麼用心？聶衍冷哼。

「伯爺。」外頭突然來了人通傳，「從翼大統領求見。」

夜半一凜，趕忙站了起來，聶衍卻是不慌，冷眼瞥他：「叫他進來就行了，你緊張什麼。」

「來者不善。」夜半道，「主子千萬小心，這人在容華館裡待得久，什麼手段都有。」

笑話，再多的手段，他還能打得過他了不成？龍魚君的性命都在自己一念之間，對他又何須如臨大敵。

聶衍十分自信地就讓人把他拽進來了。

只是，眼前的龍魚君一掃先前遇見時的硬氣，一進門就被朱厭推了個趔趄，跌倒在地。

第110章　沒沉住氣

龍魚這一族雖然不是什麼剛猛凶狠的族類，但他們的鱗片很堅實，莫說是跌倒，就算萬千法器飛過來，也很難傷他們分毫。

但眼下，朱厭就那麼輕輕地，輕輕地一推，這人就倒地上了。

不但倒在了地上，手肘甚至擦破了一大塊皮，血潺潺地往外冒。

他皺眉抬頭，臉色有些蒼白，一雙眼幽幽地望向他：「伯爺已經是駙馬，又能與殿下雙宿雙棲，何必還要這般為難與我。」

朱厭是力氣大而出名的妖怪，聞言正想解釋自己不是故意的，就見聶衍抬手攔住了他的話。

「我為難你又怎麼了？」他蹲身下來，仍舊俯視龍魚君，「你覬覦我夫人，我為難你不得？」

龍魚君噎了噎，眼神黯淡：「伯爺竟霸道成這樣，自己不珍惜的人，也不許旁人珍惜？」

「你也配？」他嗤笑，「且不說她並未將你放在心上，就算她放了，你能從我這兒搶過去人？」

龍魚就是龍魚，就算越過龍門變成蛟龍，也遠夠不上真正的龍族。

臉色蒼白，龍魚君苦笑：「我竟不知，這凡間情愛，竟也是以妖力高低來論輸贏的，伯爺既然如此自信，又為何會對我劍拔弩張。」

聶衍黑了臉。

夜半在旁邊想攔都攔不住，他家主子本就霸道，這龍魚君還往槍口上撞，主子捏死他壓根不在話下，他好像也不怕死似的，眼神充滿挑釁。

兩人不出意外地就打成了一團，龍魚君也不出意外地被自家主子像破布一樣震飛了出去。

但夜半笑不出來，他總覺得哪裡不對勁。

等龍魚君從屋子裡跌飛出去，渾身是血地落在門口的時候，夜半終於反應了過來。

要糟！

坤儀吩咐完了龍魚君，就要來找聶衍繼續商量他龍族之事，結果剛走到他院子門口，就見龍魚君從她眼前摔到了地上。

鏡頭慢放，她甚至能看見他嘴角濺出去的血，和眼裡的痛楚之色。

「殿……殿下？」瞧見她，他方才還略顯冷硬的神色霎時和緩下來，甚至是有些慌張地擦掉嘴角的血，然後撐著地面勉強將上半身直起來，「您怎麼過來了？」

三步並兩步地走去他身邊蹲下，坤儀皺眉看了看他，又看了看不遠處剛剛收手的聶衍。

聶衍一襲玄色長袍，手垂在身邊緊握成拳，只看她一眼，就冷冷地別開了頭。

「你沒事吧？」她繼續問龍魚君。

龍魚君十分不好意思地將臉上的傷遮掩了，又對她笑：「沒事，小傷。」

說是這麼說，一張嘴，嫣紅的血就從嘴角溢了出來。

這賊豎子！夜半看得來氣，連忙過去解釋：「殿下，今日是龍魚君先挑釁我家主子的。」

「哦？」坤儀好奇地問，「他怎麼挑釁的？」

「他……」想了想方才這人說的話，夜半為難地發現，龍魚君方才說的話都挺軟的，沒一句能拎出來當個挑釁，是他主子自己沒沉住氣。

見他說一半就沉默，坤儀輕笑。

她越過夜半，看向後頭的聶衍：「我與龍魚君只是舊識，並無別事，伯爺不必動這一回手，反顯得小氣。」

聶衍：「……」

他動手，他小氣，她這話說得是當真是非不分黑白不明！

心口重重地起伏了一下，他冷笑：「我合該再小氣些，將他直接打死就好了。」

坤儀下意識地就伸手攔在了龍魚君面前。

聶衍氣得轉過了身，拳頭捏得指節都發白：「妳要是喜歡他，就將他帶走，若留下給我，我保管他沒有命在。」

好凶啊。

坤儀覺得這人真是一日賽過一日脾氣大，連好好說話都不會了，遇見誰都是喊打喊殺的，龍魚君壓根沒惹著他，竟也能遭這一頓無妄之災。

她起身就想讓蘭苕來扶他，結果龍魚君突然拉住了她的衣袖。

「殿下。」他虛弱地道，「伯爺這是吃味了，您哄一哄也就罷了，不礙事的，不用管我，待會兒我可以自己走。」

「你傷成這樣了，還怎麼走？」坤儀又笑又皺眉，「白挨這一頓打，倒還替人說上話了。」

要是吃味就可以把人傷成這樣，那跟他們龍族談情說愛豈不是將腦袋都栓在了腰帶上。

坤儀很不認同這種行為，招來蘭苕就扶起他。

「方才伯爺的話，殿下沒聽見麼？」龍魚君嘆息，雙眼濕漉漉地看著她，「殿下若真帶我走了，便是喜歡我了。」

「你我有舊緣在，無關情愛我也得救你一回。」她低聲道，「管他怎麼說的，他說的還就是真的了不成？」

龍魚君有些失落，又覺得高興，他被蘭苕扶著踉蹌走了兩步，還是停下來看向聶衍：「伯爺不如聽我一句勸，有什麼心結都與殿下好生聊聊，兩人只要真心相愛，沒什麼過不去的坎兒。」

「誰與誰真心相愛——」看著她這一心偏幫外人的模樣，聶衍都要氣死了，「用得著你來插嘴？」

像是被嚇著了，龍魚君抖了抖，身子一歪又跌坐了下去。

坤儀只帶了蘭苕出來，聽聶衍這話裡的殺意，也知此地不可久留，連忙過去想扶他另一邊胳膊。

「妳不許碰他。」屋子門口站著的人突然沉聲開口，聲音冷得像冬日屋簷下的冰。

坤儀被他喊得動作頓了頓，頗為無奈地轉頭：「伯爺是天人，非凡間俗物，怎能這般無理取鬧。」

「我無理取鬧？」他大步走到她跟前，氣得下頷都有些發顫，「他心思叵測，上門來找打，我動手了，妳不問我緣由，倒說我無理取鬧？」

坤儀無奈：「他是我的從翼大統領，如何就心思叵測了？兵權交到他手裡，他沒有做一絲一毫對不起我的事。」

「關兵權什麼事。」聶衍冷笑，「妳混跡容華館那麼多年，會不知道他對妳的心思？」

「知道呀，但我也已經與他說明白了，他並未再有別的想法了。」面前這沒心沒肺的小東西不耐煩地看進他的眼裡，「你還想我怎麼樣？」

還想她怎麼樣，還想她怎麼樣。

敷衍至極，不耐煩至極。

聶衍的火氣被這句話終於燒到了頂，他一把抓過她的手腕，揮手就將龍魚君和蘭苕扔去了隔壁院子。

「誒！」坤儀急了，「蘭苕經不起妳這麼摔！」

「她死不了！」他惱恨萬分，將她拉拽進了屋子，把夜半和朱厭統統關在了外頭。

門栓一扣，他抵著她就壓在了門板上。

雙目生紅，氣喘如牛。

坤儀臉色不太好看，她直直地看著他的眼睛道：「大人為何會覺得凡人所有事都能用力量來解決？我知道大人厲害，也知道我等於你而言只是蜉蝣，但你這目中無人橫行霸道的樣子，真的很討人厭。」

喉間一甜，聶衍氣得經脈都不暢了，抵著她硬生生將那一口腥甜味兒咽回去，才啞聲道：「妳就是這麼看我的。」

「方才那場面，你想讓我怎麼看你？」動了動自己的手，發現被他箍得死死的，坤儀也就放棄掙扎了，「我對伯爺沒有別的期望，等九重天上來了人，咱們把話說清楚就一別兩寬各自歡喜了，侯爺只要不殺我身邊人，咱們怎麼都能是好好的。」

可他偏生總對龍魚君動手。

喉頭幾動，聶衍咬死了牙關，好一會兒才將自己的氣順下去。

她原來是這麼打算的，怪不得這段時日一直待他客氣，壓根就沒再把他當親近的人。

「殿下的如意算盤可能要落空了。」他冷聲道，「就算我如願上了九重天，殿下也還是我的妻子，天上人間，妳沒一處躲得掉。」

坤儀怔愣。

面前這人站直了身子與她對視，眼裡滿是嘲弄。

她突然覺得有些無力：「大人沉冤得雪之後也不打算放過我？」

「不放。」他一字一句地答。

眼裡的光亮黯淡了下去，坤儀抿唇，淡淡地點頭：「那就這樣吧。」

意識到她好像突然喪失了生存之意，聶衍微慌，連忙按住她的肩膀：「黃泉我也下得去，妳不要打些沒用的主意。」

「哦。」

「……」

原本不是想說這種話的，聶衍抿唇，用力揉了揉自己的眉心。

他是被氣昏了頭，口不擇言了，可眼下看她這表情，好像他說什麼都沒用。

想起方才龍魚君那勝券在握的表情，聶衍瞇了瞇眼。

這就是他的「手段」？

真夠卑劣的。

深吸一口氣，聶衍鬆開了坤儀，後者動了動自己的肩，一句話也沒說，轉身就要開門。

他將她打開一條縫的門給按了回去。

坤儀皺眉，轉頭想問他還要怎麼，結果這人突然就低下頭來，將臉貼在了她的臉側。

冰冰涼涼的觸感，讓她的怒意凝固了一瞬。

她不解地推他，還沒推開，就聽得他悶聲說了一句：「對不起。」

瞳孔縮了縮，坤儀怔愣當場。

這人似乎是硬著脖子將這三個字吐出來的，但吐出來之後，他好像卻是更輕鬆了，整個腦袋搭在她脖子邊，語氣陡然軟和：「不是故意要惹妳生氣，也不是故意要為難妳，我方才，只是被他氣著了而已。」

第111章　委屈

話只要開了一個頭，接下來的就好說多了，聶衍悶頭抵著這好久沒有親近的人，想一本正經地解釋，但聲音出來，怎麼都有些委屈：「妳只看我動手，怎的不看他成天都在妳眼前晃，比我跟妳在一起的時辰都長。」

坤儀皺眉，剛想說哪有，就見這人揮袖變出兩個沙漏來，一個沙漏寫著他的名字，一個沙漏寫著龍魚君的名字，龍魚君的沙漏裡沙子已經落了很多，而他的才剛剛開始落。

居然會專門記這種東西。

將話咽回去，她換了個說法：「龍魚君自己會來找我說事，時辰自然長些，伯爺事務繁忙，也能怪到我的頭上？」

聶衍氣惱地咬了她脖子一口，力道不大，卻驚得她縮了縮腦袋：「君子動口不動手……動口也不是這麼動的！」

龍族不是不歸於獸麼，怎的一言不合也咬人的。

「我去找妳，妳也不待見我。」他聲音低低的，聽著分外可憐，「見著他妳要笑，見著我，妳只會虛情假意地讓我早些歇息。」

「伯爺。」坤儀有些無奈，「你我早就恩斷義絕了，我還能這般好說話，讓大家面兒上都過得去，您也該知足了。」

「誰要跟妳恩斷義絕。」他捏緊了她的腰，「我都說了之前是誤會。」

「哦。」她點頭，「然後呢？」

「然後……我與妳道歉還不成麼？」他抬起頭來看她，鴉黑的眼裡一片霧色。

坤儀懶散地笑了笑：「別使美人計啊，現在這招不怎麼管用。我不知道伯爺是又想圖謀什麼，才與我這般說話，但比起這膩膩歪歪說不到重點的手段，我還是喜歡你將想要的和能給我的一次說清。」

「……」他頹喪地垂頭，氣悶地道，「與妳之間竟就只剩了交易。」

「交易還鬆快些，比情愛來得好說。」她拍了拍他的肩，「就算九重天上要下來人了，伯爺也不必緊張至此，我是個說話算話的，等西城這邊事情做完，我便去做你的人證。」

人證是聶衍最想要的，他在凡間幾十年，為的也不過是這個東西。

但眼下，不知道為什麼，聽見她這麼說，他反而有些煩躁。

她是急著想與他撇清關係了。

深吸一口氣，聶衍覺得這時候自己不能急也不能慌，坤儀是個不羈的性子，跟普通的凡人完全不一樣，想拿實力壓她會適得其反，再跟她談從前也不會勾起她的舊念。

「九重天上知曉我在人間，但要下來也不會那麼快。」他站直身子，低聲道，「在此之前，妳還是先將這大宋山河整理妥當吧。」

因著內憂不斷，鄰國對大宋邊境已經多有覬覦，盛慶帝駕崩，大宋群龍無首，鄰國對坤儀又有仇怨，開戰也是早晚的事。

坤儀見他不再說感情之事，神色也就跟著輕鬆了下來：「伯爺如若肯給我這個機會，那我自然不會辜負伯爺。」

凡間事雜，但要理清也很簡單，只要聶衍不在背後再捅她一刀，她有的是法子收拾朝內，再對付鄰國。

「妳想做什麼就去做。」瞧見她眼裡突然迸出來的光亮，聶衍心情也好了些，「我斷不會礙妳。」

有他這句話，坤儀就舒坦了。

龍魚君受傷頗重，九重天的神仙又不著急下界，那她便留龍魚君在西二城駐守，自己帶著大軍班師回朝。

大軍啟程的那日龍魚君表情十分難看，聶衍卻是難得的高興，連帶著將飛葉都寬恕了，一併帶回盛京。

因著回朝的人多了不少，他們沒再動用法陣，徑直行軍趕路，路上還收拾了些小妖小怪，但大軍即將抵達盛京郊外的時候，朝中突然有了非議，說就這麼讓他們進城不太安全，萬一將什麼厲害的妖邪帶回來了呢？

秦有鮫建議在城門口落下一個凡人可過，但妖怪不能過的降妖陣，讓大軍從那上頭進城，城中百姓才能安心。

坤儀知道他這舉動是想打壓上清司的人，降妖陣這種東西，就算聶衍能過去，朱厭夜半和飛葉也過不去。

眾人正惱，聶衍卻是輕鬆地道：「那我們就不走城門了。」

「大人，這怎麼行？」朱厭皺眉道，「這班師回朝，無數百姓都在街邊看著呢，是咱們累積功績和名聲的最好時候，哪有出了力卻輪不著功的。」

「是啊，若不是您，那些大妖哪有那麼好對付。」

聶衍安靜地聽他們抱怨完，然後才道：「你們被凡間的功利迷了心了？」

幾個人一怔，後知後覺地反應過來，對哦，他們來這裡又不是為了求功名的，最想要的東西已經能得到了，這些名聲又有什麼用。

「奇怪了。」朱厭忍不住小聲問夜半，「大人何時變得這麼豁達了？」

就算是不稀罕這名聲，但秦有鮫這麼平白無端地給他委屈受，他哪是這麼好說話的人。

夜半一臉深意地搖頭：「這你就不懂了。」

大人這委屈受得太明顯，也太說不過去，正是因為這樣，坤儀殿下就極其過意不去了。本來麼，這次平西之功，就算防備著上清司，不能放權，但起碼的獎賞是要給的，秦有鮫這一齣雖然道理上說得過去，但坤儀是眼睜睜看著這一個多月聶衍出了多少力的，就這麼憋屈地用千里符進城，她必定會主動去找主子。

夜半料的沒錯，當天夜裡，坤儀就去了昱清伯府。

「這是喜鵲登梅，這是通花軟牛腸，這是過門香……」她如同第一次來他府上一般，帶來了三十多樣吃食，一一擺在他面前的桌上，臉上猶帶歉意，「國師行事欠妥，這一桌就當我給伯爺接風洗塵了。」

聶衍耷拉著眉眼，幽幽地看了一眼外頭仍在放的煙花：「今晚可真熱鬧啊，宮宴上的絲竹聲都傳到這裡來了。」

坤儀尷尬地替他夾菜：「也沒多熱鬧，來來去去都是那些舞，伯爺要是喜歡，我讓人過來跳。」

「不必，在下安安靜靜待在府裡也挺好。」他嘆息，「不是什麼能上檯面的人。」

坤儀：「……」

您一條玄龍說這話，也不怕咬著自個兒舌頭。

知道他委屈，她倒也不能真懟過去，只能給他盛湯又夾菜：「伯爺一路顛簸也辛苦了，多用些，這些菜色在外頭可都是做不出來的。」

「盛京的情況好轉了？」他問。

提起這個，坤儀臉色亮堂不少：「西城那幾個妖族一降，往盛京流竄的妖怪也少了，加上上清司多有巡邏，以及民間私塾教授過不少防妖之法，這一個月盛京都沒人再喪生在妖怪嘴裡。」

說著，她瞇著眼就笑：「我就說開私塾是有用的，就算不能將人人都送進上清司，也能讓他們明白基本的妖法是些什麼、該怎麼防備妖怪。」

不枉她往裡頭砸那麼多錢。

她笑起來當真是動人，眉眼舒緩得像畫一般，聶衍看了好幾眼才收回目光，低低地「嗯」了一聲。

察覺到他語氣裡的失落，坤儀連忙收斂了神情，輕咳兩聲道：「您快趁熱吃。」

「然後呢？」他輕嘆一聲，「殿下又想說讓我早些歇息？」

天都黑成這樣了，不歇息還想做什麼？坤儀瞪他一眼。

聶衍一頓，漂亮的眉眼緩緩染上一層委屈，彷彿無聲地控訴著她的暴行，看得坤儀自己都想罵自己一句禽獸，人家已經很可憐了，她怎麼能還這種態度呢。

猶豫了一下，坤儀問：「要不要去看夜市？」

因著最近民間都在齊心協力防禦妖怪，到了晚上家家戶戶也都是點著燈的，合德大街上逐漸就有了夜市，買賣一整夜都不打烊。

其實夜市上也沒什麼好東西，就是些小玩意兒和胭脂水粉，再錯落幾家路邊小攤兒，沒一樣是聶衍感興趣的，但不知為何，她話剛落音，他就飛快地道：「好，待會兒用晚膳天黑了就去。」

答應得過於爽快，導致坤儀在想自己是不是被他下了套了。

不過離開盛京這麼久，坤儀也不知道他們說的是不是真的，那親自去看看也好。

兩人換了尋常些的衣裳，連馬車都沒坐，從側門出去便匯入了人群裡。

人群擁擠，聶衍很自然地就牽住了坤儀的手。

他的手又寬又大，能將她的小手完全握住。坤儀略微有些不自在，但看著旁邊好多被擠散的人在四處喊著找對方，她也就不掙扎了，任由他將她拉著往前。

「姑娘看看這擺件，都是上好的玉器。」

「公子瞧瞧這邊的花燈，漂亮著呢，給娘子捎帶一個吧。」

坤儀一向喜歡漂亮東西，這些東西雖然沒宮裡的精緻，但勝在有趣少見，她一時興起就買了兩件玉器，等人將厚重的盒子放在她手裡的時候，她才有些後悔。

搬這麼重的東西怎麼逛街？蘭苕和夜半都沒跟出來，聶衍也不喜歡這些。

有些心虛地回頭，坤儀正想著該怎麼跟這人說，兩人才不至於當街吵嘴，結果一回頭，就看見了一個碩大的木頭架子，架子上掛滿了各式各樣的花燈。

第112章　花燈架子

「給。」他把整個架子遞到她面前。

花紙糊的花燈好看得緊，兔子的、仙娥的、荷花的，掛滿了木架。

坤儀瞠目結舌。

她指了指這花燈架子：「我可以跟著你過去挑，你不必將人家的攤兒都搬過來的。」

「沒有。」他看著她，認真地道，「這些我都買了。」

坤儀：「……」

以前是誰說她鋪張浪費，就喜歡買這些華而不實的東西的來著？

花燈買一個就好了啊！為什麼要把人家攤子都買了！

可是，當她定睛去看，想挑一個喜歡的拿在手裡的時候，坤儀慚愧地發現，她都喜歡，挑不出一個來。

於是，熱鬧的夜市裡就出現了一道奇景：一個男子舉著一整架的花燈陪一個女子散著步，花燈架子上還掛了許多沉重的盒子，但他舉得輕輕鬆鬆，仿若無物。

微服巡邏的上清司警察看見了，連忙拍了拍旁邊自己的上司：「大人您快看，那人骨骼清奇，說不定能進咱們司裡啊，要不要去籠絡籠絡？」

正在吃夜宵的淮南抬頭看了一眼，麵條差點從鼻子裡噴出來。

這位豈止是骨骼清奇，那得是天造的神骨。

心有餘悸地將麵碗放遠一些，淮南狠狠敲了敲方才說話那人的腦袋：「想活命就別湊過去打擾那二位，讓四周的兄弟們都機靈點，別觸霉頭。」

「……是。」不解地捂著腦門，警察還是依言傳了話下去。

於是，別人都在接受上清司盤查的時候，坤儀從街這邊吃到了街那邊，聶衍手裡拿的東西也越來越多。

「我當是誰，原來是殿下，怪不得能如此橫行。」李寶松抱著自己的大肚子，正巧與坤儀撞了個正著。她沒瞧見那花燈後頭的臉，只當是坤儀帶出來的下人，忍不住就道：「剛班師回朝就鬧這麼大的動靜，殿下還真是生怕這盛京不亂。」

坤儀看了看自己，又看了看她：「妳誰啊？」

李寶松一噎，略有怒意：「殿下就算記性再不好，也該知道我剛封了二品的誥命，旨意上還有您的親印。」

「哦，妳不說我還忘了。」坤儀輕笑，「二品的誥命，妳夫君見著我尚且要行禮，妳憑什麼對我指指點點？」

「就憑我夫君在為大宋出生入死，妳只會貪圖享樂坐在人家白骨上醉生夢死。」李寶松惱恨地道，「若不是昱清伯，妳今日焉能站在這裡。」

這話說得好笑，坤儀忍不住挖了挖耳朵：「妳的意思是，妳靠妳夫君榮華富貴是妳的本事，我靠我夫君活下來，是我占了便宜？」

「我……」

「瞧著妳要臨盆了，我可不想氣著妳。」她退後一步，聳了聳肩，「但是孟夫人啊，我勸妳，本宮的事妳少管，越管越來氣。」

李寶松也不想管啊，但她看見坤儀就是過不去，這氣堵在心口，上不去也下不來。

其實她日子過得已經很好了，等孩子安穩落地，孟極必定對她更為疼愛，這一生也算平安無憂。但不知是孕期情緒不好還是怎麼，她就是不想讓坤儀好過。

「我聽人說，昱清伯想與妳和離。」捧著肚子，李寶松哼笑，「早說過妳這樣的人並非伯爺良配，妳若能放過伯爺，我也不會再與妳為難。」

坤儀聽得直挑眉：「妳孩子都要生了，還惦記我家夫君呢？」

「妳少胡說！」她白了臉，「我說句公道話罷了。」

坤儀看向花燈後頭的人，仔細想了想，好像也是，聶衍若是不遇見她，還有的是姑娘上趕著投懷送抱。

花燈架子哐地被放在了地上。

李寶松嚇了一跳，捂著肚子就罵：「當主子的沒規矩，身邊的人也沒規矩？驚了我的胎，我看你有幾個腦袋賠！」

話剛落音，她就看見聶衍從花燈後頭走了出來。

臉色驟變，李寶松腿一軟，差點跪坐下去：「伯……伯爺？」

聶衍沒看她，他繞過花燈架子，徑直站到坤儀面前，低頭瞪她：「誰的話妳都往心裡去？」

「也沒有。」她乾笑。

「妳方才分明在盤算著怎麼甩了我。」

「互惠互利之事，那能叫甩麼，那叫和離。」

「妳休想。」

坤儀扁了扁嘴：「她凶我，你也凶我。」

「她算什麼東西，妳拿來與我說。」

「……」

坤儀朝李寶松攤了攤手，心想這話是他說的，妳氣著了可不關我的事。

李寶松是真氣著了。

她沒想到居然是昱清伯在親自幫這個女人拿東西，更沒想到的是傳言又是假的，不願意和離的居然是昱清伯。

最難過的，還是他壓根沒把她放在眼裡，哪怕她已經是二品誥命，如今炙手可熱的官夫人，在他眼裡還是連提都不配。

肚腹疼痛，李寶松扭頭就走。

「夫人……」幾個丫鬟連忙追了上去。

坤儀目送她遠去，撇了撇嘴：「她好歹是孟極的夫人，你話也不必說那麼狠。」

孟極是個唯李寶松馬首是瞻的，他還想重用孟極，就多少得給李寶松一點顏面。

聶衍不以為然，他拎起架子和她繼續往前走：「飛葉會頂替孟極。」

他當初能留孟極一命就已經是慈悲為懷，這妖怪既然軟肋明顯成了這樣，還是早些換了了事。

好在，李寶松的出現並沒有影響坤儀的心情，她接下來買東西還是很開心，遇見合眼的東西就往花架子上掛，聶衍也不嫌她，遇見好看的首飾，還順手多幫她拿兩個。

這一晚的夜市因著坤儀的到來，商販們賺了個盆滿缽滿，聶衍也以一己之力拉高了大宋好男人的準繩，往後誰再想有愛護妻子的名聲，那至少也得扛著花燈架子陪夫人逛遍整個夜市才行。

花燈架子在後來也就逐漸演變成了有錢又寵妻的象徵物——這些都是後話。

坤儀逛開心了，回到宮裡睡得也就早，她一睡，青雘就出現了。

青雘去找了聶衍。

那一襲黑紗從窗戶裡進來的時候，聶衍第一反應是高興，可待他看清那一雙狐眸，滿腔的高興就變成了殺意。

「我倒是不介意還你一命，但大人這一招落下來，先死的是她。」青雘有恃無恐地在他身邊坐下，甚至將脖子送到了他手裡，笑著問，「大人捨得麼？」

「妳來幹什麼？」他冷聲問。

青雘撇嘴，玩著自己肩上的青絲：「自然是來跟大人討饒的，我如今的妖力恢復了八成，出關是遲早的事，但我想著，因著以前的誤會，大人一定不願意放過我。」

豈止是不願意放過，他是一定會弄死她，將她三魂七魄都散盡，再入不得輪迴的那種。

青雘莞爾，她心裡清楚這些，所以舔了舔爪子，開門見山：「大人既然這麼喜歡這個小姑娘，那我便與她的三魂七魄共生，到時候，她就算身體死了，魂魄也入不得輪迴。」

屋子裡亮著的燈突然全滅，刺骨的殺意像刀子一樣一寸寸割著她的魂魄。

青臒被他這反應嚇得一激靈，差點奪路而逃，可為了徹底保住自己的小命，她還是硬著頭皮坐著，勉強笑道：「這只是最不得已的做法，這不還有另一條路麼，大人別急呀。」

「這小姑娘天生的仙骨，我也不捨得毀了她，只要大人承諾不對我動手，我可以不沾染她的魂魄。」

「但這樣一來，我出關就有些難了，還得大人相助，將我從她的體內救出來。」

龍族一諾千金，只要他點這個頭，往後就真的不能對她動殺手，否則將會五雷轟頂。

至於他身邊那些人，青臒還不放在眼裡。

聶衍沒說話，他冷冷地睨著她，像在看一個死人。

青臒唏噓：「大人當然還有第三條路可選，就是將她與我一起打死，這樣她能入輪迴，我也逃不出您的掌心，但是——您捨得麼？」

狐族一向機關算盡，一開始不曾與他談這個條件，便是覺得坤儀在他心裡還沒那麼重要，可如今她突然過來說這個，聶衍就知道自己可能是完了，連她都明白用坤儀來當籌碼，那九重天上的人就更清楚。

他沒有說話，青臒等了許久，終於是頂不住他身上的寒氣，縮回坤儀的身子裡，任由坤儀睡在他腿上。

聶衍眼神緩和下來，伸手撫了撫坤儀披散的長髮。

他自然是不會捨得她死的，但要他輕易放過青臒，也沒那麼簡單。

「妳瞧瞧，瞧清楚了啊。」青臒坐在黑暗裡對坤儀道，「這是我幫妳給他的第二次機會，選妳還是選復仇，他自己決定。」

坤儀一臉睏意地坐在旁邊，覺得青臒真是把她當小姑娘了，還幫她給機會，她分明是想自己算計聶衍好活命，就算不能活命也要聶衍不舒坦，偏還說成對自己的恩賜。

以前她覺得聶衍選擇殺了她很讓她難過，但再來一次，坤儀還是覺得，成大事者就不該兒女情長，該殺就殺唄，她十八年後又是一個能吃能喝的好姑娘。

但這一次，聶衍居然當真猶豫了。

他抱著她良久，久到外頭的天都要亮了，才吐出來一句：「我救妳出來，以後不會對妳下殺手，妳別動她的魂魄。」

第113章　偏愛

短短的一句話，青臒聽得狐瞳緊縮。她想笑，臉卻緊繃得扯不開嘴角，眼裡的震驚一點點傾軋下來，好半晌沒吐出來一個字。

坤儀睫毛也顫了顫，她有些茫然地環顧四周，不太明白聶衍為何會做這樣的決定。他不是恨青臒恨得連她也想一起殺麼，眼下這大好的機會，怎麼說不要就不要了。

龍族狐族的仇怨那可是不共戴天的，他這一言既出，難道以後就眼睜睜看著青臒站在他面前也不動手？

換她她都忍不了。

可聶衍說完這話，連猶豫一下也不曾，就往她眉心落了一滴龍血。

龍血滋養，將坤儀的三魂七魄好好地包裹了起來，誰想動任何手腳他都會察覺。

「你可真是厲害。」良久之後，青臒終於開口。

她臉上看不出多少開心的神色，狐瞳甚至有些發紅：「我伴他上千年，捨命救過他，也不見他對我真心至此。」

坤儀回神，不自在地撇了撇嘴角：「妳對他原也就不是真心。」

「我不是，那妳是？」她惱了，倏地將她抵在後頭的黑暗裡，「妳與他在一起，不也總想著算計他，讓他承妳的情？」

「嗯。」坤儀很大方地認了，鳳眼含笑地看著她。

青腰氣了個夠嗆，她鬆開她，在黑暗裡來回踱步了好幾圈：「論樣貌，論身段，論心計，我沒一樣會輸給妳。」

揉了揉自己的肩，坤儀站直了身子：「是啊，但是偏愛這東西是不講道理的。」

雖然她也沒弄懂聶衍為何突然這樣，但先氣著青腰總是對她有利的。

青腰妖力確實恢復了不少，但她不知道的是，隨著她妖力的恢復，坤儀禁錮的本事也在跟著上升，秦有鮫送來給她的卷宗，往常至少要學五年才能領悟，可最近，也就半個時辰，她就能運用自如。

所以青腰才會變得聽不見也看不著。

眼下她盛怒，坤儀就瞧見了她身上更多的破綻和被禁錮的舊傷，她仔細地打量著，不動聲色地又接著氣她幾句：「各花入各眼，興許在他眼裡，妳相貌身段樣樣都不如我。」

青腰咆哮著顯出了真身，碩大的白色九尾狐擠滿了整個黑暗空間，坤儀從容地躲開她掃過來的尾巴，記住了她喉下三寸的一道深傷，那傷口隱隱泛黃，還有未消解完的符紙。

那應該就是宋清玄封印她時留下的致命傷。

收回目光，坤儀離開了這一方空間。

睫毛顫了顫，她想睜開眼睛，結果身邊這人竟伸過手來將她的眼蓋住了。

「妳很睏。」聶衍篤定地道。

坤儀：??

雖然青腰拖著她這身子走了很遠的路，但她也沒累到要在他腿上直接睡過去吧？

坤儀搖搖頭，想張嘴說什麼，結果剛吐出一個「我」字，這人就連嘴也給她捂上了。

「睡會兒吧。」他道，「我在這兒守著，沒人能擾了妳。」

這話聽著莫名讓人覺得安心，坤儀抿了抿唇，終於是放棄了掙扎，靠在他腿上閉眼。

聶衍等了許久，等到她呼吸終於平緩了，才慢慢將手放下來。

這人自打回了盛京就起了與他分住的心思，他也沒個正當由頭與她同住，眼下這上好的機會，他連哄帶騙地也想將人留在身邊。

幸好，她看起來真的很累，不用他說太多的話，就當真睡了過去。

想來這幾日是諸事順利，所以她的臉色也好看了不少，窩在他懷裡的小臉白白軟軟，呼吸間鼻翼微動，幾縷青絲順著粉色的小耳朵落下來，正好垂在她乾淨的脖頸間。

聶衍沒發出任何聲響，就這麼靜靜地看著她，眼裡的光明亮閃爍。

像她這樣的小姑娘，他想，得用一座仙島養起來，給她好吃的，好穿的，好玩的，這樣她大概就會笑，然後趁著春光攏著漂亮的裙擺朝他跑過來，把喜悅灑他個滿身。

他其實說不清自己方才為何就寧願放棄追殺青𦞙也想護住她的三魂七魄，但他就是覺得，如果身邊有她，那往後的幾萬年，也許自己就不會再渾渾噩噩地過，眼裡有的也不再只是修為和天地精華，還能有日升日落和世俗的趣味。

他想把她留下來。

從自己的神識裡清晰地聽見這個念頭之後，聶衍的神色就輕鬆多了，他將她抱在懷裡，攏過被褥來把她裹得嚴嚴實實，即使她動了動身子，有些要醒的意思，他也蠻橫地抱著她，沒有要鬆手的意思。

第二天清晨，坤儀是被他勒醒的。

她有些艱難地喘了口氣，軟軟地推了推他的心口：「你用這麼大勁兒做什麼……」

聶衍睜眼，鴉黑的瞳孔看進她的眼裡。

兩人近在咫尺，他眼裡漂亮的光也能讓她看得清清楚楚。

坤儀的心跳略略地快了一拍。

她飛快移開目光，裝作伸懶腰的模樣推開他，結果這人鬆手等她伸完懶腰，又重新將她抱回了懷裡。

「伯爺。」她哭笑不得，「今日還有朝會。」

「嗯。」低低地應了一聲，他徑直將她抱著站起了身，從容地下了床去。

坤儀驚得雙手環住他的脖子，還沒來得及喊他放下自己，這人就將她擱在了妝臺前。

嗯？妝臺？

坤儀愕然環顧四周，發現這確實是伯爵府，也確實是他那深沉又莊重的房間，只是，她的妝臺不知何時就落在了這裡，連盒子裡的珠寶首飾和旁邊的胭脂水粉都一應俱全。

「昨日太晚了，未能將殿下送回宮中，便只能將這些東西帶過來了。」聶衍隨手拿起一支金雀步搖，「梳頭娘子就在外面，殿下只管吩咐，時辰還早，趕得上早朝。」

坤儀從光亮的銅鏡裡看著他，想問什麼，又咽了回去，只讓梳頭娘子先進來。

兩人收拾妥當，一前一後就進了宮。

朝會上，一向嚴苛的言官們都對她歌功頌德，將她比作一代名將，聽得坤儀自己都臉紅。不過他們此次去西邊三城確實收穫良多，起碼能讓盛京這些個大戶人家多安居三四年，經濟和貿易也都能穩中帶漲，聽幾句誇也算不得什麼。

只是，誇著誇著，杜相突然進言：「國不可一日無君，殿下既是巾幗不讓鬚眉，臣便請殿下早日祭告宗廟。」

他這話一出，朝中附議者甚多，有幾個老臣就算是因循守舊不願立女帝，也頂多是站著不吭聲，未曾出反對之言。

坤儀聽了半晌，笑瞇瞇地道：「不急。」

秦有鮫皺了皺眉：「殿下，國家大事，哪有不急的，眼下鄰國屢犯我邊境，不就是欺我朝無主，殿下若還拖延祭告，傷的是國之根本那。」

她坐在鳳椅上聽著，沒表態。

下朝之後，坤儀把秦有鮫叫去了上陽宮。

「三皇子還在世，等天下安定下來之後，你大可繼續扶持他。」她嘆息，「我是野慣了的，你讓我來坐守這宮城，不是為難我麼？」

秦有鮫皺眉看著她：「妳在打什麼主意？」

「我是什麼樣子的，你這個當師父的難道還不了解？」坤儀翻了個白眼，「讓我充充救世的英雄我有興趣，但要做那守業的帝王，我會把這老宋家的江山都敗光的。」

不對勁。

秦有鮫半闔了眼。

坤儀一開始是有繼任之心的，所以才會將三皇子送走，眼下是有了什麼打算，才會連帝位都不要？

想起這些日子她問他要的封印卷宗，秦有鮫突然開口道：「這世上的妖怪是除不盡的，只能馴服，讓牠們在一定的範圍內活動，但想要完全消滅牠們，就算是九天上的神仙下來了也沒用。」

「我知道。」坤儀點頭，神情輕鬆，「所以我壓根沒想過要除盡妖怪，能讓平民百姓都有法子對付妖怪就是我畢生所求了。」

不像有什麼極端想法的樣子。

秦有鮫微惱：「我是妳師父，妳有什麼打算都先告訴我一聲，總是不會害著妳的。」

「知道了。」坤儀笑瞇瞇地應下，「那我就先同您說一聲，明兒我想帶聶衍去街上布粥。」

「布粥這種小事倒也不必說與我……妳說帶誰？」秦有鮫一個激靈，皺眉。

「聶衍啊。」坤儀聳肩，「他最近不知怎麼的，總想跟我在一塊兒，我想著我倆這身本事，在一塊兒什麼也不做那多虧得慌啊，索性就去布粥了。」

秦有鮫一副吃了蒼蠅的表情，他斟酌了半晌，也沒挑出一句既能表明自己覺得這小徒弟有病，又顯得禮貌的語句。

噎了一會兒，他道：「聶衍不會去的。」

人家堂堂玄龍，瘋了才跟她去街上救濟百姓，凡人在他眼裡一直是在妖怪的對立面的，這與讓他去救自己的仇敵有什麼區別？

然而，聶衍去了。

不但去了，他還押著剛到盛京興奮不已的飛葉一起去了。

救濟的粥棚十分簡陋，粥也稀，但排隊的人很多，這些人身上都髒兮兮的，氣味也難聞，對於嗅覺靈敏的獸來說，十分不友好。

坤儀就穿著粗布衣裳在前頭舀粥，烏髮漫攏，臉龐清秀。

第114章　她很好看

飛葉眉頭皺得都能夾蚊子了，他氣鼓鼓地扛著一袋米站在旁邊看著那些髒兮兮的凡人：「也太難看了，比咱原先那城池裡也沒好到哪裡去。」

聶衍站在他身側，語中帶笑：「你看錯了，分明很好看。」

這都能叫好看？飛葉扭頭看向聶衍，剛想說大人您這眼疾有些厲害啊，結果就發現這人看的方向和自己方才看的好像不一樣。

順著他的目光看過去，飛葉瞧見了坤儀。

纖腰素裹，十指白皙，她就穿著最簡單的粗布衣裳，往那兒一站也是容色動人。

飛葉悻悻地收回目光。

他覺得大人不是衝著幹活來的，但他不敢說。

許是因著美人兒多，今日來領救濟粥的人也額外地多，坤儀帶著蘭苕和魚白以及幾個侍衛都忙不過來，最後還是把目光落在了聶衍身上。

聶衍挑眉。

今日出門的時候這人分明說：「您站著看看就行，當是陪我一遭了，不用做什麼事的。」

可眼下，她那水汪汪的鳳眼瞧著他，擺明了是打算食言。

聶衍不太樂意，這裡的平民百姓與他又沒什麼干係，也不曾遇見妖怪需要保護，就拿個粥飯，憑什麼要他動手，他又不欠這些人的。

可是，坤儀拿著那沉重的木勺，沒一會兒就「哎喲」一聲，不是燙著了就是磕著了。

呵，苦肉計對他來說有用嗎。

……有吧。

一炷香之後，聶衍站在了坤儀身側，板著臉替她遞碗拿勺子。

「我認得這位大人。」有個少年人拿了饅頭沒走，倒是指著聶衍笑了，「去年的祀神夜，大人救過我。」

聶衍抿唇，有些茫然，他在盛京抓過的妖怪太多，多是為了給上清司立名聲，哪裡記得救過什麼人。可眼前這人像是真的認出他來了，一時不肯走，跪地就謝。

「家中上有老母，下有幼兒，大人救我一命如救全家，但大人來去匆匆，小的連感激的話都沒能說，還請大人受我一拜。」

聶衍漠然地看著他，很想說我當時救你就為了讓你混到要靠救濟才能活的地步來？

但是他微微側頭，就瞧見坤儀正兩眼發光地看著他，那眼神，比她任何時候看他都要炙熱，帶著崇敬和欣賞。

話在嘴邊打了個轉，他語氣溫和地道：「職責所在，不必言謝。」

這動靜大了些，不少人仔細端詳起聶衍來，他臉本就生得出眾，一眼就能讓人記住，是以陸陸續續的有不少人認出了他，甚至有人喊了一聲「昱清伯爺」。

聶衍一開始還算能應付，但人越來越多，還擋著後頭的人領粥的時候，他臉色就不太好看了，到有人不長眼地擠著坤儀了的時候，他那一張俊臉就徹底沉了下去。

「讓開。」他沉聲道。

吵吵嚷嚷的粥棚前因著他這一句話瞬間安靜了下來，眾人也意識到他動怒了，連忙重新站好佇列。

「這位大人脾氣不太好啊？」

「瞧著是有些，莫要再胡為了，他連妖怪都能殺，你我幾個也就是他動動手指的事。」

正低聲議論著，眾人就瞧見旁邊那個派粥的姑娘「啊呀」了一聲。

聲音挺大，在驟然安靜的環境裡聽得旁人心裡都是一驚，下意識地就朝那發怒的大人看過去。

然而，這位大人並沒有像他們想像中那樣對那位姑娘也惡言相向，相反，他神色緩和了不少，湊到人家姑娘身邊，語氣是截然不同的溫柔：「傷著哪兒了？」

「好多油哦。」坤儀伸著小手爪，眨巴著眼看著他，「這裝鹹菜的盆邊緣上都是菜油。」

哭笑不得，聶衍拿了手帕出來，將她的手拉過來，順著手指一根根地給她擦：「都讓妳去坐會兒了。」

「人手不夠呀。」

瞥了一眼遠處的街道，聶衍說：「妳坐會兒，我去找人。」

這條街道是貧民窟，可再往外走一段路就是繁華的大街了，上清司的人正在巡邏，一排排青灰色的衣衫從容而過，路人看著就自動避讓開去。

這不起眼的衣衫代表的可是當下最炙手可熱的上清司，只要穿上這衣裳，就連六品的官員遇見也得下轎躬身。

聶衍已經憑一己之力將上清司帶到了一個鼎盛的時期，如今這些人上街辦差可都是美差，幾乎都是仰著頭走路的。

「你們。」他站在前頭，指了指那一列的人，「過來幫忙。」

這一列道人剛入上清司不久，正是享受風頭的時候，乍見個衣著普通的男子當街使喚他們，個個都有些生氣，正想拔劍，卻見領頭的道人連忙迎了上去：「大人有何吩咐？」

聶衍指了指另一邊街巷：「人手不夠，去幫忙派粥。」

「是。」道人扭頭回來，立馬吩咐他們，「快去幫忙！」

一行六七個人，十分不情願地跟著領頭的人走了，走在最後的人回頭看了聶衍一眼，忍不住撇嘴：「他身上連個道氣都沒有，憑什麼這麼囂張。」

領頭的道人聽見了，臉色發白，扭頭跑到後面就給了那人一拳，然後連連朝聶衍的方向躬身。

「你是眼瞎還是心盲啊，道氣是咱們考入上清司的時候用來甄別天賦的。」領頭的人壓低了聲音呵斥他，「對昱清伯你也敢看道氣？」

「昱清伯又怎麼了，總不能因著是伯爵就能這麼使喚我們。」那人猶自覺得委屈。

領頭人沉默了一下，問他：「昨日司內發了本司卷宗，你沒有看？」

「看那做什麼，都是些前輩介紹，我又不會見著他們。」

重重地拍了拍他的肩，領頭人吸著冷氣道：「回去看看吧，這樣下回你遇見昱清伯，也就不會覺得他只是個伯爵了。」

餘下幾人已經反應過來了，紛紛加快了腳步，一到粥棚就請坤儀在旁邊歇息，然後手腳俐落地開始幹活。

難民們別的不認識，上清司的服飾還是清楚的，當下都有些惶恐，這些貴人來給他們布粥？可一看他們的表情，要多殷勤有多殷勤，還生怕做錯了什麼似的，完全沒有架子。

眾人遲疑地接受著他們的派發，扭頭又看見方才那脾氣不好的大人不知從哪裡端了一碗銀耳，坐在那姑娘面前低聲說著什麼。

伸長耳朵仔細去聽，才聽見他說的是：「嘴唇都乾了，嘗一口，別怕他們，我擋住了，他們看不見。」

「放了糖，甜的。」

眾人：？

大人您方才派粥的時候不是這個脾氣啊？

坤儀吃了兩口就不吃了，連連皺眉看向旁邊：「人家都喝粥呢，你給我喝銀耳湯算怎麼回事。」

聶衍嗯了一聲，捏著勺子道：「妳比他們好看。」

「好看也不能當人家面這麼做呀。」

聶衍恍然，放下了勺子。

坤儀欣慰地看著他，覺得如今這位伯爺真是好說話多了，能很快明白她的意思，知道不患寡而患不均的道理——

這話還沒想完，她就發現聶衍在四周落下了結界。

結界一落成，四周誰也看不見他們了，他才又拿起勺子，繼續舀了一勺湯塞給她：「不當他們面就是。」

坤儀：「……」

哭笑不得，她低眸看著蹲在自己面前這人：「伯爺，我手也沒斷，人也好好的，怎麼就要您來餵了？」

「蘭苕說妳晨起就肚腹不適。」他抿唇，「夜半說吃銀耳湯能好些。」

坤儀努力回想了一下，發現只是自己早上的一聲悶哼，倒也沒多難受，竟就被蘭苕拿去說嘴了。

面前這人竟也當回事。

想起他給青雘說的話，坤儀微微抿唇：「伯爺待我這麼好，我未必能報答伯爺。」

「誰稀罕妳報答。」聶衍繼續餵著她，眼睛一眨不眨，「妳這點本事，保全妳這江山尚且勉強，哪裡還有餘力顧別的，老實些少病少痛就成了。」

她微惱：「我這點本事……也不小了。」

「我看不上眼。」他道。

腮幫子鼓了鼓，坤儀氣憤地別開頭，躲掉了他的餵食。

聶衍也不惱，將她的臉轉過來，低笑道：「妳的道行我看不上眼，但人我看得上，乖些，莫同我鬥氣。」

心尖顫了顫，坤儀垂眼，有些慌張地含了那一口湯。

這花言巧語的，又是從這麼個大美人嘴裡吐出來，誰聽了不得心動啊，她好想相信他，從此就當他懷裡的小甜糕，什麼也不用操心就好了。

但理智勒住了她的咽喉。

搖了搖腦袋，坤儀將他手裡的銀耳湯喝盡了，然後起身捏著帕子抹了抹嘴：「這邊有勞伯爺看顧，我還要去鄰街一趟，半個時辰之後就回來。」

聶衍抿唇，一雙眼靜靜地看著她。

坤儀擺手：「不能同去，這些人若沒你看著，一會兒就要惹事的。」

他垂眼，略微失落。

「再過兩個時辰，你我一起回宮，蘭苕將上陽宮的側殿收拾出來了，你可以住。」她道。

眼裡的失落消失了，他輕咳一聲，拂袖站起來：「半個時辰之後妳若沒回來，我再去找妳。」

「好。」

化掉他立的結界，坤儀帶著蘭苕就走，聶衍站在原地看著，直到兩人消失在街盡頭的拐角處，這才收回目光。

第115章　晶石

坤儀帶著蘭苕七拐八拐，十分隱蔽地去了掌燈酒樓。

她走的是後門，誰料門剛敲了一聲，樓掌櫃就搖著柳腰出來了：「殿下何等身分，怎麼不走正門啊？」

坤儀看著她也笑：「掌櫃的不也只在後門守著。」

嗔笑一聲，樓似玉將她迎進了門。

「九天上有了動靜，我料想殿下也該過來了。」她一邊走一邊回頭，引著她上了二樓的天字一號房：「最近生意忙，我也不想與殿下兜圈子，那東西殿下如今若想要，妾身是給得的。」

坤儀挑眉：「先前來問，掌櫃的還萬分不情願。」

「那是因著殿下彼時沒懷什麼好念頭。」樓似玉掩唇笑，眼眸上下打量她一圈，「如今是不同了。」

腳步頓了頓，坤儀有點意外。

聶衍都沒發現她身上的變化，這樓掌櫃一眼竟就看出了端倪？

「殿下不必擔憂，我到底是女子，比起男兒，怎麼也更能觀察入微些，但若論修為，我是斷不能及那位大人的。」像是猜到了她在想什麼，樓似玉莞爾一笑，「更何況，妳身上有他的魂魄在。」

這個他，自然指的是宋清玄。

坤儀突然有些動容。

樓似玉的修為就算不及聶衍，也定然是在青騰之上的，這人卻肯為了宋清玄放棄妖王之位，混入凡間一年又一年地等，真真是用情至深。

然而，還不等她感動多一會兒，樓似玉就把那塊傳聞裡女媧用來觀看人間的晶石給搬到了屋子中央。她選了上好的紅木花几，將那晶石上還繫了個大紅綢帶，甚至還讓兩個丫鬟穿著水袖上來繞圈。

「這樣繞，石頭能更好用嗎？」坤儀很好奇。

樓似玉笑瞇瞇地搖頭：「不會好用，但會更貴。」

坤儀：？

「都是老熟人了，妾身也不與殿下多計較，這晶石天下只剩這麼一塊，能用來守護整個凡間的太平，限制妖孽的擴張，退一萬步來說，就算當普通的寶石，它也是價值連城的。」樓似玉不知從哪兒掏出了一把小算盤，嗶嗶撥撥了一陣，響亮地一打。

「算您八十萬八千八百八十八兩吧！」

一口茶嗆在喉嚨裡，坤儀咳得差點背過氣：「多，多少？」

「貴了點哈？」樓似玉乾笑，不好意思地摸了摸自己的臉頰，「那給您抹個零，就八十萬兩？」

拉著蘭苕的手替自己順了順氣，坤儀好半晌才哭笑不得地道：「樓掌櫃能以區區女兒身在這盛京裡打下這麼大片產業，是有些本事在身上的。」

「殿下過獎。」樓似玉攏了攏自己的鬢髮，輕嘆了一口氣，「妳們凡間做什麼都要錢，沒點銀錢傍身，我這小女子怎麼養活這麼大一間酒樓呀，還不知道要開多少年呢，不為後面多攢攢怎麼行，殿下也體諒體諒，妾身能從玄龍的眼皮子底下將這塊石頭保下來可不容易啊，八十萬是良心價了。」

這良心怕是金子打的，還鑲了寶石。

坤儀哆哆嗦嗦地又喝了一口茶。

大宋眼下百廢待興，哪裡都要花錢，這銀子她就算出得起，也不能全放這兒了，不然往後再遇見些什麼事，國庫又空虛，她就沒有先前那般的底氣了。

斟酌許久，她指了指還在繞圈的丫鬟：「妳們先下去。」

又指了指晶石上繫著的大紅綢花：「把這個也帶下去。」

丫鬟們暈頭轉向地領了命，扯著紅綢下樓並且帶上了門。

屋子裡只剩坤儀和樓似玉了，她也不廢話，伸出五個手指：「這個數，我再加一塊金字招牌給妳的酒樓。」

樓似玉眼眸微亮，又抬袖笑：「瞧殿下這話說的，什麼招牌能值三十萬兩呀。」

「皇家的招牌，三十萬兩妳都未必買得著。」坤儀也笑，「有那招牌，妳不管是過稅還是例行搜查，都不會有任何官員敢為難，更不會因為有妖怪路過妳酒樓，而將妳這店鋪一起查封。」

樓似玉聽得直眨眼。

她還以為這殿下是個何不食肉糜的嬌嬌，誰料談起生意來竟是直捏人要害，她這開門做酒樓的，最怕的就是搜查和過稅，前幾年遇見個見色起意想強占她的府尹，愣是逼得她的店關了一個月，一會兒說有妖怪，一會說稅款不對，可耽誤了她不小的事。

雖然後來那府尹死得很慘，但耽誤了的銀子她可是一直沒賺回來。

眼眸轉了又轉，樓似玉笑了：「殿下不再加點兒？」

「能加二十萬兩。」坤儀勾唇。

樓似玉聽著，沒覺得高興，反而是冒了些冷汗，沒敢接這個話。

但她不接坤儀也是會往下說的：「這二十萬兩，就買這晶石往後的平安，掌櫃的既然能護住它，就請一直護住它，甚至再有個幾塊重新落世，也請掌櫃的一併看顧。」

就知道這二十萬兩沒這麼好拿。

樓似玉直嘆氣：「我忙死了，哪有閒工夫一直守著它們呀，這不耽誤生意麼。」

「妳有『追思』，放上去就可以了。」坤儀撫掌，「只要聶衍不再起什麼心思，別的妖怪，想必都不是掌櫃的對手。」

瞧見樓掌櫃眼裡的猶豫，坤儀拿過她的算盤，替她打了打：「酒樓利潤再厚，一年頂天也就六萬兩，掌櫃的只用將追思放在晶石上，有很大的可能什麼也不用做就能賺二十萬兩，相當於勞裡勞外做三年多的活兒。」

「並且，這樣一來，我還能為掌櫃的親人在朝中掛個虛職，有官家門路，妳這酒樓百年都倒不了，能安安心心等人投胎轉世。」

最後這一句話，樓似玉終於是動心了。

她一邊笑著說：「我沒什麼親人了。」一邊又去將酒樓裡一個收養來的小夥計的戶籍找出來遞給了坤儀，「就他吧。」

接過戶籍單子，兩人交易算是達成。

樓似玉以為坤儀要回去調銀子，誰料這人直接從袖袋裡掏出了厚厚一疊銀票：「五十萬兩，您數數。」

嘴角抽了抽，她接過銀票來，上下打量面前這小姑娘：「年紀輕輕，家底頗豐啊。」

「過獎，我是得蒙祖蔭，自然比不上樓掌櫃這般自己打基業的。」坤儀與她行了個禮，「有勞了。」

開心地數著銀票，樓似玉也沒多說什麼。

但，在坤儀即將走出房門的時候，她還是嘆了口氣。

「我那個大姪女，本性是壞了些，但多少與我也算親近，還請殿下動手的時候痛快些。」

腳步僵了僵，坤儀回頭，似笑非笑地問她：「掌櫃的焉知是我能贏？」

樓似玉搖頭，捏著銀票轉過背去繼續數，沒有要解釋的意思了。

坤儀這身子是天生的仙骨監牢，就算疏於修煉，對付妖怪也始終是占上風的，樓似玉可能是憑著這一點，希望她給青雘一個痛快。

但坤儀自己知道，自己除了這身子的優勢，別的一樣不占，事情能不能順利，她心裡也沒底。

原路返回的時候天色有些暗了，她帶著蘭苕走回貧民窟，剛到街口就看見遠處亮著一盞燈。

聶衍提著她最愛的飛鶴銅燈站在街口，一瞧見她，眉目就鬆開了。

他走上前來，沒問她去了哪裡，只道：「粥都派完了，此處也沒別的事，回宮可好？」

燈光盈盈，坤儀站在面前仰頭看著他，心裡莫名就軟了一些。

「好。」她說，「回去的路上會經過一家菓子鋪，買些回去吃正好。」

很尋常的一句話，但聶衍就是聽出些不同來。

鴉黑的眼眸亮了亮，他一手提著燈一手牽著她，快步走向馬車：「好，待會兒讓夜半在鋪子門口停。」

兩人上車啟程，他的手沒鬆，坤儀也沒動。

聶衍突然就笑了，聲音低低的，帶著些劫後餘生般的慶幸。

她這是肯接納他了吧。

雖說來的時候也是一起乘車來的，但回去的這一趟，聶衍總覺得馬車要軟和些。等到了宮門口，坤儀有些乏了，下車的時候搖搖晃晃的半天沒踩穩矮凳，他也笑起來，一把將她背上了身。

「伯爺。」坤儀掙扎了一下，「這像什麼話。」

「我不會讓別人看見的。」他道。

繡著金符的黑紗從他肩上垂下來，聶衍一邊走一邊瞥了一眼，而後拐過一道宮牆，坤儀身上的黑紗就換成了他先前送的灑滿星辰的裙子。

「許久也不見妳穿它，還以為是弄丟了。」

坤儀低頭看了看，有些怔愣：「料子金貴，是不常穿。」

「妳若喜歡，我往後多送妳些。」

「夠了，耗費修為在這上頭多虧得慌。」

「不差那點。」

哭笑不得，坤儀捏了捏他的墨髮：「你往後指不定還有多少硬仗要打，一分一毫的修為都該省些。」

這賢慧的口吻，像極了會持家的小婦人。

聶衍聽得直笑，將她掂了掂：「擔心我？」

「倒也沒有。」她嘆息，「就是想著，如今是你，還願意與我談條件，保住這天下太平，再換個人來，我可應付不了，自然是希望你贏到最後。」

這話是真心的，但聶衍今日心情極好，只當她在嘴硬，背著她繞了幾個圈，低聲道：「有我在，妳的天下會太平的。」

第116章　鄰國

聶衍沒騙她，困擾大宋幾十年的妖禍在坤儀輔國的第二年年初就逐漸消失了，與此同時，對大宋多有騷擾的鄰國突然就爆發了極為嚴重的妖禍。

先是從邊境開始，一連打砸搶掠了大宋邊境半年的鄰國軍營，一夜之間被妖怪吃了個精光，而後這妖禍就順著東河直入鄰國，將原本就妖怪為禍的鄰國徹底扯入亂世。

短短兩個月，他們便京都告急，求助於大宋。

「先前都是奸臣作祟，才會令我們國主做了錯誤的決定。」使臣討好地笑著，「兩國雖是起過不少衝突，但也都解決了。」

坤儀坐在鳳座上，心想那是衝突解決了嗎，那是你們製造衝突的人被解決了。

聶衍殺伐果斷，歸順於他的妖怪統統被劃分了仙島修煉，不再於人間覓食，但有好些不願意從他的，便是從大宋逃去了鄰國，繼續吃人。

坤儀是個恩怨分明的，聶衍於她有恩，她便善待上清司上下，為他們在民間營造了極好的名聲，甚至將教授百姓除妖之法的功勞悉數歸於他們，不提自己半點。

但對鄰國這趁火打劫的，她只想以牙還牙。

放下酒盞，坤儀朝下頭笑了笑：「貴國既然派使臣不遠萬里來開這個口，本宮也沒有不答應的道理，只是，本宮派人去支援貴國，那派出去的兵將若被為難，又當如何？」

那使臣連忙道：「不會為難，我們要的人也不多，上清司一百道人即可，倒是糧草實在稀缺，還請殿下相助。」

不讓她的兵過去，還想要她給糧食。

坤儀笑了笑，緩緩靠在椅背上，沒有再接話。

那使臣想必也知道她不樂意，跟著就轉向旁邊坐著的聶衍：「我等素聞這昱清伯的威名，若他肯往，便是能抵得上千軍萬馬的。」

這話聽著像是拍馬屁，但朝堂上不少人心裡都知道，確實如此。

他只用親自去鄰國一趟，鄰國的災禍就能平。

但聶衍顯然不想費這個力，對他的恭維不為所動，只淡淡地抿著酒，餘光有意無意地瞥著上頭的坤儀。

她今日喝得有些多了，小臉粉撲撲的，上半身的儀態看著還端莊，但被垂簾蓋著的桌子下頭，這人一雙小腿已經不安分地晃了起來。

得早些散場讓她回去歇著了。

收回目光，聶衍打算起身。

使臣見狀，立馬急了：「兩國畢竟曾有聯姻之誼，如今大宋又是坤儀殿下輔國，哪能見死不救呢，咱們皇子的陵寢裡都還給殿下留著主位呢。」

他不說這個還好，一說，坤儀的酒都嚇醒了大半。

她撐著桌面往前傾了傾身子，看了看聶衍那張驟然冷下去的臉，又看了看這個渾然不覺事大的使臣，當即都想給他鼓掌。

妙啊，想讓她如今的駙馬幫忙滅妖，卻說她亡夫那裡還給她準備了墳，怪不得這鄰國一直邦交不順，多方樹敵，原來竟是有這麼個奇才在。

聶衍淡聲問：「殿下回朝之時將嫁妝一併帶回了，不算和離？」

「這哪能算呢！」使臣連忙道，「兩國聯姻那是大事，先前我們皇子那是疼愛殿下，才允其在他死後歸國，這可沒有什麼和離一說。」

「那後來貴國為何撕毀當初結親時簽訂的條款，屢次兵犯我朝邊境？」

「這……我朝奸臣當道，國主也不想的。」

「原來如此。」聶衍頷首，然後嘆了口氣，「這就不巧了大人，我朝現在也是奸臣當道，那奸臣執意毀壞兩國聯姻，先前種種，都做不得數了。」

使臣臉上一陣紅一陣白：「伯爺說笑，有伯爺在，這朝中誰敢……」

「幸會。」聶衍打斷了他的話，朝他微微一拱手，表情冷淡，眼神挑釁。

後頭的話不用說，使臣也看明白了，他說的奸臣是他自己。

彷彿被人掐住脖子一般，那時辰半晌沒說出話來，聶衍也不樂意陪他在這兒待了，將酒一飲而盡就起身對坤儀道：「明日還有朝會，請殿下保重身子，切莫貪杯。」

他都這麼說了，這一場不是很盛大的接風宴也就這麼散了。

一向走路帶風的坤儀殿下，頭一回乖乖低著頭跟在聶衍後頭往上陽宮走，像隻夾著尾巴的小貓咪。

「我覺得，他說的話，怎麼能算在我頭上呢？」她邊走邊嘀咕，「我可沒想著死後還要葬去趙京元身邊。」

當時他們多怕她啊，像送瘟神一樣將她趕出了國都讓她自己回國，又怎麼可能還在皇陵裡為她留位置。

這使臣就是說這話來套近乎的，但是偏生聶衍聽進去了。

「嗯。」他低聲道，「我沒有怪殿下。」

說是這麼說，這人分明就是不高興，神色淡淡的，身上也清冷得很。

坤儀撓了撓頭，不知道該怎麼讓他開心一點。

總不能說我立馬去修個我倆在一起的皇陵吧，那多不吉利。更何況，人家玄龍哪裡用得上皇陵，山都未必比他長壽。

思來想去，坤儀決定以他的名義派兵前往鄰國支援，所到之處，昱清伯的大旗都一定是高高豎起的。

「殿下大可不理他。」聶衍抿唇，「為何一定要幫？」

坤儀勾著他的手指，輕輕晃了晃，「這你就不明白啦，鄰國的百姓也是百姓呀，就算是普度眾生吧。」

心裡嘆了口氣，他瞥她一眼，正想說輔國之人不能這麼良善，就聽她接著道：「更何況他接受了我開的條件，願意給大宋二十處鐵礦，五處銅礦，還將每年進貢的單子加了一倍多。」

聶衍：「……」

他怎麼能覺得一個皇室裡長大的小姑娘會願意在國事上吃虧呢。

拂袖轉身，他道：「也好。」

「哎。」小姑娘拉住了他，軟軟的手指晃啊晃，「我對趙京元只有恨沒有愛，你壓根不用為他的事不高興。」

眉心微舒，聶衍低笑，他覺得這小姑娘好像長大了些，竟會體諒他了。

然而，還不等他舒坦多久，她就接著道：「你要惱還不如惱杜素風，至少他死的時候我哭過好幾個晚上。」

聶衍：「……」

杜蘅蕪進宮來找坤儀的時候是提著刀的，雖然宮中禁軍一再禁止她帶刀入宮，但這人身法不俗，又會道術，最後誰也沒能攔住。

「我立功回來，好不容易在上清司的三司裡謀了官職，妳一句話就讓聶衍冷冷盯了我三天！三天！」將坤儀按在軟榻上，杜蘅蕪反過刀來就用刀柄打她屁股，「我哥死的時候妳在我面前笑那麼歡，妳有本事就一直笑啊，哭什麼！」

坤儀被她打得哎哎叫喚，蘭苕在外頭守著，卻沒進去。

她只長長地，長長地鬆了口氣。

這麼多年了，橫在杜大小姐和殿下中間的這根刺終於是見了光，能拔了。

「我哥不是妳殺的，那他死之後妳能不能當著我的面哭，妳躲起來哭算什麼！」

「我害死了他，還有臉當妳的面哭他？」坤儀直撇嘴，「況且他也不讓我哭，說這樣魂魄聽見了會不捨得走。」

「胡說，我們都在哭，他怎麼就捨得走了？」

杜蘅蕪說著說著眼睛就紅了，她將刀扔了坐在坤儀身邊，惱恨地道：「他剛死沒多久，妳還就接受了先帝的指婚。」

坤儀眨眼：「那不然呢，皇兄讓我和親，我說不好意思沒空？」

「坤儀！」

「誒，在。」她雙手舉起來，笑嘻嘻地問她，「吃不吃菓子？」

杜蘅蕪死死地瞪著她，終於還是落了淚下來。

她沒指望讓坤儀償命，這事怪她體內的狐妖，不能怪她，她甚至沒得選，從出生起就要當一個封印妖怪的容器。

可哥哥死得太慘，她沒有人可以怪罪，就只能怪坤儀。

怪了這麼多年了，頭一回從聶衍那裡知道，坤儀原來是為她哥哥難過了很久的，偏生是嘴硬，每回見著她都要唇槍舌戰一番。

心頭的結平了一些，杜蘅蕪一邊哭一邊咬牙：「妳在輔國，位同帝王，自是不知妳那駙馬有多大的權勢，他盯我三日，上清司裡其他人都以為我要死了，連喪葬白禮都開始給我算上了。」

坤儀沒忍住，笑出了聲。

「妳還笑，都是妳，前塵舊事了，突然提他做什麼！」杜蘅蕪白她一眼，「我不管，妳要麼給我漲漲俸祿，要麼就賠償我的損失！」

坤儀沉思一番，肉疼地道：「漲俸祿吧。」

眼淚一抹，杜蘅蕪站起來道：「那我原諒妳了。」

頓了頓，她又挑眉：「只是妳那駙馬醋性大又不自知，妳自個兒看著點吧，我真怕以後因為我姓杜，他會因著我吃飯用了舌頭而將我貶黜。」

哭笑不得，坤儀擺手：「知道了。」

答應是這麼答應，但坤儀不覺得聶衍會當真吃這麼大的醋，他多半是在借機讓她和杜蘅蕪把話說開，往後也少一個心結。

這麼一想還挺體貼。

聶衍確實是體貼的，但這件事，坤儀還當真是誤會了，伯爺沒別的心思，就是當真不高興了，所以才會找杜蘅蕪的茬。

第117章　未來

也不僅是杜蘅蕪，夜半、朱厭這些在他身側的也沒能逃掉，一連幾日都承受著來自伯爺身上的低壓。

說來也氣人，既然是坤儀殿下惹了他不高興，那他怪坤儀去不就好了，聶衍不，他對坤儀還是溫溫和和，但對他們，那就是北風般殘酷了。

朱厭已經不知道第幾次因為辦事不力被罰了板子，夜半也因著跟蘭苕來往過多，被主子冷笑著調去了三司裡歷練。

說實話，夜半不覺得跟蘭苕來往過多是什麼錯處，畢竟兩人你情我願的，又沒什麼見不得人的，頂多是主子自己心裡有氣，扭頭看見蘭苕送菓子給他，殿下沒送給他，心裡不舒坦了，所以變著法兒地把他調遠點。

但夜半很聰明啊，他逮著機會就對聶衍道：「殿下對您還真是用了心了。」

聶衍原是想接了他傳來的信就繼續把他扔回上清司的，聞言倒是頓了頓，不鹹不淡地「哦？」了一聲。

夜半立馬就道：「原先在您身邊還不覺得，這去上清司一看，殿下豈止是用心，簡直是用心良苦，您出去掃一眼就知道，如今這盛京裡，誰不歌頌伯爺美名。」

除妖是頭等大事，而坤儀並未像盛慶帝那般打壓上清司，反而是將伯爺的功勞明明白白昭告天下，甚至找林青蘇寫了好幾篇文章傳閱民間，囑咐茶樓先生一月十次地詳說。

是以，就算是街上十歲的孩童，提起昱清伯，都會兩眼放光，大聲說那是他的榜樣。

「殿下大抵是知道名聲不好很多事就都不好辦，所以將您護得極為周全，往後您就算是當場化龍，大宋的人也未必會覺得龍是妖怪，只會因著您做的好事，將龍奉為神。」夜半繼續道，「就杜大小姐所言，殿下從未對旁人花過這麼多心思。」

「包括杜素風。」

聶衍沉默地聽著，等他說完，才淡淡地哼了一聲。

夜半以為他不信，還想再說，卻見主子站起了身，拂袖道：「回信讓淮南去送。」

眼眸一亮，夜半連忙笑著謝恩，乖巧地在自家主子身邊站好。

與鄰國的合作達成，又少了妖怪滋擾，大宋的貿易開始蓬勃發展，坤儀施政合理，短短半年，國庫就開始充盈起來。

朝中不是沒有奸佞，但多數不用等到坤儀動手，就被上清司清查了，故而後世上清司甚至逐漸變成了一個督察朝中官員的部門，這倒是後話。

眼下坤儀輔國政績卓然，杜相一次又一次地請她祭祖，朝中那些原本中立的老臣，也終於是往坤儀的桌上放了奏摺。

「殿下治國有方，宋家先祖皆可見，還請殿下早日登基，免除禍患。」

「殿下登基可安民心。」

「還請殿下早做打算。」

坤儀將奏摺掃過，放在一旁，又瞥了一眼遠處的天。

樓似玉說，昨天夜裡那塊晶石發了光，九天之上應該很快就有動靜了。

但，有動靜未必是好事，畢竟就算撇開屠殺凡人的罪名，聶衍也未必能順利登上九重天。

「妳最好不要插手他的事，插手妳也什麼都做不了。」秦有鮫平靜地道，「妳該做的都做了，剩下的就是等著提供證詞。」

在秦有鮫看來，坤儀體內關著青雘還沒有被聶衍撕碎已經是極其幸運的了，她能平安活著比什麼都要緊。

坤儀十分乖巧地答：「放心吧師父，我也沒想做什麼。」

她接受了杜相的勸諫，決定在七日之後祭祖，按照宮規，這七日裡她便要沐浴齋戒，念經誦佛。

但坤儀翻著白眼問宮中司儀：「我念經誦佛，你幫我批閱奏摺？」

司儀白著臉直搖頭。

於是，一切禮儀如常準備，坤儀卻是拉著聶衍滿盛京地跑。

今天去吃珍饈館的新菜，明日去品舒和館的名茶，來了興致，還叫上幾個來往多的朋友，在上陽宮背後的庭院裡烤兔子。

「殿下這是有什麼喜事？」杜蘅蕪好奇地打量她。

「沒，高興麼。」一碗酒下肚，坤儀笑得臉上和眼眶都粉粉嫩嫩的，「咱們大宋如今好了不少，我高興。」

聶衍接住她有些踉蹌的身子，輕輕揉了揉她的額角：「以後還會更好的。」

「是呀，還能更好。」坤儀望著他，從自己懷裡抽出一卷東西來，「你看看，咱們這樣相處成不成？」

聶衍將這東西打開，發現是她規劃的妖市。

大宋的妖怪，吃人的都去了仙島，不吃人且喜歡生活在凡間的，也被她上了戶籍，只是戶籍上會有特殊的花紋，只有上清司的人能分辨。

「我想過了，一直靠你壓著，你總有走的一天呀，既然除不盡他們，那就立這麼些條約，凡人歸我約束，妖怪歸上清司約束。」

她的想法十分大膽，竟是要讓妖怪與凡人共存，但具體規劃得也很細緻，大到婚配律法，小到濫用妖法行騙亦或是傷人，都列了各自的處理規矩。

人肉對妖怪始終是一種致命的吸引，所以她的私塾也會繼續辦下去，教更多的百姓從妖怪手下保命。而妖怪大多不通人情世故，被騙錢財也會由官府替他們討回公道。

這不是能長治久安的辦法，但一定是當下這情況裡最好用的辦法。

聶衍看了良久，眼神微動。

她好像也把他劃在了未來裡，有這樣的東西，兩人以後能減少很多不必要的衝突，甚至他身邊的妖怪，想留在凡間的，都能有個依靠。

心口突然軟得慌，他伸手，將還在喋喋解釋律條的人擁進了懷裡。

「哎，我還沒說完呢。」坤儀悶聲道。

他揉了揉她的腦袋，低聲道：「我都知道。」

沒有什麼比被自己喜歡的人劃在未來裡更讓人高興的事了，就算他再含蓄，再雲淡風輕，走回眾人都在的後庭裡之時，杜蘅蕪和朱厭也是笑道：「難得伯爺心情這麼好，多喝一盞。」

聶衍低頭看了看自己，問：「哪裡見得我高興？」

杜蘅蕪神色複雜：「您要不將嘴角放下來點兒？」

這都看不見的那就是瞎子了。

朱厭失笑，抿著酒搖頭：「不知道的還以為您是在高興大事將成。」

九重天上來人了也沒見他這麼笑啊。

「大事將成也是喜事。」捏著酒盞與他碰了碰，聶衍突然垂眸，「你得多花心思，別讓出了什麼意外。」

「您放心吧。」捏了捏指骨，朱厭噴著鼻息道，「有欠有還，十拿九穩。」

聶衍沒再多說。

他不曾告訴坤儀天上那些人具體在什麼時候來，只暗自準備著。坤儀也沒告訴他她最近在忙什麼，只是白日裡與他一起吃喝玩樂，夜間在御書房裡批閱奏摺，直至深夜，才被他用斗篷裹著帶回上陽宮。

在祭祖儀式的前一天晚上，坤儀突然留了他在主殿。

「我睡不著。」鳳眼亮晶晶的，她雙手托腮地看著他，「你陪陪我。」

她穿的是藕色的薄紗，青色的兜兒一眼就能瞧見。

聶衍嘴角抿得有些緊。

他突然問：「殿下覺得自己最心悅於我之時，是何時？」

坤儀一怔，大約是沒料到他會問這個，不過很快她就答了：「第一面見你之時。」

第一眼看他，這人站在她最喜歡的一盞飛鶴銅燈之下，挺拔的肩上落滿華光，風一拂，玄色的袍角翻飛，像極了懸崖邊盤旋的鷹。

當時坤儀就想，這人真好看，得是她的才行。

她調戲過很多良家婦男，也看盡了這盛京裡的風流顏色，獨那一次，她聽見自己的心跳清晰又熱烈。

咚咚，咚咚——

而後來，她垂眸。

後來的她，是坤儀公主，與他成婚要思慮利弊，與他圓房也要想著不能有孩子，對他依戀又抗拒，算計又深情。

只有第一眼的時候，坤儀覺得，自己是心無旁騖地悅著他的。

面前這人看她的眼神突然就多了幾分心疼。

坤儀可受不了這個，她翻了個白眼，撇嘴道：「我有什麼好心疼的，我錦衣玉食，受著無盡的恩寵長大，總是要付出些什麼的，這天下可沒人能好事盡占，做人得想開些。」

聶衍抿唇，伸手摸了摸她的頭頂。

她的鼻尖突然就有點酸。

「我倆這一年多的糾纏不那麼敞亮。」她低聲道，「下輩子我若是個窮苦人，沒錦衣玉食，也沒皇室寶冊，我就用盡我所有的力氣去愛你相信你，摔破頭也沒什麼大不了。」

但現在，她不敢摔，她摔的不止是自個兒。

吸了吸鼻子，她不等聶衍說話，攬著他就仰頭吻了上去。

兩人已經很久不曾圓房，照理說，這大事關頭，她也不該拉著他糾纏。

但是坤儀想，老娘一輩子都活得炙熱敞亮，沒道理在不知道明日自己生死的情況下還憋著，睡就睡了，就當是舒坦一回，安心上路。

誰料，聶衍比她還不忌諱，她只開了個頭，這人呆滯了一瞬，就猛地扣住了她的腰肢。

「有我在。」抵死之間，他喘著氣在她耳側道，「有我在，妳不會摔。」

第118章　天光

聶衍這話很有分量，不是普通的床笫情話，但他知道，坤儀不會信。

她好似從他追殺她那一回開始，就再不信他了，聽著好聽的話也會喜悅，但絕不會真的再全心全意倚仗他。

心口有些發悶，他將人抱緊，直到聽見懷裡傳來均勻又綿長的呼吸聲，才輕輕鬆開她。

正陽宮的屋簷上有一絲神魂在等他，聶衍身子未動，一魄也飛了上去，站在那人身側。

「還是沒想清楚？」那人笑問。

聶衍淡淡地瞥他一眼：「這話該我問你主子。」

「笑話，娘娘乃萬物之長，何須顧忌你。」那人嗤道，「不過是慈悲為懷，不想毀了人間，才尋這麼個折中的法子。」

所謂折中的法子，就是讓龍族認下當年罪孽，然後受眾神的恩德，去往九重天為神。

聶衍抬袖打了個呵欠：「你要是來只說這事，便別擾了我清夢。」

說罷，想飛身回去殿中。

「你何必這般敬酒不吃吃罰酒！」那人惱了，張手攔住他的去路，「這已經是最好的出路了，大家不用動手，你也能順利上九重天——你不就是想去九重天嗎？」

聶衍的確想去九重天，但不是這麼去。

那位娘娘想讓他認罪，無非是不想凡間因著此事受責，這天下凡人都是她捏的泥人的後代，凡人受責，必定累及她在九重天的地位。

而他一旦認罪，就算上了九重天，也是戴罪之身，要時常向其他神仙低頭，也不能再爭什麼。

聶衍冷笑。

他想爭的東西可太多了，絕不會如了他們的意，就算贏的把握只有五成，他也會去試。

拂袖繞開這人，聶衍將一魄收回到了自己的身體裡。

而同時，屋簷上那還想喊話的仙童也被一道光震飛出去，那光極其凶猛，震得他回到自己的身體裡之後，坐起來就哇地吐出一口鮮血。

幾座神仙都正在他的屋子裡坐著，見狀紛紛變了臉色：「他竟然對你動手？」

仙童吐乾淨了血，虛弱地道：「沒動手，是驅趕神魂的符咒。」

驅趕神魂的符咒壓根不會對神魂造成傷害，除非施咒方修為高於神魂太多。

天神伯高子過來掃了一眼仙童的臉色，輕輕嘆息：「這聶衍，在凡間這麼多年，竟還是戾性難消，此番他若上了九重天，往後我等的日子怕是不得安寧。」

「誰說不是呢，偏伯益他們覺得他沉冤多年，十分不易。」

「還不是因為他當年與聶衍關係親近，想著他上來能幫扶自己一二，才說那些個荒唐之語。你看聶衍這模樣，像是被冤枉的麼？莫說區區凡人，就是我等天神，他也未必放在眼裡。」

伯高子長長地嘆了口氣：「如今這場面，倒不是你我能說了算的了。」

妖怪橫行人間，女媧晶石被毀，此番漫天神佛皆下界要聽聶衍和凡人陳辯，諸神心思各異，不知會有多少人受了聶衍的蠱惑去。

「伯高兄就沒去找那凡間的帝王說說話？」

「找了。」伯高子皺眉，「但我進不去她的夢境。」

按理說凡人的夢境該是很好進的，不管是妖怪小鬼還是神仙，都能輕而易舉地托夢，可他繞著坤儀走了好幾日了，愣是沒找到她夢境的空隙。

「奇了怪了，這帝王該不會是聶衍找來糊弄神佛的吧？」

「不會，神佛面前，凡人無法撒謊。」

更何況，凡人肯定是偏幫女媧娘娘的，沒人會傻到去幫一條半妖半神的龍。

……

天破曉之時，坤儀坐在妝臺前噴嚏連連。

今日是她祭祖的大日子，特意起得很早，但也不知是夜露太深還是怎麼的，她這噴嚏一個接一個，打得蘭苕都忍不住給她拿了厚些的披風來。

「殿下，奴婢有一事不解。」蘭苕一邊給她繫帶子一邊嘀咕，「三皇子雖說也是皇室血脈，但到底是送出去養著的了，這祭祖的大日子，緣何又將他接了回來？白讓人生出些不該有的念頭。」

雖說今日是坤儀祭祖，但三皇子畢竟曾是張皇后親口說的皇儲，哪怕後來變了，那對新帝來說也是個威脅，旁人巴不得讓他永遠不出現在盛京，倒是殿下，竟還特意讓人把他接回來。

從銅鏡裡看了看自己的妝容，坤儀笑道：「今日天氣不錯，待會兒應該能有很暖和的太陽。」

「殿下！」蘭苕跺腳。

「好了，時辰剩得不多了，妳也先出去看看，別出了什麼岔子。」

蘭茗欲言又止，魚白見殿下堅持，連忙上前打了個圓場，將蘭茗拉了出去。

「今天大好的日子，姑姑何苦與殿下疾言厲色的。」魚白拉著她一邊走一邊勸。

蘭茗眉頭直皺，「我怕她把三皇子帶回來，是在留後路。」

三皇子能是什麼後路？難道今日祭祖還能讓他去祭了不成？魚白不以為意，看蘭茗當真在擔憂，連忙與她說些喜慶的，比如各方給來的賀禮裡有多少寶貝，再比如殿下祭祖用的裙子，是多少個繡娘繡了多久才成的。

天色大亮的時候，坤儀穿戴整齊，踏上了去宗廟的路。

六百侍衛護行，百官跟從，禮樂隨道，紅藍色的祭祖綢帶被風拂起，命婦拖著長擺的裙子在前頭開路，坤儀就踩著綴滿寶石的繡鞋，端著手，行在人群的最中央。

大宋已經很久沒有女帝了，她這登基雖說是民心所向，但畢竟不算名正言順，是以今日觀禮的貴門子弟裡，不少人還在低語腹誹。

「這天氣一看就不太好，烏沉沉的，怎的就選了這麼個日子。」

「女帝登基，又不是先帝遺願的人選，你能指望這天氣有多好。」

「小聲些，你不要命我還要。」

也不知是修為提高了的原因還是別的什麼，坤儀聽這些話聽得特別清楚，哪怕離她有幾百步那麼遠。

她抬頭看了一眼天，遠處果然是有雲彩朝這邊湧過來了，而且不是一朵兩朵，而是遮天蔽日的一整片。

欽天監的人瞧見了異象，冷汗直流，卻不得不硬著頭皮說：「這是吉兆，殿下乃天命所歸。」

秦有鮫聽得白眼直翻，上前兩步對坤儀道：「去高臺上站著。」

坤儀頷首，加快了步子。

宗廟面前突然暗了下來，接著就起了狂風，吹得命婦和大臣們一陣東倒西歪，宮人婢女連忙想去扶坤儀，一眨眼卻見她站在祭壇之上，手憑石欄，抬頭望天。

天上層層疊疊的雲中，突然開了一絲縫隙。

那縫隙裡洩出一指寬的璀璨陽光，正好照在坤儀的額心，照得她額心上描了金的花鈿閃閃發光。

近臣驚呼一聲，眾人皆抬頭，就瞧見了這不可思議的場面。

周遭暗如夜幕低垂，唯一的光正好落在他們的新帝臉上，新帝雙目含笑，直望蒼天，一身金紅長袍，披風曳地，頭上鳳釵雙翅指天，金光熠熠，當真恍若天神一般。

一時間偌大的宗廟竟是鴉雀無聲，連呼吸聲都難聞。

坤儀窺見天光的一刹那，耳邊就響起了仿若鐘磬的聲音：「吾有話問，爾可願答？」

「願。」她想也不想就應。

四周突然變得灰濛濛的，原先跪得整整齊齊的百官和護衛都消失不見，坤儀瞥了一眼，並沒有意外，只是尋向那聲音的來處。

雲層驟開，漫天諸神分列其中，寶光刺目，突如其來的梵音震得她心口一痛，險些跪下。

她勉強站直身子，定睛一看，就見雲層中間的空地上捆著一條玄龍，金色絲線將他捆得密密麻麻，每一條線都落在一個天神手裡，玄龍寡不敵眾，漠然地垂著頭。

「二十多年前，凡人曾見我等作證，說龍族屠殺凡間，證據確鑿。而今，又聞龍族禍亂凡塵，妳身為凡人帝王，可有話要說？」

坤儀仰頭，看向那漫天神光：「有。」

「講來無妨。」

坤儀很清晰地感覺到了自己體內青雘的掙扎，她大抵是察覺到了周圍的神光，咆哮衝撞著想出來。她如今可是天狐啊，天狐怎麼能被個凡人封住呢。

然而，不管她怎麼衝撞，使出多少力氣，都沒能搶在坤儀張口之前衝破封印。

坤儀將青雘告訴過她的話，一字不落地全說了出來。

可是沒人能聽見她的話，而坤儀說完之後，神光自她身上籠罩下來，她並無半點不適。

「不……不，她撒謊！」青雘急得大喊。

「竟是真的。」

伯高子唏噓嘆氣，扭頭看向今日跟來的青丘一族：「你們可有話說？」

「凡人說的話怎能當真呢。」幾隻天狐磕磕巴巴地道，「她這個女娃娃也才活二十年，哪裡就能作證了。」

坤儀輕笑：「凡人說的話若是不能當真，當年你們又為何要因著凡人的話降罪龍族？」

「這倒是有理。」天神伯益笑道，「當年以什麼判的案，今日就也該照常，不然咱們這自己定的規矩，可就要打自己的臉了。」

說罷，他徑直鬆了手裡的金絲繩。

這個人說話有些分量，他帶了頭，就有好幾個天神跟著鬆了繩子。轟衍動了動，當即從鬆動的地方伸出五爪，撐著身子站了起來。

第119章 人證

坤儀瞧明白了，這漫天密密麻麻的神仙，加一塊兒才能制住聶衍，若是有部分神仙肯鬆手，聶衍就能擺脫這桎梏。

眼下伯益帶著一部分神仙鬆了繩子，但還不太多，只能讓聶衍站起來，卻不能讓他完全掙脫剩餘的金絲繩。

「這個凡人沒有撒謊，那龍族當年或許真是被人陷害。」有天神開口，聲若洪鐘，「但如今呢？女媧娘娘放在凡間的晶石被毀，人間又正逢妖禍，龍族可還無辜？」

「不無辜。」坤儀答。

聶衍低頭看了她一眼，沒有什麼反應，倒是旁邊的伯益略微皺眉，又拿神光在她身上一過。

還是沒撒謊。

「聶衍此番下界，的確毀壞了多處晶石，但我猜，他是為了上達天聽，讓女媧娘娘知道凡間有難，不得已而為之。」坤儀拂袖，接著道，「人間妖禍是妖族貪婪所致，要說推波助瀾，我便是要狀告天狐一族的青雘。」

幾個天狐急了：「青雘已經被你們凡人誅殺封印，她如何還做得孽事？」

坤儀冷笑：「凡人何其弱小，就算付出性命封印一隻狐妖，卻也奈何她不得，只能封在活人的體內，好讓她與此人共生死——這主意當年來看也是不錯的，可惜封印不穩，這狐妖能借著那活人，吸引周遭的妖怪，甚至吃掉她身邊人的魂魄來休養生息。」

「妳，妳危言聳聽！」幾隻狐狸慌了，她們好不容易在九重天站穩腳跟，誰料竟是要被這舊帳拉下水。

青䕶被封印，樓似玉也無心九重天，她們已經沒什麼弱點了，斷不能讓這個小丫頭攪了局去。

冷靜了片刻，天狐道：「一個作證不可信，今日竟然漫天神仙皆在，那不如多找幾個人來證一證。」

她說著，一揮手，竟是將三皇子給撈了上來。

「此人也是他們皇室中人，自然也可以作證。」

聶衍臉色沉了沉。

他曾用真身的幻象嚇唬過三皇子，這人若是亂說話，那可就麻煩了。

是以，他開了口：「妖怪後代，難道也能當凡人來證？」

眾神一愣，伯益連忙用神光落過去。

三皇子哪裡見過這樣的場面，嚇得還沒回過神來，就見一道光落在自己身上，接著自己的頭就劇痛無比，當即抱頭慘叫。

「瞿如與凡人生的。」伯益收回神光，略略搖頭，「確實當不得凡人看。」

天狐急了：「他若都不算凡人，這女子為何又算？她身上可也是有些神通的。」

「確實。」坤儀應和地點頭。

幾隻天狐不明所以地看向她，就見她突然轉過背，露出了自己身後的胎記。

那胎記灼灼生光，妖氣霎時彌漫天地。

「大膽！」伯高子怒斥，「何妨妖孽竟敢在此處放肆？」

「是青腹。」伯益認出了這股妖氣，挑眉看了看坤儀，「方才她說青腹被封於凡人之身，說的應該就是她自己。」

「……」漫天諸神都沉默了一瞬，目光齊刷刷地落在這個小姑娘身上。

風華正茂的年紀，臉上也不見有什麼怨懟，但她那胎記裡溢出來的妖氣，確實是青腹。

別的狐狸都受了封上了天，獨她還一身妖氣地被留在人間。

幾隻天狐死盯著那胎記。

坤儀突然臉色一白，皺眉看向她們：「你們想讓她殺了我破封而出？」

「凡人休得胡言。」天狐冷聲道，「諸神在此，我等皆未動用神力，妳如何敢信口栽贓。」

可是，她們方才那一看，她體內的青腹就像是突然有了方向一般，開始猛地朝一個方向撞，她一時不察，竟被她撞傷了經脈。

「不過不管怎麼說，青腹就算有錯，也該讓諸神處置，爾等凡人怎敢擅專。」天狐道，「既是告了青腹的狀，那總也該給她個說話的機會。」

伯高子等神點頭，聶衍倒是終於開了口：「青腹出，她就得死，爾等既要審案，是否也該先保住這凡人的命？」

那磬鐘一般的聲音又輕輕開了口：「凡人命數乃天定，生死都有命，就算是神佛，也不得更改。」

聶衍冷笑：「那你們這審案，不就成了殺人。」

聲音沉默。

天狐突然就看向聶衍：「玄龍幾時憐惜過凡人性命，莫不是與這女帝有些糾葛？」

聶衍沒答，伯益卻是搖頭：「凡人作證，只看話的真假，何時要看與人的關係了？若真要這麼追究起來，二十多年前的那個凡人，還是你天狐族的姻親呢。」

天狐大怒，朝著伯益就齜牙：「你何必要與我族為難。」

「求個公道而已，算什麼為難。」伯益聳肩，「你天狐一族作惡多端，又巧言善辯，我若不多說兩句，眼下這凡人和玄龍，不都是任你們宰割麼。」

「你……」

坤儀聽了良久，終於逮著機會開口：「若是覺得我作證不夠妥帖，那便請諸天神佛開眼，讓這滿天下的人都來作證。」

眾神一愣，伯益也遲疑：「天上有規矩，為免驚擾凡人，我等不得大肆現身於凡塵。」

「那便從這五湖四海裡隨便挑些經歷過妖禍的凡人，問問是怎麼回事。」坤儀攤手，「辦法總是有的。」

諸神思慮了半個時辰，天上鬧嗡嗡的一片，坤儀也不著急，就盤坐在虛空裡等著。

「妳這死丫頭是不要命了！」青腰氣得雙眼通紅，「我若想要妳死，這些神仙沒一個能救妳的，妳還真有恃無恐起來了！」

「天神面前不得撒謊。」坤儀淡淡地道，「這是妳告訴我的。」

「我還告訴妳，我若出去，妳必死無疑！」

坤儀樂了：「妳掙扎了這麼多天，能不能出來自己心裡還沒數不成？」

要能出來早出來了。

「妳別太得意，妳這身體裡是有破綻的，只是我還沒找到。」青臒瞇起狐眸，「妳若不是覺得自己會死，今日也不會將三皇子找來。」

那被漫天異象嚇壞了的三皇子已經暈厥了過去，就躺在坤儀腳邊。

坤儀看了他一眼，輕笑：「我就不能是找他來看個熱鬧？」

「妳這性子，看著軟弱，實則果決非常，如果不是沒得選，妳才不會讓他來節外生枝。」青臒彷彿是吃準了她一般，冷聲道，「我勸妳懸崖勒馬，不然我有本事讓妳永世不得超生。」

坤儀做出了一個很害怕的表情，而後又笑：「聶衍落了龍血在我魂魄上，妳還要怎麼讓我永世不得超生？」

青臒嗤笑，像在看一個傻子：「妳看聶衍他現在有法自保麼？他一旦死了，龍血也就無效了，妳照樣在我的股掌之間。」

「那我便保他不死。」坤儀垂眼。

青臒噎了噎，像是被她這大話給震住了，好半晌才笑出了聲。

「妳以為妳是誰？凡間的帝王在這些神佛面前，連螻蟻都不是，妳憑什麼說這麼大的話？」

頓了頓，她又道：「別以為有妳作證，聶衍就能完好無損，當年他之所以會落敗，而今在場的有一半的神仙都脫不開關係。」

坤儀沒再說話，前頭的神仙們卻是終於討論出了結果。

「我們會選三百凡人上來作證。」伯高子深深地看著她，「倘若與妳所言有相悖之處，妳可是要受天雷之刑的。」

天雷之刑對凡人而言就是死刑，坤儀聽著，神色卻還是很平靜：「我認。」

一個證人好掌握，三百個凡人，又是他們隨便選的，聶衍心裡也沒什麼底，他動了動身子，有種想要強行衝破繩索的衝動。

「莫慌。」伯益低聲安撫他，「我看這小姑娘像是早有準備。」

她哪來什麼準備，最近在與他吃喝玩樂不說，先前也從未見她有什麼布置，就算昱清伯如今在民間風評甚好，但他眼下是一隻玄龍，會不會嚇著人都是另說，更遑論讓這些人覺得他是好的。

聶衍連連皺眉，低頭看了看身上的繩子，約莫想了是能掙開的，至多受些傷。

可是，還不等他下決定，那頭烏泱泱的凡人就已經到了這片虛空之地。

坤儀沒有看他們，只見伯高子作凡人打扮，將他們歸攏在看不見神佛的結界裡，和藹可親地問那些人關於妖禍之事。

結果，沒有一人見過龍族為禍人間，反而是有十幾個在盛京生活的人，提起平亂之事，當即誇讚昱清伯。

伯高子聽得不是很滿意，扭頭對眾神道：「光這麼問也問不出什麼來。」

「我看你是問不到有人被龍族傷害過就不甘休。」伯益冷笑，環視四周，「爾等畏懼玄龍之力，對其神位諸多阻擾，豈稱神職？」

場面到這個份上，不少原本事不關己捏著繩索裝場面的神仙都紛紛扔了金絲繩，聶衍身上又鬆快了不少。

他動了動龍爪，正想動作，就見一道雷光在他頭頂炸開。

「龍族若真當為神，便該受這九十九道天雷，若神魂不滅，我等自當奉他上九重天。」有人喊道，「前塵可以不究，但他若非真神，也不該因著被冤枉而補償神格。」

這話就是耍無賴！伯益沉了臉。

聶衍沒有正式成神，沒有被人間供奉，這天雷落下來就是酷刑，九十九道酷刑之後，就算他上得了天，也要修養百年。

說來說去還是畏懼他，不肯讓他順利上天。

第120章　神仙的忌憚

沒有人會不害怕自己的周圍出現一個過於強大的人，尤其這個人未必會和你同心同德。

比起伯益的氣憤，聶衍就顯得平靜多了，他早料到這群神仙會諸多為難，雖然九十九道天雷的確過分，但他受得起，大不了靜養一段時間，一旦上了九重天，後頭有的是機會向他們討回來。

「可以。」他應下。

場面頓時變化，聶衍所在的雲緩緩落至書頁開合一般的大雲層中央，坤儀等人所在的雲被拂到了邊上，恰好挨著伯益等神。

伯益忍不住用神識給她傳話：「小姑娘，妳不再說些話麼？真叫他受了這刑法，往後幾百年還不知道叫人欺負成什麼樣子。」

坤儀沒有看他，目光依舊落在聶衍身上，側臉恬靜，彷彿在看山水畫一般。

她說：「這漫天的神仙其實和朝堂上的臣子也差不離，說是心懷蒼生，多也是念著自己，今日不叫他們滿意，聶衍便難上九重。」

她不知道九重天上面有什麼是聶衍想要的，但他既然想，今日就是最好的機會，一旦錯過，光憑他和他身邊的人，想打上去，那才是沒什麼指望。

「妳這小姑娘是不知道天雷有多嚴重，才說得這麼雲淡風輕。」伯益直搖頭，「神凡到底有別，他怎麼就看上妳了。」

坤儀沒辯解。

她知道天雷有多嚴重，秦有鮫給她的卷宗裡恰好有幾卷寫的就是天雷禁錮術，提及天雷，順便就解釋了一番這刑法的來由和作用，她看了許久，記得很牢。

烏雲滾滾，遮天蔽日，原本好端端的天色，竟當真是要下雨了。

皇室宗廟前頭一片死寂，各方跪著的人都像是被定住了一般，沒有人察覺到祭壇上的異樣，也沒有人抬頭看天。

除了龍魚君和秦有鮫。

自祭壇上結界落下，這兩人就知道裡頭在發生什麼，按理說他們倆這身分今日都該迴避，以免哪個神仙多管閒事將他們給收了去，但坤儀前幾日有重任託付給他們，就只待此時，要他們幫忙。

「這小丫頭哪來這麼多的銀錢？」秦有鮫捏著訣看向地圖上的一百個紅點，嘖嘖稱奇，「如此大的動靜，我等竟半點風聲也沒聽見。」

龍魚君心緒複雜，沒有說話。

他按照坤儀的吩咐，將地圖上的各處籠罩著的隱蔽結界一一撤去。

唀——

天雷落下了一道，哪怕隔著結界，都震得人心尖一顫。

秦有鮫趕在天雷落下前施法完畢，拉著龍魚君飛快地離開了這片地方。

與此同時，結界內眾神皆念咒語，眼睜睜看著那裂天似的雷落在聶衍身上，神目半闔，滿面慈悲。

「二十多年前龍族蒙冤，今日便替你平反。天狐詭詐，貶回凡塵，玄龍若能受過雷刑而神魄俱全，便准入九重天。」

密密麻麻又嘈雜的頌經聲在四面八方一齊響起，坤儀聽得腦瓜子疼，她乾脆閉了自己的聽覺，只遙遙看向雲層中央的聶衍。

道道驚雷轟然落下，將他所在的雲層都擊出了黑色。聶衍只在第一道雷的時候頂住了，站著沒動，但第二道落下來，他就被擊倒在雲中，長長的龍身痛苦地掙扎，發出聲聲龍嘯。

有那麼一瞬間，他的目光正好與她對上了。

坤儀在裡頭看見了前所未有的深情，彷彿滄海桑田眨眼過，而不管她到哪裡，他都會在她身邊，不離不棄。

心尖顫了顫，她飛快地垂眸，不敢再看。

天雷動靜一下比一下大，這九十九道天雷竟跟落個沒完的雨似的，看得伯益忍不住問旁邊的神仙：「怎的還沒完？」

旁邊的神仙想了想：「快了吧，應該有九十多道了。」

說是這麼說，但這會兒過後，天上愣是還落了七十多道雷，才算勉強停下。

伯益和聶衍是開天地時的故交，與他友情甚篤，此時險些沒繃住天神的架勢，要當場罵出來了。

哪有這麼說話不算話的神仙，平白多幾十道天雷，聶衍豈不是五百年都休養不好了。可恨這漫天站著的人，竟沒一個覺得不妥的。

他紅著眼去看旁邊的小姑娘，這姑娘聶衍說他很喜歡，今日若是扛不住，也要他先將她和她的臣民給護著。

這般的深情，按理說這姑娘應該是與他兩情相悅，將他放在心尖的吧？結果他扭頭一看，這小姑娘跟看熱鬧似的，眼淚沒半滴不說，眼神還挺好奇。

怎麼的，是好奇聶衍死沒死嗎？

氣不打一處來，伯益拂袖，凡人就是這麼冷血無情，沒想到聶衍這樣的，竟也有看走眼的一天。

劫數盡過，眾神都伸頭去看，還未及查探他的三魂七魄，卻見聶衍就自己站了起來。

他一身黑鱗碎得七零八落，珍貴的龍血潺潺而落，順著雲層往下滴，龍鬚低垂，龍目半闔，已是極為勉強之勢，但就算是這樣，聶衍還是自己站了起來，仰頭看向天光落出，長吟一聲。

龍嘯清天地。

一般的天神要飛升，只用受三道雷刑，饒是如此，這三道天雷之後，飛升的神仙們也大多昏迷不醒，只保有魂魄在。而聶衍，他受上百道雷刑，竟也還能站起來。

無需查看三魂七魄了，眾神只覺得心口發涼。

這樣的人上九重天，什麼樣的位置才能配他？

好在看起來是重傷了，就算先怠慢於他，給個低些的神位，他五百年內都未必能有反抗的力氣。

漫天神佛心思各異，伯益卻是大步上前，將通行九重天的信物從伯高子手裡拿來，親自過去，化入聶衍眉心。

「你看著她些。」兩人離得近了，伯益清楚地聽見了聶衍的聲音，「青丘一族被貶，必定懷恨在心，青騰怕是要拉著她同歸於盡。」

自己都成什麼樣子了，竟還惦記著那小姑娘？

伯益氣不打一處來：「你何時變成了這麼個只知兒女情長不顧大局的蠢物？人家姑娘都沒擔心你被雷劈死，你倒還擔心她。」

聶衍吐了口血，輕笑：「她用不著擔心我。」

「……」氣得拂袖，伯益起身道，「我看你是糊塗了，這樣的心思，如何當得神，你還不如就在凡間呆著，總歸也沒人能為難你。」

聶衍只搖頭。

伯益懶得再看他，取了鎮魂燈出來將他收進去，然後就冷眼看向還在一旁求饒的幾隻狐狸。

「陰謀詭詐，怎堪為神。」

「大人，我等還有話要說！」領頭的妖狐立起了身，急急地道，「當年若只是我狐族詭詐，又如何能將龍族害到這步田地，我等是有同謀的，那位大人說只要我們肯構陷聶衍，他們就能允我們上九重天。」

甚至她們上來的時候，一道天雷都沒受過。

伯益沉了臉，天上諸神也一陣唏噓，沒想到神仙裡也能有人生出這麼厲害的嫉妒心來。

但，唏噓歸唏噓，包括伯益在內，沒有神仙接她們的話。

妖狐急了：「你們就不好奇那人是誰麼？他可是……」

話還沒說出口，天雷就又落下來一道。轟地一聲巨響，將妖狐當即劈暈了過去。

「哈哈哈——」青雘突然笑出了聲。

坤儀捂住自己的腦袋，就聽得她狀似癲狂地道：「她們這群蠢貨，真以為上了天就是神仙了，還不是被人騙得團團轉，讓她們救我也不肯，活該！」

腰腹處有劇痛傳來，坤儀變了臉色。

「我找到妳的破綻了，小姑娘。」青䨼幽幽嘆息，「妳的命，到頭了。」

心裡一緊，坤儀垂眼與她道：「妳若現在出來，必死無疑。」

「我自是沒那麼傻，但妳若想讓妳那些個黎明百姓都活命，就帶我去安全的地方，不要聲張。」

坤儀沉默。

「怎麼，不願意？」青䨼嗤笑，「好啊，妳也可以現在就向這漫天神佛求助，我敢保證，在他們抓到我之前，我定能拉上整個盛京的人陪葬。」

漫漫雲層之下，盛京依舊沉浸在新主即將登基的喜悅之中，孩提舉著彩色的風車奔跑，家家戶戶張羅著在掛紅綢。

杜蘅蕪看中了容華館的一個新來的美人兒，正掏錢要給他贖身，就突然被徐梟陽捏住了手腕；林青蘇正往宮殿的牌匾上題字，旁邊喬裝成宮女的貴門小姐紅著臉為他研墨；孫秀秀在戶部打著算盤算帳，恍然不知自己的封賞已經在路上。

祭壇附近的人都滿心期待地等著禮成，蘭苕和魚白高興得跪著落淚，杜相也終於是一改往常的嚴肅，臉上隱隱有笑意。

大宋妖禍已平，百廢待興，正是最好的時候，只要有一個不那麼壞的君主，百姓就能漸漸吃飽穿暖，不用流離失所，也不用再擔驚受怕。

收回目光，坤儀踢了一腳旁邊的三皇子。

三皇子已經被嚇破了膽，魂魄都要飛出去了，正游離著，就聽得他那厲害的姑姑對他道：「祭祖的時候發的誓都會成真，你好自為之。」

渾身一冷，三皇子再睜眼，自己莫名就回到了祭壇之上，一身早就做好的華服十分合適，他一睜眼，祭祖禮成的鐘磬聲就剛好響起。

第121章　安排周到

他驚愕地抬頭，發現天上除了烏雲什麼也沒有，沒有金光，沒有神佛，也沒有他姑姑。

略微慌亂，他下意識看向身邊的禮官。

王敢當紅著眼看著他，低聲道：「臣奉殿下之命照顧您，還請您務必妥帖行完祭祖登基之禮。」

大宋的禮節，祭祖在前，登基在後，坤儀一開始就料到了今天，所以連禮服都給他備好了。

王敢當很不情願，他不覺得三皇子會是個好皇帝，但殿下生死難料，眼下只有他這一個皇室血脈，能名正言順地走完這個禮儀，不至於引起天下大亂。

殿下安排得很妥帖，她賜還了魚白和蘭苕的奴籍，改成了良民，還分了幾個望舒分鋪給她們，又將未來三年的大政方向擬定，要新主照著施行，還命上清司推行凡人與妖怪並存的章禮，以上清司為劍，制約妖怪舉止，以越來越多的私塾為盾，教百姓防身。

王敢當一開始以為坤儀公主是個花架子——也不止他，幾乎所有認識她的人都會這麼以為，但等她安排的東西一一浮出水面，他才驚覺，在皇室裡長大的這位公主，學了太多尋常女子壓根不會學的東西。

她甚至是善謀的，只是先帝的寵溺讓她足以無憂無慮過上二十年，不用顯露什麼。但真要她擔當的時候，她將整個大宋好好地撐了起來。

知人善用、不忌男女出身、重視私塾教授、重視百姓生計、重視農業鼓勵貿易並且還能利用妖術和道術平亂。

這樣的女子，若能繼位，大宋來年吞併鄰國也是有望的。

可她偏偏就沒為自己打算過，旁人將她當封妖的容器，她也就不愛惜自己的性命了，使命達成，生死都無妨。

王敢當想起坤儀剛剛輔國的時候，有個言官當庭說：「坤儀公主驕奢無度，自出生起就錦衣玉食，豈能參與國事。」

蘭苕氣得眼眶發紅，站在廊下與他嘀咕：「公主錦衣玉食怎麼了？她配得上，除了錦衣玉食，她什麼也沒有。」

彼時聽著這話，王敢當覺得不太明白，錦衣玉食都有了，還缺什麼？

直到那天傍晚，坤儀召他去，將登基之事細細與他安排了，他才猛地驚覺。

殿下好像沒有被人愛過，所以她並不懂得怎麼愛自己。

太皇和太后因她而死，宮中人除了蘭苕之外對她皆是疏離，盛慶帝對她雖然寵溺，但也只是物質上的，他有自己的妻子兒女，與她相處的時間並不很長，也不方便與她談心。

後來有了昱清伯。

可是昱清伯也想過殺她。

王敢當站在御書房裡，看見餘暉落在殿下身上，莫名就有些眼酸。

可殿下十分想得開，也沒有半點怨天尤人的意思，看他這表情甚至有些哭笑不得：「你在同情我？可是敢當啊，我的命就是極好的，天下有的是百姓一出生就吃不飽飯，我不但頓頓不重樣，甚至全是山珍海味，我有什麼值得同情的？」

「活這麼多年已經是我命好了，誰也不欠我的，我也不欠誰的了。」

她說著就笑，嘴角邊笑出了淺淺的梨渦，眉目裡盡是滿足。

王敢當覺得，殿下是他見過的活得最燦爛的姑娘。

可惜，這個姑娘在他離開時說的最後一句話是：「如果三日之內沒見著我的屍身，就把我的衣冠葬去公主墳，墓室裡擺兩個棺，另一個空著就行，直接封墓。」

王敢當咬著牙急匆匆退出來，才不至於失態。

聶衍是用不著棺木的，但她還記得他上回生氣的緣由，想著也算與他合葬。

這世上有太多人怕死了，尤其是上位者，想方設法求長生的比比皆是，可殿下才二十餘歲，眼裡竟是一點求生的光都沒有。

多可惜。

午時一刻，天上的雲漸漸散了，三皇子也魂不守舍地坐上了皇位。

蘭苕驚慌地問他：「殿下呢？」

王敢當看了看天，答不上來。

眾神來得快去得也快，聶衍傷重，伯益將他帶回了自己的仙府，門剛闔上，他就聽得這人在鎮魂燈裡問：「坤儀呢？」

伯益白眼直翻：「不知道。」

鎮魂燈突然震了震，像是要被破燈而出。伯益嚇著了，忍不住大罵：「你是個瘋子不成，就為了那麼個女人，這一身傷也敢出燈，難道非要形神俱滅了你才滿意？」

「你不知道。」聶衍啞聲，「放我出去。」

伯益無法了，他落了聚魂陣，將他放出來，沒好氣地道：「方才散場的時候我看見他們把那小姑娘送回去了，你有什麼好慌的，人還能丟了不成。」

他這精神過於好了，看得伯益微微皺眉：「你……」

聶衍化了人形落地，臉色蒼白如紙，眼神卻是分外明亮。

「她救了我一命。」聶衍勾唇，「按照妖怪的規矩，我得以身相許。」

伯益瞪著他，一時不知道是該驚訝他居然沒有看起來傷得重，還是該驚訝這人嘴裡竟能吐出這麼肉麻的話來。

他繞著他走了兩圈：「你這傷，怎麼都是皮外傷？」

「皮外傷不嚴重，那些人怎麼能放心把進入九重天的信物給我？」聶衍淡淡地抬手擦去嘴邊的血跡。

「可是，不對啊。」伯益百思不得其解，「你再厲害，也不能從那麼多天雷裡毫髮無傷吧？」

「天雷誅神，是誅尚未被供奉的神。」聶衍低笑，手指摩挲著自己的血，想起坤儀那幾日神神祕祕兀自伏案的模樣，眼神溫柔如水，「她給我修了供奉之處。」

伯益愕然：「未成神怎麼能修供奉之處？這不合規矩啊。」

看他一眼，聶衍抬了抬下巴：「我家夫人從來不是照規矩行事的人。」

「可是，可是就算她修了，要頂住這麼多天雷，那得修多少座？如此大的動靜，天上豈能半點沒察覺？」

不僅天上沒察覺，他一直在凡間，不也沒發現這件事？

聶衍很好奇她怎麼做到的，所以，他動了身。

「你去哪兒？」

「找夫人。」

「……」

伯益揉了揉自己的腮幫子，雖然也為這個萬年老友高興，但他們這些九重天上的神仙多是光棍兒啊，突然來個帶夫人的，還怪難受。

諸神散場的時候，坤儀確實被送回了宗廟，但，行至半路，她就被一陣妖風拐到了一片荒寂的空地上。

坤儀也沒慌，只問：「妳現在就算出來也變成妖怪了，打算去哪兒啊？」

青䕶冷笑連連：「妖怪也沒什麼不好，我可以在人間繼續過我的快活日子，倒是妳，還有什麼遺言就快些說了，我好讓妳死個痛快。」

坤儀想了想，清了清嗓子：「那妳等等啊，我把剛看完的治國策當成遺言背給妳聽。」

《治國策》有一萬八千七百餘字，可以背上幾個時辰。

青䕶黑了臉，妖力猛出，抵住她肚腹上的破綻。

「哎，別這麼凶嘛。」坤儀嘻笑，「我不背就是了。」

輕輕鬆鬆的，像平日裡與她的宮女打鬧一般，完全不像將死之人。

將死之人，應該是驚恐求饒，滿目眼淚的。青䕶對她的表現顯然不太滿意，冷冷地道：「聶衍重傷，幾百年也不會恢復，想讓他來救妳是不可能了，妳一死，我必定撕碎妳的魂魄，叫妳無法轉世，就這樣，妳都不怕？」
坤儀聳肩：「也挺好，省事兒。」
青鱯大怒：「妳再也不會見到聶衍！」
「就是料到了，臨走前才睡他一回嘛。」她笑，「挺舒服，沒啥遺憾的了。」
青鱯：？
她是想看她痛苦，好彌補自己這二十多年暗無天日被封印的苦處的，坤儀這反應，很難讓她得到什麼安慰。
氣得打了幾個轉，青鱯又道：「妳的師父，妳的朋友，妳沒一個能再見，他們會慢慢忘了妳，不管妳死得有多偉大，都沒人會念妳的好！」
「哦。」坤儀挑眉，「妳是覺得我平時挨罵挨砸挨少了？」
她那明珠臺專門修了一個接臭雞蛋和石塊的前庭，每個月都能往外運不少上好的肥料。
青鱯噎住。
她突然覺得很憋屈，比被封印二十多年還憋屈，眼下她是刀俎，這人是魚肉，她怎麼都沒辦法讓她難過呢？
坤儀閉上眼，將自己放進了虛空裡與她待在一處，笑嘻嘻地道：「妳是和蘭苕一樣陪了我這麼多年的人，臨走來抱一抱吧，也算妳我相識一場。」
青鱯戒備地看著她：「妳別想耍什麼花招。」
「我能有什麼花招，妳可是連龍族都能騙的狐狸。」坤儀撇嘴，「妳妖力也恢復了八成了，我這樣的凡

長風幾萬里

人，難道還能傷了妳堂堂妖王？」

說的也是。

青騰勾手，讓她過去，坤儀當真也就毫無防備地張開手，環住了她的脖頸。

只是，狐狸終究是狐狸，這一抱，青騰手裡用碎符紙搓成的指頭粗的尖刺，倏地就送進了坤儀的心口。

但，青騰沒料到的是，刺剛送出去，自己的喉下三寸命門處也突然一涼。

抱著她的小姑娘軟軟地對她道：「我的父皇母后、我身邊那麼多無辜人的命，妳總是要還的呀。」

第122章　岐斗山

青艭已經恢復了八成的妖力，她有足夠的自信不管坤儀對她做什麼她都能全身而退，所以她並沒有把這個小姑娘看在眼裡。

她早早就將自己身上剝落的符咒收集了起來，灌入妖力，凝成了一把可以破開坤儀經脈的尖刺，只等這愚蠢的凡人自己送上門來，她就能自由。

一切都在她計畫之中，可青艭怎麼也沒想明白，坤儀為何會也拿著一把符紙凝成的匕首，而且這匕首，又快又準地就扎進了她的命門裡。

以她的修為，她應該不能扎破她身上的護體妖氣才對，可偏偏這一把匕首，不但破開了她身上所有的防備，甚至還在她喉下三寸最深的傷口裡爆裂開，九十九張嶄新的符咒飛躥而出，像刀刃一樣順著她的經脈遊遍她的全身。

青艭紅了眼。

她感覺得到自己剛剛恢復的妖力又在重新被凍結。

拚著最後一絲力氣，她咬著牙，將手裡的尖刺往坤儀的心口多送了兩寸。

坤儀被她推開，往後踉蹌了兩步，捂著心口的尖刺，驟然笑出了聲：「我還要多謝妳，教了我這誅魂的法子。」

青艭不敢置信地看著她。

早些年坤儀還很弱的時候，青䨼也能知道她的想法，兩人畢竟在一個身體裡，而青䨼的修為又遠高於坤儀。但近半年時間，青䨼不再能看見坤儀的想法了，她以為是自己即將破封的緣故。

沒想到，是坤儀的修為……高於了她？

不可能，坤儀是凡人，只半年的時間，就算是有通天的本事，也不可能變得比她還厲害。可是……若不是比她還厲害，她這一刀，怎麼會有將她重新封印起來的架勢？

青䨼慌了，她顯出原形，開始在坤儀的身體裡亂竄，坤儀像長輩看幼兒一般任由她胡鬧，等她最後一絲妖力也被封印起來的時候，她才伸手捏訣。

她捏的是毀魂訣。

「不，不，妳聽我說！」青䨼尖叫起來，「我壓根不是什麼妖王，只是她們推出來的替死鬼！妳殺了我跟殺一隻普通的狐妖沒什麼區別，但妳會死，妳也會死，會不入輪迴！」

話未落音，訣成，咒起，雪白的九尾在黑暗裡碎成了漫天的繁星。

坤儀察覺到自己體內一陣劇痛，如火燒，如千萬碎瓷扎肉，她嘴角溢出了血，腥甜腥甜的，被她生咽了回去。

狐妖的慘叫聲如鳴響一般久久迴盪在她的耳廓。

以為是青䨼怨氣難消，坤儀沒在意，但過了良久，這聲音不但沒消弭，反而是越來越大，而且與其說是慘叫，不如說是興奮的咆哮聲。

怎麼回事？坤儀不解，魂魄卻是一陣顫動，像是要碎裂開了。

青䨼那一根刺上的碎符咒要散開了。

這符咒雖然都是碎的，但尖刺將她扎了個對穿，眼下符咒掉落，她心口的傷也就堵不住了，如同被挖了一鏟子的沙丘，魂魄刷啦啦地跟著往下碎。

早就料到自己會有這個結局，坤儀心態還算好的，安安靜靜地坐著，等著自己化成灰。

「坤儀！」她聽見有人在喊她，聲音撕心裂肺，完全沒了平日裡的深沉。

她覺得自己應該知道這人是誰，但碎了一半的身子讓她怎麼也想不起來這人的名字。

身子好像被人抱起來了，疼痛也就從魂魄深處炸開，直傳整個四肢百骸。

還不如別動她呢。

四周好像都變得輕飄飄的，她打了個呵欠，想閉眼睡覺。

然而，就在她眼睛徹底要閉上的前一瞬，腦海裡突然響起了個陌生的男聲。

「有勞殿下，速去岐斗山。」

「……」

聽聽，這是人話嗎？她都快死了，這人竟把她當渡船使喚。

沒好氣地擺手，坤儀答：「不去不去，我累了。」

「妖王未死，殿下若死了，這黎民蒼生，一個也活不下來。」

又拿這個來威脅她！

坤儀氣得抬起了頭：「我要為黎民蒼生，還要為大宋江山，我為的事兒怎麼這麼多呢？這天下竟是少了我這個女兒家就要沒了！」

清澈的男聲頓了頓，再開口時，就帶了些歉意：「是我愧對殿下。」

「你是誰啊？」

男聲還未回答，坤儀就感覺自己的身體開始被爭搶了起來。

疼啊，她都疼成這樣了，哪個王八羔子還對她的遺體不敬？

「樓似玉。」聶衍的聲音幾乎是從牙縫裡擠出去的，「妳放手！」

「送她去岐斗山。」樓似玉白著臉接下聶衍幾招，急切地道，「快去，不然她活不了了。」

聶衍冷冷地看著她，並不相信：「妳是想救宋清玄。」

樓似玉直跺腳，「宋清玄能活，你的女人自然也就能活，你同我計較這個做什麼！」

「岐斗山是封印之地，若眼下送她過去就能活命，妳們早些年為何還會將妖王封在她體內？」

樓似玉一噎，撫了撫頭上的步搖，有些難以啟齒。

坤儀聽得雲裡霧裡，方才那停頓了片刻的男聲倒是體貼地繼續道：「早年我封印妖王之時，大戰激烈，難分勝負，最後只能以自己的三魂七魄將他永封。我一死，無人能將封印好的妖王安全送抵岐斗山，甚至那封印好的妖王還被青䑋趁機給吞了。」

「狐族當時正受封天狐，凡間無人能奈她何，是我用一魄央了似玉，她替我將青䑋連著妖王一起，封進了妳的軀體裡。」

一聽這話，坤儀知道了，這就是樓似玉心心念念的宋清玄。

可惜了，她現在只聽得見聲音，看不見這人長什麼模樣。

「殿下是天生的仙骨，選擇殿下，既能掩蓋妖王的去向，又能免去押送中的意外，是那時我能做的最好的選擇。所以，是我愧對殿下。」

當時尚在繈褓裡的幼兒，連選也沒得選就成了一個封印妖怪的容器，但她給大宋帶來了十幾年的安穩日子，證明宋清玄和樓似玉的選擇並沒有錯。

只是，多少有些難以面對她。

而今，青膗死了，少了她在中間消化妖王溢出去的妖氣，坤儀這軀體是有些承受不住的，只能去岐斗山，將妖王和他的三魂六魄重新安置。

那地方適合長眠，坤儀這魂魄本就受了極重的傷，去那種地方，活是能活，但也有可能一輩子都醒不過來。

樓似玉不敢跟聶衍說這個，但她覺得聶衍猜得到。

她不知道聶衍是怎麼能這麼快趕過來的，但看這架勢，她敢動坤儀，這人就敢擰斷她的脖子。

「不去岐斗山，我也能保住她的命。」聶衍冷眼看著樓似玉，「她魂魄上有我的血，就算碎成齏粉，我也能給她捏回去。至於妳的人，與我何干。」

樓似玉捏緊了裙擺。

她道：「坤儀是被青膗傷的魂魄，你就算能捏回去，她也未必能恢復如初，但我可以跟你做個交易，你若肯帶她去岐斗山，我將我的一魄化給她補傷。」

同為狐族，青膗造成的傷，樓似玉的魂魄自然是最好的補藥。

聶衍猶豫了一瞬。

「不必。」宋清玄對坤儀道，「我給妳補。」

坤儀挑眉：「你給我補，那妖王怎麼辦啊？少你一魄她都蠢蠢欲動，少了兩魄可還得了？」

宋清玄沉默，而後艱澀地道：「我欠她良多，還不起了。」

「得了。」坤儀擺手，「我反正是要死的，有沒有補償都無妨，也不為難你倆了。」

「……」宋清玄一時不知道該說什麼好。

生死大事，被這位殿下說得像是吃飯請客一般輕鬆，她好像完全不怕死似的，將魂魄揉回自己的軀體裡，然後也不管聶衍還在想什麼，自己給自己甩了一張千里符。

懷裡一輕，聶衍以為是樓似玉動的手，當即就要發怒，誰料樓似玉也嚇著了，凝神查看之後，神色複雜地道：「岐斗山。」

聶衍氣得險些將自己的指骨捏折了。

這人，壓根沒將他放在眼裡，做事連跟他說一聲也不願，枉他擔心得心肺欲裂，她倒灑脫至極。

可是氣過一陣之後，他又覺得心慌，抿唇寫了千里符扔下，一同去了岐斗山。

岐斗山位於三江沖匯之地，煞氣極重，坤儀這將死之人落下來，很快就吸引了一大群妖怪。

只是，這些妖怪還未來得及靠近，就嗅到了一股異常濃烈的妖氣。

坤儀魂魄破碎，處處是漏洞，宋清玄也就很順當地裹著妖王落進了山間，就地起陣，用這山裡的黑石將妖王重新鎮壓。

坤儀還沒來得及看見他鎮壓完成，就陷入了無邊無際的黑暗裡。

這黑暗不讓人覺得痛苦，倒是有些舒坦，彷彿她走了很遠的路，終於有了高床軟枕，可以躺著不用起來。

她當即就打算睡過去。

「殿下。」樓似玉喊了她一聲，「妳的望舒鋪子到了看帳本的時候了，我瞥了一眼，上個月有幾十萬兩的利潤，您不看看？」

這有什麼好看的，給魚白和蘭苕當嫁妝去好了，坤儀擺擺手，翻了個身就要繼續睡。

樓似玉無語了一陣。

在這地方，必須與她說些她感興趣的話，才能讓坤儀的魂魄不沉睡，但她沒想到的是，坤儀對錢並不感興趣。

怎麼能有人對錢無動於衷呢，簡直無法理解。

第123章　美人兒，你姓甚名誰？

在樓似玉的眼裡，這人吶，賺錢不積極，思想有問題，所以聶衍還在思索用什麼話能喚醒她的時候，樓似玉直接就開口了。

沒想到坤儀壓根不在乎這幾十萬兩銀子，更可氣的是，這幾十萬兩對她來說確實不算什麼。

她瞪眼看著聶衍白著臉收攏她的魂魄，忍不住問他：「她還有什麼喜歡的？」

聶衍想了想：「珍寶首飾，山珍海味。」

樓似玉立馬傳話。

結果，她將掌燈酒樓的菜譜都背了個遍，坤儀的魂魄還是在繼續飄散。

不管用。

「還有什麼？」

聶衍有些慌亂地攏著她魂魄的殘片，用自己的血將它們一一凝結，語氣也就重了些：「沒了，她喜歡的就這麼多，若是都不能讓她感興趣，我便用血凝她魂魄便是，妳讓開些。」

樓似玉沒好氣地翻了個白眼：「你真當自己身上有流不完的血？她魂魄這麼繼續飄散下去，你便是要事倍功半。」

聶衍出手倒是大方，一捧血凝她一寸魂，有用是有用，但這樣下去，他非得丟了大半的修為不可。

腦海裡突然一閃，樓似玉跺腳：「瞧我這腦子，方才把什麼都說了，怎麼就是沒有提你？你是她的心上人，提你肯定有用啊，我腦子轉不過彎，你怎的也不提醒提醒我。」
背脊微微一僵，聶衍冷冷地瞥了她一眼。
「你這是什麼眼神，不相信你自己在她心裡的分量？」樓似玉很納悶，「都肯這麼救她了，你倆不得是愛得死去活來的？」
「沒有。」
「嗯？」
「我在她心裡，沒有什麼分量。」半闔下眼，他嗓子突然就啞了些，「若是有，我便不會連她今日這一劫都不知道。」
兩人分明是夫妻，也親密無間過，但是她什麼也不與他說，一個人對付青雘，一個人決定來岐斗山。他最看重的就是她的性命，但她將它視若草芥。
如此舉動，他若還自作多情地覺得她心悅他，那才是腦子轉不過彎。
樓似玉看著他，神情有些古怪。
她說：「你們這些幹大事的男人，在感情之事上，是不是都沒通經脈？」
聶衍不解地抬頭。
樓似玉已經懶得與他一一解釋了，她徑直扭頭用魂音對坤儀道：「聶衍說等妳死後他要娶三十個女人，一天一個，一月一輪，遇上閏月就一次寵幸倆。」
坤儀：？
還有這種快活的法子？她以前怎麼沒想到？

神識清醒了些，她掙扎了一下，魂魄化沙的速度當即緩了下來。

樓似玉接著道：「他這個人看著厲害，其實動起心來也是不管不顧的愣頭青，可惜了妳沒福享，白將他讓給了後來人。」

前人栽樹後人乘涼，古來是如此，坤儀想，她沒什麼好在意的。

但是，一想到聶衍要抱著別的女人在她用命換來的太平天下裡快活，坤儀怎麼想怎麼來氣。

「妳也別太難過，這計畫還要好些日子才能施行，畢竟他現在還重傷著，要養許久去了。」樓似玉打著扇子笑盈盈地道，「為了救妳，他起碼要折損三千年的修為，加上龍血損耗，等他上了九重天，有的是苦頭等著他受呢。」

九重天上各族神仙各自為營，聶衍太過突出，初來乍到是一定會受打壓教訓的，坤儀就是料到了這一點，才幫他修那麼多小廟，又讓龍魚君和秦有鮫幫著她瞞天過海，只為讓他保存實力，往後去了九重天也能立足。

結果好麼，這人拿幾千年的修為來救她。

幾千年啊！他倒也捨得。

心裡有氣，倒也有些暖意，坤儀抱著膝蓋想，她竟也是個值得旁人付出這麼多東西來挽留的寶貝。

聶衍看著她魂魄停止沙化，沾滿血污的手都有些發顫。

他不敢置信又有些愉悅地看向她微微皺起的眉頭，連忙多取一捧血，將她殘餘的魂魄一併捏起來。

竟然有用，樓似玉跟她提他，竟然比山珍海味和錦衣玉食還管用！

眼裡繁星點點，聶衍伸出乾淨的一隻手，將她抱起來捂在了懷裡。

岐斗山正在經歷地裂一般的大動靜，整個山體包括樹木草地都在劇烈震動，鳥獸驚走，妖怪嘶鳴，洪水從山頂往下湧，落進裂開的地裡，又洶湧出來繼續席捲各處。

樓似玉穩住坤儀的魂魄之後就站在一塊巨石上看著遠處。

宋清玄是難得一見的修仙天才，加之勤學肯練，三魂六魄再度封印妖王不是什麼難事，此時黑石一摞摞地往山谷裡壓，妖王一點反抗的機會都沒有。

她滿眼崇拜地看著，只是看著看著，眼眶就紅了。

「又要走了。」她嘀咕，「怎麼都不肯回頭看看我？」

一道白影背對著她站著，顯得有些僵硬。

他什麼也沒說，頭也沒回，彷彿她喊的人不是他一般，徑直就落回層層黑石之上，化作了封印符。

岐斗山突然就下起了大雨。

聶衍抱著坤儀，甩下千里符就回了盛京。

樓似玉站著沒動，她痴痴地看著黑石的方向，任由洪流在自己身側洶湧。

「下一次再見會是什麼時候呢。」

洪水擊石的聲音嘈雜又喧鬧，將這一聲嘆息捲進去吞了個乾淨。

新帝登基，盛京仍舊沉浸在歡欣之中，只有近臣在儀式上發現帝王換了人。等消息一層層傳下去的時候，大局已定，任憑一眾老臣怎麼喊荒唐，坤儀也是沒了蹤影。

三皇子心情很複雜，他是坤儀的手下敗將，身上又有妖怪的一半血脈，這位置怎麼看也輪不到他來坐。

但他的姑姑，真就把位置給他，然後消失了。

王敢當帶人在盛京裡找了三天，到第三天的時候，他跪在自己面前，請求自己幫姑姑風光大葬。

三皇子沉默良久，照辦了。

盛京的喜慶氣氛瞬間就被漫天的白紙錢壓了下去。

要是坤儀醒著，看見這麼大的弔唁場面，一定會十分高興，可惜她現在昏迷不醒，被安置在聶衍的別院裡，魂魄還有些不定。

聶衍一連三日未曾休息，伯益傳話讓他回九重天他也沒理會，只點著鎮魂燈，日夜守著坤儀的魂魄。

龍魚君和秦有鮫上門拜訪過，統統被他攔了，只將蘭苕帶進來，偶爾為坤儀更衣擦身。

伯益十分著惱：「你再不回來，這一番心血就要白費了。」

哪有剛上九重天的神仙就一直留戀凡間的。

聶衍沒聽。

他覺得自個兒得守在這裡，這樣坤儀睜開眼看見他，一定會踏實很多。

料想得倒也沒錯，七日之後，坤儀幽幽睜開了眼。

看見床邊坐著的人，她眼眸一亮。

聶衍對她這充滿愛意的眼神十分受用，一直懸吊著的心也終於放了下來，他輕輕挽了挽她的鬢髮，溫柔地問：「餓不餓？」

坤儀亮著眼睛點頭。

聶衍起身，將備好的細粥幫她餵下，聲音有些沙啞：「妳還說不出話是不是？別著急，再休息兩日就好了。」

她眼眸一眨也不眨地盯著他，不管他說什麼，她都點頭。

聶衍很欣慰，他覺得經此大劫，坤儀終於肯坦誠地展示對他的愛意了。

然而，兩日之後，坤儀能開口了，對他說的第一句話卻是：「美人兒，你姓甚名誰？如此細緻體貼地照顧，我無以為報，以身相許可好？」

聶衍沉默了。

他死死地盯著這人的臉，企圖從她臉上找出一些玩笑的神色，然而沒有，這人的眼神陌生又興奮，彷彿當初初見之時，充滿了躍躍欲試。

聶衍查探了她的魂魄，發現他雖然凝回去了她的三魂七魄，但這魂魄碎完重凝，太過清澈乾淨。

這是真不記得他了。

心裡沉得厲害，聶衍伸手蓋住了她晶亮的眼神，艱難地答：「好。」

蘭苕被聶衍吩咐不得提起他與殿下之前發生過的事的時候，還有些納悶，但當她端著藥走進內庭，看見自家主子親昵地掛在昱清伯身上，一邊晃一邊問他喜歡吃什麼的時候，她突然就明白了。

忘了也挺好。

主子好久不曾有這般小女兒的神情了，她不記得自己是誰，也不記得聶衍是誰，但是一眼看過去，她還是會見色起意，對伯爺親近有加。

坤儀公主已經死了，她現在沒有家國重任，也不是容易招妖怪的瘟神，她可以毫無芥蒂地重新愛伯爺一回。

……話是這麼說，但主子這勁兒也太猛了些，光天化日之下，竟就勾著伯爺的腰帶去親他的臉。

蘭茗急急轉身，默念自己什麼也沒看見，放下藥就跑。

「過幾日我要出一趟遠門。」聶衍攬著她的腰，任由她為自己的墨髮編辮子，「你就在這裡等我回來。」

坤儀一聽就耷拉了眉，手指繞著他的墨髮，小聲嘀咕：「我也想去。」

聶衍是要回九重天去處理要事的，帶她肯定不妥，蘭茗拽了拽坤儀的衣裳，想勸她。

然而，這位伯爺竟是連一聲撒嬌都沒扛住，想也不想就點了頭：「好，那妳將藥喝完，我帶妳同去。」

蘭茗：？

坤儀是凡人，上了九重天還不得被那群神仙欺負死？她連連搖頭，上前就想勸。

第124章　香火

然而，蘭苕剛開口說了一句：「您還是在凡間自在些。」

音都還沒落，坤儀就眼巴巴地扯住她的袖角：「我想去看看嘛……」

水汪汪的鳳眼，配著輕顫的睫毛，就這麼可憐兮兮地看著她，彷彿只要她不答應，她下一秒就要哭出聲來。

行吧，蘭苕想，伯爺都頂不住這位主子的央求，她頂不住也不是什麼丟臉的事。

於是扭頭就幫她收拾起了行裝來。

坤儀不記得自己是誰，倒也沒落下看帳理事的本事，上九重天前的兩天，就將蘭苕給她的望舒主鋪和一百座小廟的帳目看過，然後將現有的銀錢大多都花在了修築和擴大小廟上。

凡間的銀錢上天了沒用，但香火一向是神仙的修道之源，她為自己和聶衍多備些香火總是沒錯的。

於是，他們上九重天的這日，身後香火鼎盛，守天門的人連攔都沒敢攔，就放他們過去了。

「方才那個怎麼看著像凡人？」待兩人進去之後，守門的神將才小聲開口。

另一個神將直搖頭：「凡人哪來的香火，你看錯了。」

「可她明明……」

「沒看她旁邊走的是誰？」

神將閉了嘴。

一個凡人上九重天是大事，但若她是被聶衍帶上來的，那便沒什麼了，畢竟如今九重天上最大的事，就是聶衍歸了神位。

天上神位分幾等，老君、聖君、元君、真君、府君也，凡人修道或是妖怪封神，至多落個真人或是尊者一類。

但聶衍神魄一歸，歸的是帝君。不入等類，與天同壽，與女媧伏羲等同尊。

伯高子等神自是一萬個不樂意，哪怕聶衍神魄是帝君，也只想以府君待遇予他，正好欺負他受過天雷之劫，無力反抗。

未曾想，聶衍不但反抗了，還帶著龍族直接打上了天。

龍族與天神王氏有舊怨在先，伯高子的刁難只是給了他一個起戰的由頭，數百年前未曾王氏聯合狐族算計，令龍族戰敗退守不周山，這仇聶衍記得很清楚，上天的第一件事，就是找王氏算帳。

等伯高子反應過來聶衍壓根沒有被重傷的時候，已經晚了，龍族在不周山養精蓄銳二十餘載，挾仇而來，簡直是勢不可擋。

王氏族神甚多，但多是小神府君，聶衍一歸位，以前他們居高臨下的優勢也蕩然無存，當即就向天上其他的神族求助。

誰料，竟無一族肯幫他們。

「聶衍本就是開天闢地時生來的神，再與他為難，他也有自己的天命在，何苦來哉？」伯益垂著眼皮望著王氏一族，「爾等私人恩怨，就不必攪得整個九重都不得安寧了。」

說罷，也關上了門。

聶衍帶著他的族人對王氏進行了一場的剿殺，如同當年王氏對龍族一般，不留餘地，趕盡殺絕。

王氏不是沒想過反抗，但聶衍這廝大戰之際竟還有空帶著他的夫人坐在天邊看晚霞，令他們覺得無比絕望。

凡人修成的神，怎麼可能是天生神族的對手。

於是，半月之後，王氏潰敗，帶著殘留的族人，歸入了女媧門下。

女媧雖在閉關，但其後代的淑人娘娘憐惜凡人，自然是肯護他們。

她站在自己的仙府門口，皺眉對聶衍道：「上天有好生之德，他們是晚輩，你一個開天地的神，做什麼要跟他們計較成這樣。」

聶衍捏著卻邪劍，淡淡地道：「當年他們斬殺我族青龍，煮肉而食時，並未念上天有好生之德。」

淑人噎了噎，眉頭皺得更緊：「那是他們初為神仙，急著提升修為，並不懂那麼多。」

「巧了。」聶衍道，「我夫人也是初上九重，急著提升修為，想將他們煮來嘗嘗。」

淑人娘娘無話，只能拔劍，她不是聶衍的對手，但這畢竟是女媧的門庭，聶衍不敢太放肆。

但，她沒想到的是，她這邊跟聶衍打得正歡，另一邊飛葉等人徑直就將王氏一族拖了出去，要拆骨扒皮，扔下凡間。

淑人大驚，連忙軟聲求情，可不管她說什麼，那站在高處的男人始終都面無表情。

眼看著王氏殘餘的人都被扒了仙骨，淑人正絕望無比，突然就見周圍的人開始手忙腳亂地收拾殘局，方才還冷酷萬分的黎諸懷和飛葉等人，臉上都帶了些驚慌。

怎麼了？

淑人好奇地抬頭，就見一直跟個雕像似的聶衍也急匆匆飛身下來，往一個方向迎了過去。

「怎麼走這裡來了？」遠遠飄來的聲音裡還夾雜著一絲不自在。

淑人愕然地看過去，就見遠處走來個姑娘，一身星辰曳地，眼若秋波橫，眉出遠山黛，柳腰盈盈，丹寇點絳。

她好奇地朝這邊張望了一眼，就被聶衍側身擋住了。

「你做什麼攔著我？」

「遇見些老朋友，在敘舊，人太多了，怕嚇著妳。」

淑人聽明白了，這就是傳聞裡那個被聶衍帶上九重天，寵得不像話的凡人。

眼眸一亮，淑人立馬上前去，大喊了一聲：「夫人救命！」

坤儀從聶衍身後伸出半個小腦袋，納悶地看著她。

凡人麼，大多是沒見過世面又心軟的，淑人不管不顧地揮開飛葉等人的阻攔，哭著就道：「妳夫君殺人無度，要將這麼多人都扔下九重天摔死，就算不為上天有好生之德，也該為自己想想，不該這般平添業障啊！」

嘴巴張成了圓形，坤儀看向聶衍問：「他們得罪過你啊？」

聶衍僵硬地垂眼：「有些仇怨。」

「那你就快些動手呀，留在這兒豈不是平白生出事端來。」坤儀嘶嘴，「我方才還怨你半晌不回來陪我去看星星，原來是有正事，那且不怨你了，我回去等你。」

淑人：「……」

這是哪來的鐵石心腸的凡人，半點女兒家該有的心軟都沒有。好歹同是凡人在九重天上過日子，就不能幫扶一二？

她有些惱，皺眉瞪著坤儀就道：「妳也不怕他的報應落在妳身上。」

坤儀拉住了要動怒的聶衍，嘻笑著道：「他的報應什麼時候來我不知道，但我家夫君不是濫殺無辜之人，他若要動手，那必定就是這些人做了壞事，要遭報應了。」

「妳……」淑人氣結。

聶衍鬆緩了神色，笑著伸手蒙住她的眼睛：「妳數三下就好。」

坤儀倒也聽話，乖巧地數：「一，二，三。」

眼前恢復光亮的時候，方才那一片密密麻麻的人群就不見了。

聶衍收攏衣袖，低聲道：「這便陪妳去看星星。」

「好。」坤儀牽過他的衣袖，一蹦一跳地就往銀河走。

淑人慌忙回頭去看，就見那些被扒了仙骨的王氏族人都已經被扔去了不周山，命還在，但想回九重天怕是難了。

九重天上各族森立，沒了王氏的簇擁，女媧這上古的門第也難免冷清。

淑人氣得夠嗆，自此算是與坤儀結下仇了。

一個凡人，怎麼才能高攀上一個天神？就算短時日內兩人你儂我儂，可凡人一不能為天神任何助力，二不能陪天神長壽長守，在這九重天上，很快就會離散的。

伯益一開始也是這麼想的，一日兩日是這樣，但一月之後，他覺得不太對勁了。

天上的神仙一靠天地精華滋養，二靠凡間香火祭祀，香火越盛者，修為自然提升越快。

聶衍是帶著一百座廟的香火上來的，他得到了帝君之位，眾神也沒什麼可置喙的，但他身邊那個坤儀，雖有仙骨，但畢竟是凡人，背靠的香火居然比真君位上的神仙還旺盛，令眾神十分眼紅。

「有香火也修煉不了，有什麼用？」淑人冷聲與旁的神仙道，「她那點修為，壓根消化不了九重天上的日月精華，連內丹都凝不成。」

聶衍正是站穩腳跟的關鍵時刻，斷不可能一直拿自己的修為供養她，這凡人倒也有骨氣，不接受聶衍的雙修，成天就自己在仙府裡鼓搗東西。

天上的神仙開了盤，以坤儀五十歲為界點，下注押聶衍什麼時候會拋棄坤儀娶別的女君。

這盤自開起就一直有人往五十歲以下押注，某一天突然押五十歲以上的賭注多了幾百個，但很快，賠率又被五十歲以下給抬了上去。

神仙麼，閒來無事，小賭怡情，但為了賭出風格賭出水準，他們用的賭注是一年修為搓成的丸子。

坤儀沒有修為丸，她只能將自己鼎盛的香火搓成丸子。

一年一廟的香火丸拿去賭盤上，開盤的人掂量了一番，覺得能值兩個修為丸。

於是坤儀就樂呵呵地拿香火丸換修為丸。

天上神仙眾多，並不是每一個神仙都為凡間熟知，有寺廟香火的都是大神仙，其餘神仙想要香火，要麼自己去凡間採些空墳上的，要麼就只能等著年關蹭上一點，所以香火對很多神仙而言，是比修為丸珍貴得多的寶貝。

所以當坤儀第三日拿著香火丸想去換修為丸的時候，一枚香火丸已經能換到五枚修為丸了，並且一眾真君府君爭搶，唯恐她後面不給換了。

第125章　娃娃

坤儀初來乍到，又沒什麼厲害本事傍身，整個人顯得怯生生的，十分軟弱好欺，拿丸子給他們換修為的時候，舉止間滿是猶豫。

就是這份猶豫，讓天上消息飛快地傳開：快去集市上用修為丸換香火丸啊，不知什麼時候就沒了！

淑人聽見這消息氣不打一處來：「都是些蠢的不成？一年香火哪裡就夠五年的修為了？他們幫著人將這天地精華化成修為，還上趕著送人家去呢？」

「娘娘有所不知。」仙童囁嚅道，「這天上有的是沒有香火供奉的神仙，都想著嘗個鮮。」再說了，香火就算不抵修為，也是有限的，身上帶著香火味兒的神仙，那比普通的神仙就是有面兒些，趁著有人肯換，誰稀罕那隨時能掙回來的幾年修為呢？

淑人瞥一眼身上帶了香火味兒的仙童，無語至極。

但第二日，她喬裝打扮，也去用五十年的修為換回了十顆香火丸。

捧著這十顆香火丸，淑人掃了一眼坤儀手裡空空的香囊，暗想也就這麼點，成不了什麼大氣候。

結果等她走遠了，坤儀又掏出了十個香囊，繼續給後頭蜂擁而至的小神們置換。

每人換個五年十年的，對他們而言不算什麼損失，畢竟神仙有無窮的壽命，但對坤儀而言，這些換來的東西就是積少成多了。

聶衍正在準備帶著族人去占領九重天上靈氣最豐沛的一塊地方開闢仙府。

飛葉有些為難地道：「那地方對我們而言自然是極好的，但對嫂子來說就困難了些，靈氣充沛，她又未結內丹，難免會吃不消。」

聶衍頭也沒抬：「有我在，她沒什麼要緊。」

「帝君是想用自身修為護她？」伯益聽得挑眉，「你若能時時刻刻都護著她那也就罷了，但你除了與她在一處，難道就沒別的事了？」

朱厭對伯益直搖頭，伯益不解地低聲問：「我說錯了？」

「倒是沒大錯，只是帝君他不會讓步的，您不妨省些力氣。」朱厭小聲道，「再者說，坤儀殿下也不是個會讓人操心的主兒。」

再不讓人操心那也是個女人，還是個凡人，難道還能憑空變出內丹來不成？

伯益覺得不太妥當，趁著聶衍忙碌，想著自己去找坤儀說說，這仙府是一定要開闢的，聶衍為了那地方，少不得要與人動手，她不能在這時候拖了後腿。

然而，他去找坤儀的時候，足足排了半個時辰的隊，才見著這個小姑娘的面兒。

小姑娘今日穿著大紅的綢裙，繡了白色的毛邊兒，看起來可愛又靈動，見著他的時候，瞇著漂亮的鳳眼想了好一會兒，才恍然：「伯益聖君，當日聶衍飛升之時，你幫他說過話。」

伯益朝她拱手，還沒來得及開口，就被她懷裡那一大兜子修為丹給震驚了。

「這是？」

坤儀收了小凳子，告訴後頭的神仙們明日再來，然後就將那一兜子修為丹倒進了聶衍給她的儲物袋裡。

香囊大小的袋子，不管裝多少東西都不會滿。

「聖君有話，借一步來說？」

伯益被她這動作驚到了，好半晌才想起自己來的目的，拱手遲疑地問：「夫人收這些修為丹，是打算給帝君？」

坤儀擺手：「他哪用得著吃這個，我換來自己吃的。」

生吃修為……倒也不是不行，但她得有一千年的修為才能凝出仙丹來，這一顆才一年修為，她要湊到什麼時候去？

像是看出了他的困惑，坤儀笑了笑：「我身上原有一些修為，但沾著妖氣，凝不成仙丹，故而才拿香火丹與神仙們置換，眼下置換得不多，也有一千五百顆上下了，凝丹不成問題，就是往後修道，還得尋個靈力充沛的地方才好。」

伯益錯愕地抬頭。

面前的姑娘生得美豔好看，像極了神仙們閒來無事養的嬌花，嬌花無骨，需要人侍弄寵溺，可她倒像是自己生著根了一般，完全沒想著掛在聶衍身上過活。

原本準備好的話統統無用了，伯益在原地怔愣了好一會兒，終於是失笑：「那我就不打擾嫂夫人了。」

坤儀目送他離開，不解地撓了撓下巴。

排了這麼久的隊，就為了說這兩句話？神仙是不是都閒得慌啊？

她才不管別的神仙，她忙得很。

修為攢夠了，吃掉之後要結丹，結了丹之後就有神魄了，她成了真的神仙，就能去渡人。

她沒什麼大志向，就想讓身邊的人都能有個好結果，了卻她的凡念，才能更好地跟聶衍過日子嘛。

懷揣著這個志向，坤儀結丹很是努力。

沒過幾天，她肚子裡好像當真有動靜了。

坤儀欣喜地去找聶衍：「你幫我看看，這顆仙丹結得漂亮不漂亮？」

聶衍將她抱到自己膝蓋上，凝神一看，神情微微一僵。

「怎麼？不好看嗎？」坤儀緊張地抓著他的衣袖，小臉都白了，「難道我結的是妖丹？」

「不是。」揉開她掐得死緊的手，聶衍神色有些古怪，「妳肚子裡除了剛結成的仙丹，還結了別的東西。」

坤儀納悶，別的東西？這天上的仙丹還有結一送一的？

不等她想通，聶衍就將她抱到床上，拉過綿軟的雲被來給她裹好：「妳在這裡等我片刻，我去去就來。」

「誒……」坤儀想喊他都沒喊住，看他如風一般捲出去，不由地起了疑心。

她凝神，探向自己的肚腹。

不探還好，一探她也嚇一跳，好端端的肚子裡，居然揣了個小娃娃！

心裡一喜，坤儀想，這定然是聶衍的娃娃，他倆一直沒什麼節制，懷個孩子也不是什麼奇怪的事。

但是，再多看兩眼，她就覺得不對勁了。

這娃娃怎麼這麼大呀？

仔細掐算自己與聶衍在一起的時間，從她睜眼看見他到以身相許再到現在，似乎才過去兩個月不到，但這小娃娃，怎麼看都已經兩個多月了。

想起方才聶衍的反應，坤儀慌了。

她懷的是誰的孩子？

聶衍方才那神色怎麼看都不像喜悅，別回來找她算帳吧？

越想越慌，坤儀跳下床就往外跑，她得回凡間去找蘭苕問問清楚，聶衍那麼好的人，她不能辜負了人家。

幸好的是仙丹結了，她只差歸神位，去太虛那邊找一個自己的神位歸一歸，就能下凡去。

坤儀抱著肚子就往太虛跑。

另一頭，聶衍神色緊繃地召來了天上執掌藥材的醫仙，沉聲問：「神仙產子，與凡人有何不同？」

醫仙笑道：「帝君說笑，我神界產子萬年難有，除非自身將滅，否則後代難出，此等事，何須帝君操心。」

聶衍捏緊了拳頭：「那若是凡人懷子，未及生產便成神者呢？」

醫仙又笑：「哪會有這樣的事，且不說女子成神者寥寥，就說懷身者，必有塵緣未斷，豈可好好修煉。」

「那萬一就是有修為足夠就成神之女呢？」

「哪會有……」

「醫仙。」朱厭看了看聶衍手背上的青筋，十分善良地打斷他的話，「帝君問，你便答。莫要再多說了。」

醫仙臉一垮，委屈地道：「實在是沒見過這樣的，小仙哪裡知道會如何？且看命數吧。」

這話一出，聶衍臉上的表情更加難看。

坤儀的魂魄剛被捏好，又沒了之前的記憶，此時懷身，又恰在修煉內丹，他很怕她一個不對就又魂飛魄散。

「帝君不必擔心，嫂子吉人自有天相。」飛葉道，「我一看她就不像碌碌凡人，說不定還有大造化在後頭等她。」

話剛落音，外頭就是一陣地動。

這動靜是從太虛那邊傳來的，像是有真君歸位了。

這點動靜還不值得聶衍去看的，但他仙府裡的一眾仙童也跟著跑，動靜大得他有些煩躁。

「夜半。」

「屬下在。」

「讓他們老實待著別動，真君有何好看的？」

夜半從外頭進來，神色十分古怪：「聽說是頭一回有凡人歸位直接歸了真君。」

凡人歸真君就歸了，歸老君又與他們何干？聶衍擺手。

可片刻之後，他猛地轉過了頭：「你說什麼，凡人？」

這九重天上的凡人，可不就一個坤儀？

不等夜半回答，他飛身就追了出去。

坤儀是抱著試試的心態來的太虛，想著隨便歸一個神位就行，能立馬下界才是要事，但不曾想，她往太虛星穹下一站，竟然地動天搖起來。

她看見倒數第三的星星亮了，而後就朝她飛過來，落進了她的眉心。

瞬間，肚子不漲了，眼更明，耳朵也更聽得清。

她聽見遠處眾人的驚嘆聲，也聽見聶衍正急匆匆地朝她奔來。

完蛋了。坤儀想，聶衍這是知道她要下界，趕來抓她了。

想在聶衍眼皮子底下逃走是不可能的，坤儀只能乖乖站在原地，眼睜睜看著他朝自己衝過來，在自己面前站定，然後克制地捏了捏她的肩。

「不是讓妳在房間裡等著？」他又急又有些慌，「妳來這裡做什麼？」

腳趾蜷了蜷，坤儀有些不好意思地垂頭：「我隨便看看……」

察覺到她的躲避，聶衍不明所以，但周圍聚過來的神仙越來越多了，他也沒多想，將她用斗篷裹了就帶了回去。

第126章　懷身

聶衍這個人，除了修煉，對旁的事知道得不是很清楚。坤儀懷身太過突然，他又沒能在醫仙那裡問清楚，是以面對她，他整個人都是緊繃的，餘光一直瞥著她的肚腹，生怕有什麼意外。

而坤儀，一直在冥思苦想自己這孩子到底是誰的。

看聶衍的表情，雖然是不太高興，甚至是略帶恨意地看著她的肚子，但到底沒有對她動手，也沒有要與她算帳的意思，兩人對峙良久，他突然疲憊地問了一句：「妳可有什麼想吃的？」

就這一句，坤儀眼淚都快下來了。

多好的男人啊，都這個時候了，竟還惦記著她想吃什麼，這得是有多看重她，才能連她的肚子都既往不咎？

聶衍越這樣，坤儀反而是越愧疚，囁嚅半晌，撲到聶衍懷裡就嚶嚶哭了起來。

溫熱的眼淚浸透他的衣裳燙過來，聶衍背脊挺得更直，雙手僵硬地虛放在她胳膊兩側，鴉黑的眼眸左右晃了晃：「怎麼了？」

「我能遇見你，當真是太好了。」小手抹著眼淚，坤儀哽咽道，「這世上不會有比你還好的人了。」

被她這突如其來的誇獎弄得耳根都微紅，聶衍抿了抿唇，將她扶起來：「是有什麼東西想要？」

不好意思地撓了撓下巴，坤儀道：「我想要我以前的記憶。」

提起這個，聶衍沉默了。

他覺得最近與坤儀在一起挺好的，她沒揣那麼多過往，整個人明媚又燦爛，該哭哭，該笑笑，每天朝他跑過來的時候，都帶著滿身的星辰。

要是將以前的事都想起來，她會更開心嗎？

他覺得不會，但面前這人漂亮的鳳眼裡充滿了期盼，就這麼望著他，看得他心軟。

沉默良久，聶衍道：「妳給我十日，十日之後，我陪妳去找，可好？」

他的仙府還未定，座下一群跟隨他的人總要先安頓下來才行。

坤儀十分懂事地點了頭，她覺得十日挺長，但是聶衍這麼要求了，她也沒好意思拒絕。

殊不知，十日拿下一座位置極好的仙府，在九重天上是前所未有過的。

聶衍要拿的地方靈氣優渥得堪比女媧府，眾神豈是那麼好答應的，好在神仙解決事情的方法很簡單，那就是鬥法，聶衍要在十日之內戰勝三位帝君和二十四位老君，方可在那地方落府。

三位帝君與他年紀相當，都是開天地來的神，應付一位還好，三位輪著來，任誰聽了都會打顫，可聶衍不但接了，還一連三日，一日挑戰一位。

飛葉覺得他瘋了，伯益眼裡卻滿是興奮。

「多久沒看見他跟人鬥法了？」舔了舔嘴唇，伯益帶著人就去搶占了最好的觀戰位，順便將坤儀也帶了去。

坤儀如今可是九重天上的新貴，區區凡人居然能歸位真君，說明她前身定然也是神仙，只是尚不知道淵源，整個天界對她都充滿好奇，是以她一落座，無數神仙都朝她看了一眼。

當事人卻並不覺得自己特殊，她端坐在椅子上，皺著眉問伯益：「那長得奇形怪狀的人是誰？」

順著她的目光看了看，伯益嘴角一抽：「您說的這個奇形怪狀的，是長生帝君，九重天上修為第二的厲害人物。」

「哦。」坤儀皺了皺鼻尖，「修為那麼高，怎麼不化一副好些的皮囊？」

伯益失笑：「皮囊乃身外物，他們那些得大道的，如何會在意？」

若有所悟地點頭，坤儀又撇嘴：「皮囊還是很重要的，你看我家夫君，皮囊好看，女仙們就都替他助威。」

伯益：「……」

還真是，來觀戰的諸神們都很緊張，但那一眾女仙娥卻是不管不顧地往聶衍那一方扔著仙露凝成的花，導致聶衍身側與長生帝君形成了鮮明的對比。

「妳倒是心大，半點不怕妳那夫君被這些仙娥勾了去？」淑人娘娘帶著仙童也過來觀戰，路過她身側，當即就嗤了一聲。

坤儀回頭看她，挑眉：「我家夫君只喜歡我，我緣何要怕？」

淑人用同情的眼神看著她，嘖嘖搖頭：「被蒙在鼓裡的傻子。」

說完就要走。

「等等。」坤儀連忙起身拉住她的霓虹長袖，「妳這話是什麼意思？」

淑人半回頭，哼笑道：「沒什麼意思，前些日子替女媧娘娘整理人間事，瞧見了妳與帝君的一些過往，覺得妳可憐罷了。」

過往？她和聶衍有什麼過往是她不知道的？

坤儀死死抓著淑人沒鬆手，後頭的伯益沉著臉上來看著淑人：「一知半解，還請娘娘自重。」

淑人漠然地拂開坤儀：「我一知半解，你們將她蒙在鼓裡又是什麼好人？早與她說聶衍曾有過別的愛人，她也不會像傻子一樣被你們誆上九重天。」

別的愛人？坤儀怔愣，手指一鬆。

淑人收攏衣袖，譏誚地道：「看好妳夫君吧，別一場大病，他又要納別人進門嘍。」

說罷，衣袖翻飛，輕巧地去尋了座觀戰。

坤儀白著臉，敲了敲自己的腦袋。

淑人這話勾起了一些場景，像畫一樣從她腦袋裡飄飛過去，有聶衍站在她床前要她幫忙納妾的場面，有她獨自坐在房間裡垂淚的場面。

她醒來的時候，聶衍分明說與她不認識，機緣巧合之下才救了她，可看這些畫面，他撒謊了。

「嫂夫人還是莫要被她影響為好。」伯益皺眉看著她，「淑人是女媧門下之人，與聶衍一向勢不兩立，她嘴裡不會有什麼好話，更不可能是為了妳好。」

坤儀回神，看向伯益：「那她方才說的話，是假話麼？」

伯益張了張嘴，沒答上來。

他扭頭看向場中，連忙道：「開戰了，你快看。」

神仙打架是極為好看的，仙法五顏六色，變幻萬千，坤儀看過去，覺得聶衍真是厲害，不管面對誰都是一副雲淡風輕的模樣，彷彿這天上地下，沒有任何人能贏他。

他的確有這個本事，哪怕在凡間耽誤幾十年，照舊將天上這些日夜吸收靈氣精華的神仙打得抵擋不住，無怪當初在凡間，看誰都是看螻蟻一般的眼神。
腦海裡又劃過些畫面，坤儀伸手按住了額角。
「殿下？」有人喊她。
茫然地抬頭，坤儀覺得很納悶，她在凡間的時候蘭苕偶爾喊漏嘴也會喊她殿下，但她是什麼殿下？如今人在九重，怎麼會還有人這麼喚她？
抬目看過去，一個極為漂亮的男子越過人群走到了她跟前，目光灼灼，滿是欣喜。
「殿下。」龍魚君朝她拱手，「可算是找到您了。」
他身上披著蛟龍紋的長袍，莫名地就讓坤儀想起一連十日的天水之景。
「你終於躍過了龍門？」她脫口而出。
龍魚君笑眼盈盈：「嗯，此事還要多謝殿下。」
謝她？坤儀很納悶。
龍魚君拱手解釋：「天上諸神歸位之時，也會出現天水之景，只是近幾千年鮮少有動靜，所以只有十年一次的天水之景，而今聶衍帝君與殿下相繼歸位，我便得了機會，上了天來。」
言語之間盡是熟悉，坤儀很想知道他是誰，但看他那亮晶晶的眼神，她沒好意思問出口。
糾結半晌，她正想再開口，周圍卻突然傳來一陣驚呼。
長生帝君被震出對戰臺落敗，與此同時，聶衍如一道風一般捲向觀戰席，坤儀還沒來得及反應，整個人就被死死按進了他懷裡。
「你來做什麼？」聶衍看向面前的人，臉色不太好看。

龍魚君瞧見是他，笑意也淡了些，「來還殿下東西。」

「用不著。」

「用不用得著是殿下說了算。」

聶衍睇眼，一手抱著懷裡的人，一手執劍，殺氣居然比先前對戰之時還濃，看得眾神萬分驚訝，忍不住朝龍魚君打量去。

這就是一條剛躍過龍門的蛟龍，算起來也是龍族遠親，何以將聶衍帝君氣成這樣？

坤儀也很納悶，從他懷裡伸出腦袋來，好奇地問：「他是什麼重要的人吧？」

「不重要。」聶衍冷冷地回答她。

「那你為何這般生氣？」她不解，「這人搶過你東西？」

「……」微微收斂了些戾氣，聶衍抿唇，「他哪裡搶得過我。」

但就是看他不爽。

這麼多人看著呢，場面太僵硬了也不妥當，坤儀揉著聶衍的手給他順了順毛，然後扭頭問龍魚君：

「你有什麼東西要給我？」

「殿下落了記憶在凡間。」他拿出一顆光華流轉的珠子，「我撿了許久，終於是撿全了，特來問殿下，要還是不要？」

這人一直跟著他們！聶衍冷眼看著龍魚君。

若不是一直跟著，他壓根不會知道坤儀掉了記憶，那些零碎成粉從魂魄裡落出去的東西，他尚且尋不回來，他又是花了多少工夫才揉成珠子的？

莫名其妙的，聶衍不想讓坤儀拿這東西。

可是懷裡的人眼眸一亮，當即就朝龍魚君伸出了手：「我要，給我看看。」

嘴角緊抿，聶衍鬆開了手。

這人像蝴蝶一樣撲了出去，與龍魚君湊到一處，拿起那顆珠子，好奇地對著光看了看。

第127章 記憶

坤儀以為自己的記憶會是灰黑色的，畢竟她連孩子都有了，卻不記得懷孩子時發生的事，豐富的想像力讓她腦補出了好幾個版本的淒美故事，還險些為自己的腦補落淚。

但真的看見的時候，她發現自己的記憶是淡紅色的，只夾雜著少量的黑點，透著光看，隱隱還有金絲夾雜其中，漂亮又沉甸甸的。

它似乎很想往自己的眉心鑽，但坤儀打量它一會兒之後，下意識地回頭看了聶衍一眼。

他獨身一人站在人群之外，鴉黑的眼眸半垂，手落在身側微微捏緊，沒有看她。

「我的記憶會讓我更愛他，還是會變得恨他？」她突然問了這麼一句。

龍魚君聽得沉默。他深深地看了坤儀許久，才苦笑道：「誰知道呢。」

她都不記得以前發生過什麼了，卻還是願意留在聶衍身邊，那想不想起以前的事，對她而言都沒有任何區別。

龍魚君是想過要努力一下的，畢竟她的記憶歸零，他與聶衍就算是重新回到了同一條起跑線，但聶衍這廝委實不要臉，將人拐上九天，逼得他不得不飛升之後才能見她。

再一見，又是他晚了。

有時候也許當真得信緣分這一說，每次都晚一點，那便是無緣。

「這位仙友？」坤儀好奇地看著他。

龍魚君回神，就見她神色凝重地問：「我是不是要吃下它才會恢復記憶？」

點點頭，他垂眼：「殿下不想吃？」

「……也不是不想。」坤儀含糊地道，「我過會兒就吃，謝謝你。」

說罷，將多餘的幾顆修為丹塞給了他，不好意思地道：「我記不起你是誰了，但看樣子你我是朋友，不過就算是朋友，你幫我這麼大的忙，我也該謝你的。身上無長物，就這點東西，你別嫌棄。」

龍魚君低頭一瞥，忍不住失笑，這修為丹何其珍貴，也就是她，會出手這麼大方，一給就是十五顆。

他第一次在御花園的水池裡被她救下的時候，她七歲，距今正好十五年。

收攏手，龍魚君啞著嗓子道：「帳清了。」

他千方百計想讓兩人之間多一些糾葛，所以為她一直留在人間不肯躍龍門，而今在她完全不知情的前提下，竟就正好清了這十五年的帳。

「什麼清了？」她一臉茫然。

龍魚君擺手，背過身去不再看她：「小仙要回洞府修煉，就此別過了。」

「誒……」坤儀張手欲留，這人卻走得極快，眨眼就不見了蹤跡。

她納悶地看著他離開的方向，又看了看自己手裡的珠子，而後將它收起來，小步跑回聶衍身側。

「這顆珠子裡有你麼？」她問。

聶衍抿唇，拂袖帶她回了仙府，落坐在軟榻上之後才淡聲開口：「有。」

眉心一挑，她納悶：「你我早就認識？」

「是。」

「那你是不是做過對不起我的事，所以才想讓我什麼都不記得？」

「……也不能這麼說。」聶衍別開眼，手指下意識地摩挲著腰間紅玉，「妳我之間只是誤會多了些，想不起來也好。」

坤儀突然鬆了口氣。

她摸了摸自己的肚子：「所以我懷的就是你的孩子。」

聶衍：「嗯。」

聶衍：「嗯？」

他很納悶，不由地坐直了身子：「不是我的還能是誰的？」

心虛地笑了笑，坤儀含糊地道：「我算著日子不對，懷它的時候我都沒有記憶，就以為它不是你的，誰料我倆之前就認識，那這孩子肯定就是你的。」

聶衍沉默，好半晌才道：「妳急著下凡間，就是為這個？」

「對啊，我想著這要不是你的，那也太委屈你了，總得查明真相，也才知道怎麼補償你嘛。」坤儀聳肩，「我不愛占人便宜的。」

斜她一眼，他不鹹不淡地道：「以前也沒少占。」

「怎麼可能，我這麼……」想起某些特定的地點特定的場景，坤儀及時地將後頭的話咽了回去。

她摸摸自己有點發熱的臉，乾笑道：「事情說清楚了就好。」

說著，拿出那顆珠子，將他的手一併深情地握住：「既然孩子是你的，我也是你的，那這記憶回不回來都無妨了，你若不喜歡，我就不吃它了，以後的記憶，你且幫我共築便是。」

聶衍漠然地瞥著她。

坤儀對他這表情很不滿意：「你為什麼不感動一下？」

「因為就算妳不吃，它一旦歸主，自己就會回去妳的魂魄裡。」他指了指她手裡正在沙化飛向她眉心的珠子，「並且，妳會對還妳記憶的人印象很深，難以忘懷。」

「你說剛剛那個人啊。」坤儀想了想，「也行，畢竟他長得也挺好看的，雖然可能不是我喜歡的模樣。」

聽著前半句，聶衍臉冷下來都要起身了，但後半句又將他給按在了榻上。

他冷哼一聲，拂袖道：「怎麼不喜歡，以前經常將他帶在身邊，還看他跳水中舞，贈他珠寶首飾。」

坤儀捂住了自己的腮幫子，齜牙咧嘴的。

「做什麼。」他沒好氣地問。

「酸。」眉毛都擰在了一起，她吸著涼氣道，「我以前怎麼沒發現你這麼能拈酸吃醋？」

「這叫什麼拈酸吃醋，事實罷了。」他瞇眼，「再見一面，妳不依舊覺得他好看麼？」

失笑搖頭，坤儀坐到他身側去挽住他的胳膊：「好看是個有眼睛的人都知道的事實，又不是我誇的，有什麼要緊？他就是好看呀，但我若是喜歡他，就該如同第一眼看見你那般，想跟你在一塊兒，可我沒有呀。」

將胳膊從她手裡抽出去，聶衍轉了身子，背對著她。

坤儀好笑地跟著他轉了個方向，繼續抱住他的胳膊：「我什麼都不記得的時候，再看你也覺得喜歡，說明我以前就很喜歡你，就算我什麼都想起來了，你也不用害怕。」

拳頭捏得有些泛白，聶衍喉結微動，低聲道：「記住妳說的話。」

這有什麼記不住的，坤儀笑瞇瞇地戳了戳他咬緊的牙關。

金紅色的珠子慢慢全部化成了粉末，如同煙氣一般全部朝她眉心飛了過去。坤儀打了個呵欠，將頭枕在他腿上，小聲嘟囔道：「我且睡一覺，等睡醒了，與你去看晚霞。」

「好。」他低聲應了一句。

腿上的人飛快地就陷入了夢境，夢裡的過往飛快在她眼前拉扯，酸甜苦辣，愛恨離別，都在她腦海裡重新過了一遍。

聶衍沒有插手，以他的修為，抹掉一些不好的東西其實十分輕鬆，但他只安靜地看著，任由她將所有東西都想起來。只是，在想的過程裡，他讓她也能看見他的視角。

別人眼裡的坤儀是刁蠻任性，驕奢淫逸的。

而他眼裡的她，弱小、嘴硬。

總是要仰著頭才能與他對視。

來見他時候總是一身華光，富貴逼人，傲慢得不知天高地厚。可每回也是她，將他護著，應對百官刁難，助他壯大上清司，不管多少人說他有問題，她都願意相信他。

坤儀可能自己都沒發現自己在不知不覺裡馴服了一條龍，什麼心機手段都是無用的，最令他心動的是她看向他的眼神，貪婪和愛戀被壓在權力和求生的光芒之下，隱忍不發，卻又長得鬱鬱蔥蔥。

這笨蛋偶爾還會愧疚，覺得是她喜歡他的緣故，才害得更多人丟了命。他沒同她說的是，若不是有她，在他原來的計畫裡，大宋早就是一片焦土了。

眼下，乾脆一併給她看了。

在他與黎諸懷原本的計畫裡，大宋在盛慶帝打壓上清司的第三年裡，就該被屠殺燒國，只留一些幼童被龍族收養長大，作為以後為龍族辯白的證人。而樓似玉會因著宋清玄那幾縷魂魄，交出她手裡的晶石，讓整個凡間求救無門，不達天聽。

相應的，他自己也會在多年之後受到天罰，神魂俱滅。但在那之前，狐族和王氏神族都會被他屠殺個乾淨，也算了無遺憾。

這樣的結局雖然痛快，但十分慘烈，不像現在……

坤儀睫毛顫了顫，突然睜開了眼。

聶衍迎上她複雜的目光，輕輕嘆了口氣。

現在就很好，雖然沒那麼痛快，但他該報的仇報了，該替族人爭取的東西也爭取了，剩下的無盡的歲月裡，他有的是機會撫平與她之間曾有過的傷痕和裂縫。

他因一個凡人生了善念，而後整個命數，都已然不同，她實在算得上是他的貴人。

「妳先前說要去看晚霞。」他揉了揉她睡得有些發紅的臉頰，「還算不算數？」

坤儀撇嘴，鼻尖兒裡哼出一聲來。

她道：「晚霞哪有我的金銀珠寶好看，我方才看見了，你原先送我那麼多珍貴的寶石，後來都藏去了不周山，你怎麼不還給我，是不是想收回去？送女兒家的東西，哪有收回去的道理？」

聶衍失笑，他看著眼前這熟悉的脖頸弧度和挺得筆直的纖腰，突然覺得有種塵埃落定的滿足感。

以前的坤儀回來了，但她的第一個念頭並非是離開他。

這就夠了。

第128章　太平盛世

相傳，大宋盛和年間，出了一位十分古怪的帝王，這帝王原是皇三子，原是個荒誕不能立之人，被廢之後又離奇登基，然後就開始勤勉於政。

原先的親黨皆被他貶黜，反倒是輔國公主留下來的一些臣子為他重用，繼續開創著盛和大世。

帝王麼，哪有不糊塗的時候，可別的帝王犯錯，都是群臣進諫，這位帝王犯錯，卻是被國師關進明珠臺，據其親近的守衛醉酒透露，遠遠地會聽見裡頭的帝王哭著喊：「皇姑我錯了，我真的錯了，這便回去改！」

盛和帝的皇姑，自然就是那位已經仙逝了的輔國公主。

一開始有人說國師是用妖法危害聖體，但等這麼說的人都接到輔國公主的托夢之後，大家就閉嘴了，並且眼看著帝王日益勤勉，還紛紛上書求給輔國公主修神廟，嘉獎其匡扶社稷之勞。

那明珠臺就因此被落成了神廟，不允外人進出，一應寶貝都留存得尚好，任是夜明珠再亮，也無人敢偷拿。

不過後來有一年大宋遇了旱災，災民闖進明珠臺拿了些寶貝救命，公主倒是未曾托夢責怪。是以災難之後，民間也主動給她修起神廟來。

蘭苕和魚白都擇了好人家嫁了，夫婿上進，也有入朝為官的，只是蘭苕依舊會每月都去明珠臺灑掃一回，有了孩子也不例外，還時常帶些菓子，絮絮叨叨地說殿下會饞。

魚白以為她是太過懷念殿下才這麼說，但第二天去收拾盤子的時候，裡頭的菓子當真是一個不剩。她驚愕之下，也開始為殿下做衣裳去放著。

結果一套留仙裙送去，殿下就給她托夢說：「肚腹做寬些，我這身子哪裡穿得下？」

魚白醒來大喜，一連從自家宅院跑去蘭茗家，給她說殿下懷了身子了。

蘭茗高興得很，帶著闔府上下去神廟裡幫坤儀添香火。

林青蘇在坤儀走後為她守了三年的喪，之後迎娶了一個門當戶對的姑娘，那姑娘叫玉河，對他十分傾慕，可林青蘇待人始終淡淡的，蘭茗在上香的時候忍不住嘀咕，說覺得他心裡還惦記著殿下。

這不說還好，一說，盛京的天一連下了七日的雨，好懸將河堤淹了。

「完了。」蘭茗狠狠拍了拍自己的腦門，「我怎麼忘了伯爺是個聽不得這些話的。」

於是連忙又去上香，細數曾經殿下為了追到伯爺，是如何煞費苦心，機關算盡，用心良苦。

上香畢，雨停。

蘭茗對著天邊層層的白雲無語凝噎了許久。

伯爺和殿下飛升之時，大宋其實仍舊還有妖怪殘存，只是那幾個大族要麼跟隨伯爺去了，要麼被伯爺滅了，剩下的一些小妖怪就偶爾顯出原形，為民間寫志怪的人提供一些靈感。

上清司依照殿下留下來的條律妖怪，倒再也沒爆發過什麼大亂，也沒再出現過一口吃幾十個人的大妖。

鄰國卻是亡國了，被大宋趁機吞併，近些年正在融合兩國百姓，統一貨幣。

如此欣欣向榮之景，坤儀是不覺得有什麼遺憾的了，她在九重天上聆聽著凡人一個個地來她的神廟裡祈願，有特別誠心的就幫一幫，剩下的時間，就是參加九重天上的各種宴會。

沒錯，在她的鼓動下，九重天上的神仙們終於不沉迷於閉關修煉，也開始舉辦各種宴會，眾人都要衣著華麗地赴宴，好比一比修為，順帶比一比頭上的首飾，腰間的玉。

這種奢靡攀比的風氣十分不妥當，有幾位老君屢次想進言，讓聶衍帝君管一管自家夫人，好少讓他們破費。可聶衍竟是無恥地與他們道：「我管不住。」

笑話，自古男為尊女為卑，就算是神仙也不能免俗，哪有管不住自家夫人的？

聶衍一本正經地道：「男為尊女為卑是女媧娘娘那一門下的規矩，我是造萬獸飛禽之神，雌雄雌雄，雌為上，雄為下，本座屬實拿她沒什麼辦法。」

話剛落音，坤儀真君就從外頭跑進來，流光瀲灩的裙擺在他們面前一閃而過，接著整個人就撲進了帝君的懷裡：「相公，織女坊新上的晚霞料子我好喜歡，買回來有地方放麼？」

眾人愕然，聶衍帝君的仙府修的位置極好，又是極大的，哪能放不下幾匹料子？

聶衍淡淡地「嗯」了一聲：「新修的院子又堆滿了？」

懷裡的人不好意思地笑了笑，拿鼻尖蹭了蹭他的脖頸。

「知道了，讓夜半往東邊再擴一間院子放妳新看上的東西。」

「好！」坤儀拍手應下，在他臉上啵地親了一口，就又拖著仙裙飛了出去。

含笑收回目光，聶衍無奈地朝他們攤手：「你們看，壓根管不住。」

您這有半點想管的意思嗎！

眾神敢怒不敢言，憋了氣告辭出去，就見有個三四歲模樣的小孩兒，穿著一身寶藍色的寬袖錦服，跟個小大人似的背著手聽著身後神奴的稟告：「夫人要往東邊擴院子放東西。」

那小孩兒眉目跟聶衍極像，連神情都一模一樣，不鹹不淡地「嗯」了一聲，就道：「讓夜半叔叔吩咐他們修寬點，免得娘親不到一月又要擴，先前她買了又不喜歡的東西清理一番，我帶去替她換些福報回來。」

換福報，自然就是用東西去凡間做好事積善緣。

這孩子才三四歲就能有如此念頭和舉動，就算是神仙後裔，也難免令人羨慕。

他似是看見了他們，遠遠地朝他們一頷首，就繼續帶著神奴往後院去了。

那小模樣，真真是招人喜歡。

坤儀也很喜歡這個兒子，雖然生產的時候疼了她個半死，但她作為天開闢地頭一遭在九重天上誕子且自身沒有羽化仙逝的神仙，對這一切還是很知足的，尤其她這個兒子貼心得很，她偶爾有鬥不過別人的時候，她的寶貝都會幫她。

譬如那淑人娘娘，與她看不對眼好多年了，就算跟風一起舉辦宴會，在宴會上也對她多有擠兌，說她只是個真君，借著帝君的光在這裡作威作福，說她頭上的珠釵不是最新的款式，是仿冒珍寶閣的。

前者坤儀都沒多氣，但後者可氣死她了，她把玩珠寶這麼多年，何時買過仿冒的東西？但當下的賓客都是淑人請來的，沒人幫她說話。

這時她家的寶貝多餘就開口了：「這珠釵是我親自去買來給娘親的，就在珍寶閣買的，怎的會是假的？」

淑人對她這樣的凡人能生這麼個天生仙骨的兒子十分不滿，當即就陰陽怪氣地道：「你還小，哪裡分得清珠釵真假。」

「我是天生的神仙，又不是凡間的孩童，自然是有火眼金睛，能辯真假。淑人娘娘難道就沒生過小孩兒，不知道天上的孩子與凡間的不同？」多餘納悶極了。

淑人牙咬了半晌，臉都綠了。

這天上哪有人生了後裔還能活著的，除了坤儀她就不明白，這女人普普通通的，怎麼就什麼都有了，能得聶衍帝君的獨寵，還能得個兒子自己還沒事，尤其這兒子一看就非池中物，將來還必定有大造化。

「不管娘娘信不信，我們是信『人各有命』這話的。」坤儀抱起多餘，喜滋滋地道，「有的人就是生來命好，沒辦法，不過這嫉妒之心是修仙大忌，一旦嫉妒了，就容易走火入魔，娘娘可要當心吶。」

「不用妳來提醒。」淑人惱道，「我還信人有起必有落。」

坤儀顫了顫，面上依舊在笑，回去卻是對著牆壁想了許久。

人有起必有落，她現在日子過得這麼好，將來有一日落了該如何？

正想著，身後就有人將她一把抱起，往內室走：「在想什麼？」

甩了甩眼裡的霧氣，坤儀嘟囔：「你怎麼又忙起來了？」

不是說打下仙府之後就能休息了麼，他又騙人。

額頭抵了抵她的，聶衍輕聲道：「還有個東西想拿。」

「貪欲哪有盡處。」她不滿地皺眉，「你與我在一起，想要的東西怎還那麼多。」

聶衍挑眉，正要說話，這人就捂了臉道：「這話說重了，我不是那個意思，你忙一天肯定累了，睡吧睡吧，我說個睡前故事。」

他一頓，倒是好笑地問：「又要先為我說，再為妳兒子說？」

「誰讓他生得那麼聰明，我會的睡前故事他都聽不睏，還會問我情節為什麼不合理，我若不先為你說一遍，待會兒他把我問住了，這娘當得不是丟人麼。」坤儀直撇嘴，到床上就翻身坐起來，清了清嗓子開始說她準備的故事。

聶衍雙手墊在腦袋後面，含笑聽著她，目光落在她臉上，看得她耳根都泛紅。

「你有沒有認真聽？」她著惱地打過來。

伸手抓住她的柔荑，聶衍低笑：「挺好的故事，他若不愛聽，妳便一直給我說就是。」

幾萬歲的人了，也好意思聽睡前故事？坤儀翻了個白眼，踹他一腳。

聶衍笑著拉她就寢。

這事彷彿就翻了篇，但第二日一清早，多餘睜開眼的時候，就看見自己床邊坐著自己的父君。

「你娘親昨日聽了什麼不好的話了？」他沉聲問。

第129章　冷靜的帝君

聶多餘不是個喜歡挑事的小神仙，他隨了他的父君，生得沉穩有禮。

所以，當父君一臉「我要弄死惹你娘不高興的人」的表情的時候，聶多餘十分克制又簡單地陳述了事實：「淑人娘娘咒我娘親以後沒有好下場來著。」

聶衍瞇了瞇眼。

因著坤儀，聶衍一直未在九重天上大動干戈，先前找王氏復仇和占仙府都是小打小鬧，就怕驚著了她。

別看這小姑娘一副天不怕地不怕的模樣，實則內心十分脆弱，遇事總往最壞的地方想，兒子都生了，也沒太把自己的性命當回事。

惡言惡語她聽得很多，旁人覺得她該習慣了，可他不這麼覺得。

沒有人該習慣這些東西，他的小姑娘更不該。

當天傍晚，坤儀一跨進門，就被聶衍擁了個滿懷。

耳根一紅，她彆扭地瞥了瞥還在門外站著的多餘：「你先鬆開。」

聶衍沒鬆，反手將門給扣上了。

多餘見怪不怪，拂了拂自己的小錦袍，自個兒回院子修煉去了。倒是坤儀十分不好意思，雙手抵在聶衍心口，嗔怪地瞪他。

「想不想下凡去逛逛？」他蹭著她的鬢髮，親暱地問。

坤儀眼眸一亮，又不好意思地抓了抓他肩上的衣裳：「不是說天上事忙，一時半會去不了？」

「已經跟蘭苕說好，妳與多餘先去便是。」他低聲道。

坤儀已經很久沒看見蘭苕了，有這樣的機會，自然是高興的，只是她還是狐疑地看了看面前這人：「你想將我支開？」

聶衍神色平靜地搖頭，鴉黑的眼瞳深深地看著她。

坤儀是還想質問幾句的，但他這眼神實在是炙熱，飽含深情和眷戀，箍著她腰肢的手力道也漸重，當真是不捨極了。

頂著這樣的目光，她若還不相信他，那可能得遭天雷轟頂。

於是坤儀就點了頭。

當天夜裡，聶衍以即將分別分外不捨為由，愣是沒讓她睡成覺，眼瞅著天降破曉，她伸出藕臂想拿衣裳，這人卻伸手貼著她的手臂往前，將五指張開，一一放進她的指間，再慢慢將她的手握住抱回了被子裡。

很尋常的動作，但他做得又慢又纏綿，著實讓坤儀臉紅了半晌。

心口有些莫名的暖漲，坤儀盯著窗上的雲花，低聲嘟囔：「你怎麼都沒說過心悅於我呀。」

溫熱的呼吸落在她脖頸間，綿綿密密又帶了些潮氣，聶衍擁著她，淡淡地道：「多餘都要滿四歲了。」

他還用得著說那幾個字才能證明什麼不成。

想想也是，可坤儀就是覺得有些遺憾，他倆的情愫生得不知不覺，長得兵荒馬亂，等閒下來的時候，居然已經過上無波無瀾的小日子了，完全不像話本裡寫的那麼轟轟烈烈。

不過聶衍有很多事要忙，每天能有半日陪著她已經很好了，她得知足，總不能還和他耍小孩子脾氣。

這麼想著，坤儀就睡了個回籠覺，等醒來發現聶衍已經不見了，她的多餘拎著小包袱站在床邊，眼巴巴地看著她。

對於凡間，多餘比她還要嚮往。

坤儀莞爾，收拾妥當之後，拿著聶衍給的通行玉佩就與多餘一起下凡去。

凡間她的神廟眾多，坤儀隨便選了一處做了落腳點，路上連連叮囑多餘：「你切不可暴露身分，更不能使用仙法，在凡間你只是個三歲多的小孩兒，話不要說太多。」

多餘很納悶：「凡人那麼喜歡神仙，為何我不能暴露身分？」

坤儀戳了戳他的腦門：「因為凡人看見神仙就會有所求，你若不滿足他們，那神界的地位和香火都會被你連累得減少，但你若有求必應，這一路我們就走不好了，你也沒那麼大的本事。」

多餘聽懂了，收斂了一下自己過於深沉的神色，眨巴著一雙大眼睛，乖巧地跟著她往廟外走。

坤儀終於有了一點做母親的自豪感，三年了，小多餘過於聰慧，以至於她都懷疑自己生的不是個兒子，是個爹。

這一趟凡間來得值。

「娘親，這是什麼？」

「這是轎子，有錢人家坐的，娘親以前有一輛鳳車，比這個氣派。」

「那邊的人，他們在幹什麼？」

「那是變戲法兒，集市上賺賞錢的。」

「我們現在去哪兒？」

「去你蘭苕姨家。」

見多餘還要開口，坤儀忍不住低下身捏住他粉嫩嫩的小嘴：「不能再問了啊，沒有三歲小孩兒能說這麼多話的。」

多餘聽話地將剩下的問題咽了回去。

可是走著走著，他還是納悶：「這些男兒家，為何穿得如此招搖？」

他的娘親沒有立馬回答。

多餘一愣，扭頭看上去，就見自家娘親站在原地，雙眼微微泛光。

「這是你娘親以前最喜歡來的地方。」瞧見招牌上那龍飛鳳舞的容華館三個字，坤儀下意識地咽了口唾沫。

多餘皺眉：「以前最喜歡？」

「嗯，現在不喜歡了。」

嘴上是這麼說的，可這人抬腳卻是在往裡進。

「娘親。」多餘溫和地提醒她，「父君可能還在上頭看著咱們。」

腳下打了個圈兒，坤儀一臉正氣地牽著他繼續往官邸的方向走：「不去不去，誰要去了，來來回回就是那些個琴棋書畫歌舞酒茶，瞧著時節應該正是龍井茶新上……」

「嗯？」

「也沒什麼意思，裡頭沒人比你父君好看。」

「哦。」

坤儀磨牙，扭頭又捏了捏多餘的小臉：「你是小孩子，說話要奶聲奶氣，不可以學你父君！」

多餘想了想，奶聲奶氣地道：「娘親，我想吃菓子。」

蘭苕每年年關都會做很多菓子供奉給她，整個神界，就她這兒能吃著菓子，多餘也喜歡吃這漂亮的小點心，但是供上天的味道一定沒有剛做出來的好吃。

是以，坤儀走到沒人的地方，甩下符紙掏出了一輛馬車，帶著多餘加快往蘭苕家裡趕。

蘭苕幾年前嫁了個書生，那書生爭氣，加上運勢極好，如今官拜三品，蘭苕也就成了吳夫人，錦衣玉食，還生了一兒一女。

聽見自家殿下要下凡的消息，她一早就準備好了宅子和奴僕，遠遠見著馬車，便萬分欣喜地迎了上去。

她身邊的丫鬟伺候她好幾年了，一直覺得這位夫人冷淡又矜貴，不管誰家官眷來奉承，都鮮少見著她笑。

然而今日，不知哪裡來了個長得天仙似的婦人，竟讓夫人在馬車前頭跪了下來。

「姨姨快起。」多餘跳下馬車就去扶她，「妳還懷著小寶寶，不能跪。」

蘭苕大驚，一時也不知該先驚嘆這孩子竟生得這般乖巧機靈，還是該驚嘆自己怎麼又懷上了，大夫都沒說過，這孩子竟然看出來了。

「進去說。」坤儀見她要哭，連忙將她拉著往裡走，「妳現在好歹是官眷，哪能在那麼多下人跟前失儀，快快快，咱們先進去吃菓子。」

都這麼多年了，主子還是最愛她這點手藝，蘭苕破涕為笑，邊走邊問：「天上竟是虧著您了？」

「倒也沒有，只是修煉久了凡俗之物不常入肚腹，就好妳這一口。」

進屋關上門，坤儀鬆了口氣，拉著她看了看。

面色紅潤，想來這幾年是沒受什麼委屈，但是多餘也沒說錯，她又懷了一個女孩兒，正在她肚子裡緩緩生長。

「妳夫君還有好前程在後頭，妳且安心過日子吧。」她笑著拍了拍蘭苕的手。

蘭苕卻聽得攏了眉，連連搖頭：「聽人說神仙必須普度眾生，不能有偏私，我如今日子已是富足，殿下大可不必還為我擔心，萬一影響了神格……」

坤儀挑眉：「一句話的事兒，要什麼神格。」

蘭苕一頓，後知後覺地想起，當今聖上還欠著殿下的情。

這麼多年來大宋一直風調雨順，給了皇三子不少的時機坐穩這白來的帝位，他確實是欠著坤儀的，只是他本性就不善良，原也是想過坐穩之後翻臉不認人，清除輔國公主在朝中的餘孽。

但不曾想，坤儀不是仙逝，是飛升，他但凡起一點歹心，都會被坤儀用神識叫去明珠臺，鞭策一頓。

鞭策是字面意義上的鞭策，鞭子是帶刺的鞭子。

於是這幾年，不管是杜相還是他們幾家供奉著坤儀神像的人，仕途都還算順暢。杜相在一年前告老還鄉，帝王還賞賜了一大堆東西，讓他衣錦而歸。

蘭茗端來了菓子，多餘矜持地謝過她，開始細嚼慢嚥，坤儀原是想休息休息就去街上逛的，誰料外頭的天突然就暗了下來。

「要下雨了。」蘭茗嘀咕了一聲。

坤儀瞧著窗外，微微皺眉。

這麼大片大片的烏雲，天上該不是出什麼事了？

「娘親，爹爹出門的時候留了話給您，讓我轉達。」多餘突然開了口，奶聲奶氣又一本正經地道，「他說他要閉關幾日，下頭有幾位真君脾氣衝，難免跟人起衝突要打架，他是不會管的，讓您別擔心就成。」

一聽這話，坤儀鬆了眉。

她笑道：「我就說麼，你父君為人沉穩又冷靜，怎麼會我一走就跟人打起來了，想來是朱厭真君那幾個按不住脾氣的。」

第130章　拆府

朱厭真君這幾個按不住脾氣的眼下正一人抱著聶衍的胳膊，一人抱著聶衍的腿，剩下幾個齊刷刷地跪在他跟前，苦苦勸道：「帝君，當真是差不多了。」

差不多？

聶衍冷笑。

女媧門庭與他暗自作對多年，屠戮他造的飛禽走獸，以之為食，又欺他夫人，言語帶咒，今日他若不將這仙府都拆了，便將聶字倒過來寫。

烏雲壓頂，電閃雷鳴。

巨大的轟鳴聲將正在喝茶的坤儀嚇得一個趔趄，茶水都灑了些出來。她心有餘悸地將茶盞放遠些，皺眉看著外頭：「也鬧得太大了些。」

多餘看了自個兒娘親一眼，問：「娘親是擔心爹爹也摻和進去，容易受傷？」

坤儀搖頭：「我擔心他們動靜太大吵著你爹清修，萬一走火入魔可怎麼是好。」

多餘：？

是什麼讓她覺得爹爹一定沒有在動手？

察覺到自家兒子的困惑，坤儀溫柔地將他抱到自己的膝蓋上，低聲道：「你爹是個儒雅的人，雖然有時迫不得已會跟人打架，但大多時候，他都是個以理服人的君子。」

多餘稚嫩的眉心微微抽了抽。

「我認識你爹的時候，他其實已經厲害得可以毀天滅地了，但他站在那裡，沉默得像一座雕塑，任由別人誤解或中傷，都沒有理會。」憶起往昔，坤儀忍不住雙手捧臉，「別的不說，你爹長得是真好看。」

果然。多餘咬了一口菓子，沉默地想，他娘親就是喜歡好看的男人。

幸虧父君長得好看，不然就沒他了。

但是，有一說一，他不覺得父君跟「以理服人」這四個字的任何一個字能沾上關係。

奈何，他娘親倔強地這麼覺得：「若不是為了那幾個跟隨他多年的旁支族部的利益，他在九重天上應該過的也是閒雲野鶴的日子，可惜命運半點不由人。」

咔——

天上一道驚雷，將天都要劈成兩半似的。

多餘抬眼順著窗外看去，隱隱看見了天邊雲層裡自家父君瀟灑揚起的衣角。

娘親是沒抬頭的，她有些怕打雷，抱著他悶頭道：「你長大了就要學你父君才好。」

多餘眨眼，認真地看了看父君那對人下手又快又狠的道術招式。

這好像不太容易學會。

瓢潑的大雨下了一整晚，盛京的街道第二日清晨就被淹了，住的地方地勢低的，拖家帶口地往明珠臺的方向走，路上不少大戶人家搭了救濟棚，給一些貧民發饅頭。

坤儀帶著多餘也往明珠臺走，有好心的人家看她帶著孩子，當即就給她塞了饅頭過來。

哭笑不得，坤儀擺手：「我不餓，多謝。」

「還是拿著吧，這一路過去都沒吃的了。」派饅頭的小丫鬟心疼地看了看軟呼呼白嫩嫩的多餘，「夫人不吃孩子也要吃。」

多餘有禮地接過來，對她頷了頷首。

丫鬟被可愛得眼睛直亮，連忙湊過來捏了多餘一下，又對坤儀道：「這孩子生得水靈，誰見著不心疼呀，夫人就容我多嘴一句，眼下可莫要帶他去明珠臺了。」

「怎麼？」坤儀納悶，「明珠臺在遇見天災之時，不都是可以給百姓用來避難的？」

「以前是，但如今不是了。」那小丫鬟嘆了口氣，「去年明珠臺就被官府封了，裡頭的東西被搬空得差不多，然後似是被賜給了新任宰相，那宰相夫人凶惡得很，不再允許百姓去借住，也不搭救濟棚。」

坤儀不樂意了。

盛和帝分明答應了她不動明珠臺，那可是她母后給她的東西，宰相有幾條命能受這麼大的福氣？

「娘親是不是有事要去忙？」多餘抱著饅頭，十分懂事地鬆開她的手，「那我便在這裡等您回來。」

丫鬟被這懂事的奶話萌得雙手捧心：「你想在這裡陪姐姐派饅頭？」

「想。」多餘點頭。

坤儀蹲下身來道：「我去去就回。」

「好。」

就這麼簡短的對話，她就當真起身走了，留下三歲的稚子抱著饅頭站在原地。

丫鬟再歡喜也有些愕然，牽著多餘軟呼呼的小手，忍不住皺眉：「這當娘的心也忒大了些，這麼小的孩子……」

「姐姐，我搆不著桌子，妳能給我一張凳子嗎？」多餘打斷她的嘀咕，眼巴巴地看著她。

還不到人大腿高的小朋友，說話竟然俐落得很，一張小臉生得端正又可愛，仰起頭來看她，把人心都要看化了。

小丫鬟當即就幫他端來了矮凳，讓他踩著搆到桌子，幫忙發饅頭。

多餘發得很認真，倒不是因為喜歡發饅頭，而是他覺得，比起面對發怒的娘親，派饅頭真是一件十分輕鬆的事。

九重天上的人都覺得坤儀真君是沾了聶衍帝君的光，所以才能位列真君，但多餘很清楚，他娘親才不是什麼要倚仗別人的凌霄花。

她生起氣來很可怕，仙府裡好幾個真君都扛不住她的一道凌天符。

在父君面前娘親會有所收斂，但現在父君不在，多餘覺得，他長這麼大不容易，這時候得惜命。

坤儀原本是穿著一身素裙低調出門的，但眼下，她氣勢洶洶地捏著長劍朝宮門走，沒走一段路，身上的素裙就化成了黑紗金符的長裙，眉間飛金鈿，雲鬢出步搖，鳳眼怒睜，朱唇緊抿，以至於宮門口守著的禁衛在她剛現身之時就警戒起來。

「什麼人，前頭是禁宮，不可再近！」

坤儀哪裡能聽他的，一眨眼就越過宮門，直抵上陽宮。

盛和帝正冷眼對面前的朝臣道：「妖怪與凡人雖有共存的律則，但朝臣官宦人家，怎麼能養那麼多妖子妖女，再過幾年，這盛京高門大戶豈不是……」

話還沒落音，郭壽喜就闖了進來。

要是尋常的帝王，商議朝事時被內侍這麼打斷，帝王是一定會重罰的，但盛和帝情況特殊。他一看見郭壽喜這神色，就知道是自己有麻煩了。

臉色幾變，盛和帝站了起來：「你們先退了吧，朕要去明珠臺一趟。」

站在首位的杜蘅蕪看了他一眼，拱手道：「陛下已將明珠臺賜給孟宰相，如今貿然駕臨，怕是有些不妥。」

「什麼？」盛和帝皺眉，「朕何時將明珠臺賜出去了？」

深吸一口氣，杜蘅蕪替他回憶：「半個月前的宮宴上，陛下大醉，孟宰相向陛下討要官邸，大抵也是醉了，說要京裡除了禁宮之外最大的官邸。陛下您說宰相是一人之下萬人之上，自然能住最大的官邸，於是沒過幾日，孟宰相就搬去了明珠臺。」

盛和帝臉都綠了。

他抹了把臉，瞪向殿內眾人：「明珠臺豈是旁人能住的？你們就沒一個去攔一攔？」

「回陛下，孟宰相權勢過大，臣等不敢。」

「孟家那夫人又正在待產，若驚了胎，我等哪裡擔得起責。」

七嘴八舌，頗有怨言。

盛和帝已經沒心思去論是誰的錯了，他看了一眼郭壽喜，提著龍袍前擺就跟他往外走。

坤儀走到上陽宮的時候，盛和帝已經跪得端端正正的了。

「姑姑。」他背後甚至背了一塊不知道哪裡拿來的藤條，「姪兒有錯，但姪兒有話要說。」

收了手裡的長劍，坤儀抽出他背後的藤條試了試勁道，結果輕輕一捏，那藤條就折成了兩半。

「？」

「年久失修，姑姑不必放在心上。」一本正經地將藤條收回去，盛和帝對她道，「明珠臺不是朕賜出去的，是孟極鑽了空子自己要住。」

「孟極？」坤儀氣樂了，「你讓一隻妖怪做宰相？」

「姪兒也不想。」盛和帝垮了臉，「但姪兒母家那些個反舌獸不是好相與的，您與伯爺都走了，姪兒終日惶惶不安，恰巧孟極那時候被貶謫，遇見了一隻反舌獸，將其輕鬆斬殺，姪兒為了鎮住反舌獸，才將他繼續留在朝中。」

誰料他就一路高升，憑著各種功績在杜相退隱之後爬上了宰相之位。

這其中定然是有妖法作祟的，但妖法沒有害死人，上清司也不會出手約束。

「姪兒也不知道他怎麼就非看上了明珠臺。」盛和帝十分苦惱，「京中有些眼力的，誰不知朕經常要去明珠臺懷念姑姑，他竟敢趁朕酒醉，自作主張。」

哪裡是孟極自作主張。

坤儀冷笑。

這分明是李寶松還不肯安生。

她離開凡間的時候是沒有記憶的，也就忘記收拾盛京的一些爛攤子。蘭苕每回祭拜都是報喜不報憂，她也就以為無礙。

誰料這人都過了這麼多年了，還是不肯安生。

「拿玉璽來。」坤儀伸手。

這要是別人，盛和帝肯定就叫禁軍了，但面對這位姑姑，盛和帝十分清楚利害關係，果斷地就把玉璽拱手遞了出去，順帶有禮地送她出上陽宮：「姑姑帶著郭壽喜，有什麼需要，讓他去辦便是。」

坤儀冷冷地拂袖，攜著玉璽駕上一輛鳳車，帶著三十多個禁軍，直奔明珠臺，衣袍烈烈，皇幡高舉，兵器碰撞的聲音隨著馬車一閃而過，眾多宮人慌忙躲避。

第131章　過不去

有年長些的宮人躲避鳳車之餘，忍不住偷摸朝車上看。

宮闈裡好些年沒出現一襲黑紗駕著鳳車在宮道上放肆奔走的人了，這乍一看，還挺像坤儀公主。

不過，坤儀公主以前囂張歸囂張，卻也沒幹過大動干戈之事，這般的氣勢，活像是要去抄誰的府邸，怎麼會是她呢。

老宮人們搖搖頭，又接著去工作了。

不會大動干戈的坤儀公主帶人徑直闖入了明珠臺。

李寶松正站在中庭裡指使家奴將院子裡之前放著的夜明燈臺柱給砸了，冷不防就聽得外頭傳話：「夫人，有貴客到！」

微微一哆嗦，李寶松莫名有些不好的預感，她皺眉，冷聲道：「不見。」

「豈由得妳！」

一眾禁軍推開阻撓的家奴，坤儀大步跨進門，一掌推開正要打砸臺柱的家奴。

嘭地一聲響，驚得李寶松睫毛直顫，下意識就捂住了自己的肚腹。

「妳……妳要做什麼？」她驚懼地看著坤儀，色厲內荏，「這可是宰相府，是官邸，爾等無聖旨，怎麼敢擅闖！」

「這裡是明珠臺，是我的地盤。」漫步走到她跟前，坤儀微微斂眸，盯著她的眼睛，「夫人可聽過鵲巢鳩占一詞？」

久未見這人，李寶松每次想起她，都覺得她一定在九重天上受苦，區區凡人，哪裡能待得住那靈氣充沛的神界，就算有聶衍護著，她也不是個成事的。

誰料，這人如今站在眼前，卻是一身仙骨，身上光華不減反增，眉目間也沒有半絲憂愁造成的蒼老，眼神反而比以前更狂妄了些。

怔愣地看了看她，李寶松垂下眼。

昱清伯爺是個厲害的，坤儀再不好，也能被他護得妥妥貼貼。

她突然就覺得難受。

坤儀這種毫無天賦不學無術的人，尚且能得聶衍的福蔭成神，若是她呢？若當初伯爺心儀之人是她，憑藉她的天資和本事，應該是能比她更堂堂正正地成神，然後與他並肩的。

坤儀垂眼打量面前這人，突然笑了：「這都多少年了，妳都懷第二個孩子了，難不成還惦記著我家夫君？」

「妳瞎說什麼。」李寶松捏緊拳頭別開了臉，「我早就忘記過去的事了，眼下是妳非要來找我的麻煩。」

「我找妳麻煩？」坤儀環顧四周，臉色冷得難看，「明珠臺是我留給天下百姓的，妳憑什麼霸占為府？」

「是聖上……」

「這是玉璽，妳看好。」坤儀隨手將玉璽放到了她掌心。

李寶松雙手捧著這東西，一時沒反應過來玉璽是什麼，迷茫了片刻。等她意識到自己掌心裡的東西分量多重時，臉色唰地就白了。

「來人，將他們清理出去。」坤儀擺擺手。

禁軍聞聲而動，李寶松尖叫起來：「坤儀妳欺人太甚！就算要我搬府，也得給些時日吧，妳帶人來趕人算什麼！我是誥命夫人！」

「我是妳頭頂的天。」背對著她站著，坤儀瞥見院子裡到處七零八落的舊物，氣不打一處來，「妳有本事就進宮去告狀，沒本事就給我滾出去。」

「妳！」

瞥一眼她的肚子，坤儀尚算和善，單獨給她腳下扔了一張符紙，將她平穩送去了明珠臺門外。剩下的人，統統被禁軍趕了出去，連帶著他們帶來的櫃子箱子和被褥，都一併扔去了大門口。

李寶松這幾年過得十分順風順水，孟極雖然比不上聶衍，但畢竟是當世僅存的幾隻大妖之一，爬上宰相位之後，京中女眷都對她多有奉承，就連宮中娘娘也不會給她臉色看。

不曾想坤儀一回來，她就被迫站在大門口，接受附近人的圍觀和指指點點。

李寶鬆氣得眼睛都紅了，死死捂著自己的肚腹，朝門口站著的坤儀大聲喊：「妳就是嫉妒我！」

坤儀挑眉，上下打量她一圈，眼裡滿是不明所以。

嫉妒她什麼？嫉妒她滿懷戾氣，還是嫉妒她從沒一日好好享受過自己當下所有的東西？

撫了撫自己鼓起的肚腹，李寶松沒有明說，但瞥一眼她平坦的肚腹，鄙夷顯而易見。

坤儀：？

且不說她有多餘了，就算她沒有，聶衍上無父母，她不生就不生了，還能矮人一頭去不成？

眼神複雜地看著她，坤儀道：「妳頭一個孩子難產，是妳夫君替妳求來靈藥護住的胎，我原以為經此一事妳能明白生命可貴，不料在妳眼裡，孩子就是用來炫耀的。」

李寶松冷哼：「用不著妳來教訓我，今日妳如此待我，必將引起朝廷震盪，百姓難安，就算妳上了九重天，也是這大宋江山的罪人！」

好大的口氣。

坤儀笑了：「我竟不知，這大宋江山都要看妳的臉色。」

眼看著自己的東西一件一件都被扔出府來，李寶松貝齒咬碎，捏著拳頭道：「妳如此不管不顧，便該自食惡果。」

一朝宰相，那是一人之下萬人之上的官職，孟極雖然只是剛剛上任，但他累積的人脈和朝堂中的關係都不少，皇家如此對待他們，便是要令文武百官寒心，百官都寒心了，朝廷哪有不動盪的。

就算不動盪，李寶松冷眼想，她也有的是門路讓它動盪。

坤儀看著她臉上陰鬱的神色，覺得很稀奇。

她一邊指揮著禁軍往外扔不屬於明珠臺的東西，一邊攏起裙擺在高高的門口臺階上蹲了下來，與李寶松堪堪平視。

「妳不會真的覺得，我如今還怕一個凡人吧？」她挑眉，「不會吧不會吧？」

神色一僵，李寶松閉眼道：「就算妳不怕，妳那丫鬟，妳的好友杜蘅蕪，她們可都還在我下頭。」

坤儀樂了：「妳覺得今日之後，孟極還能穩坐宰相位？」

什麼意思？李寶松倏地睜開眼。

面前的女子明豔不可方物，似笑非笑地看著她，嘲弄地勾了勾嘴角：「先前是我不察，眼下既然知道了，我便沒有讓一隻妖怪坐大宋宰相位的道理。」

言下之意，別說是她了，連孟極她都不會留。

李寶松突然就急了，她仰頭看她，怒道：「妳我的恩怨，做什麼要扯他！」

「妳憑藉妳夫君的勢頭，強占我明珠臺，倒說只是妳我的恩怨？」坤儀聳肩，「沒這麼好的事。」

「可他，他是實實在在幫到了陛下的！」李寶松跺腳，「沒了他，那些反舌獸……」

「我走的時候，會替他清理乾淨，不勞費心。」

「……」

嘴唇發白，李寶松顫了顫，一直挺得筆直的肩突然就垮了下去。

她囁嚅了半晌，低聲道：「我搬還不成嗎。」

坤儀樂了：「我現在是在跟妳商量搬不搬？」

她不用答應，今日也一定會被扔出明珠臺。

眼裡湧上淚來，李寶松跺腳：「那妳想如何？」

「想把妳夫君流放邊關，讓妳也去。」坤儀笑了，鳳眼彎彎地睨著她。

「妳……妳欺人太甚！」

「那又如何？」坤儀問她，「妳反抗得了？」

她這一輩子只占過坤儀一次上風，就是趁她不在強占了明珠臺，將裡頭那些東西砸了個稀碎，料想她回來看見，定是要氣個半死的。這麼一想，李寶松覺得自己會很開心。

可是，如若這件事會將孟極也拉下水，她突然就有些後悔了。

小臉煞白，李寶松眼眸亂轉。

孟極待她是極好的，她想要什麼，他都替她去爭，哪怕知道要住明珠臺只是她任性想洩憤，也想了辦法去讓陛下答應。

這幾年兩人朝夕相處，她其實已經鮮少想起昱清伯了，更不會讓孟極再頂著與昱清伯相似的臉過活，只是對坤儀莫名的恨意一直沒有放下過，導致她喜怒無常，做事衝動。

她是對不起孟極的，沒道理現在還要連累他丟了宰相之位，那是他千算萬算，使了多少手段才拿到的。

坤儀安靜地看著她臉上的神色變化，沒有吭聲。

半晌之後，李寶松眼裡落了淚。她瞪了坤儀一眼，啞聲道：「要我怎麼與妳賠罪都可以，別為難我夫君。」

這倒是像句人話。

坤儀樂了：「妳既然早就放下了聶衍，做什麼還要一直與我過不去，難道真覺得是我搶了妳的男人，讓妳過得不幸了？」

李寶松怔忪。

她都忘了自己是什麼時候開始討厭的坤儀了，也許是在她與聶衍成婚的時候，也許是更早。

坤儀這個人，生下來就什麼都有了，她寒窗苦讀才能考進的上清司，她隨隨便便就能去走動。她朝思慕想的人，她拿一道聖旨就能結為駙馬。

李寶松是信天道酬勤之人，但天道酬坤儀太多了，所以她想不通。

一想不通，就想超過她，就想與她為難。

眼下被這麼一問，她才突然發現，坤儀好像沒與她結過什麼仇。只是厭惡和恨意日積月累，已經變得不需要別的理由就想一直恨下去。

砸她院子裡東西的時候，李寶松其實有過一瞬間的猶豫，但身邊的丫鬟說：「您忘了之前跪在她府邸門口的屈辱了麼？」

這麼一問，李寶松都沒仔細去想這屈辱是怎麼來的，就氣憤地讓他們繼續砸了。

第132章　嚮往和平的帝君

而今看著坤儀的眼睛，李寶松突然覺得心虛，說不出來的心虛。

她後退幾步，有些無措地捏著肚腹上的衣料，想低頭又覺得膈應，想再頂撞幾句，又有些底氣不足。

明珠臺荒蕪了很多，風捲著草木的氣息吹過來，有些蕭瑟的味道。

「我……我先帶人去別院，妳將這些東西全扔出來，我總是要歸置的。」半晌之後，李寶松羞惱地低聲道，「妳我的恩怨，就改日，改日再說。」

這還是頭一回她主動收斂。

坤儀沒吭聲，蹲在臺階上看著她帶人匆忙離開。她身邊那些個家奴還有不服氣的，小聲嘟囔：「哪有被人這麼趕出來還不吭聲的，這可不像咱們主子平時的脾氣。」

「呔，你還敢說，快閉嘴吧，來人可捏著玉璽呢。」

「這盛京裡哪個高門大戶是咱們惹不起的，有玉璽又如何？狐假虎威，白受這氣。」

不說他們了，就是這京中別的貴門人家聽見消息了也納悶，這李寶松都橫行盛京多少年了，竟有一天會被人趕出門，還不敢吭聲，那得是多厲害的人？

於是，各家的家奴都偷摸上了街打聽消息。

坤儀冷著臉將明珠臺清理了個乾淨，而後就蹲在那一大堆被砸碎了的東西跟前捏法訣。

聶衍教過她復原物件的法術，但是在九重天上沒什麼用到的機會，眼下用起來，還有些不熟悉。

破碎的燈檯被她歪歪扭扭地拼了回去，花了半個多時辰，再看一眼剩下的一大堆東西，她有點喪氣。

「娘親。」多餘氣喘吁吁地出現在了她身後。

坤儀扭頭，正想問他怎麼過來了，就見多餘懷裡抱滿了糕點、果脯、糖葫蘆和新鮮的蔬菜。堆了老大一堆，將他的小臉都埋了個嚴實。

她嘴角抽了抽：「你搶的？」

多餘盲摸半晌，將那串糖葫蘆抽出來塞給她，而後挪到旁邊把東西都放下，無辜地眨了眨眼：「我搶凡人的東西做什麼？方才過來找妳的路上，他們自己塞給我的。」

還有這種好事？坤儀很驚奇：「為什麼啊？」

「他們說我長得好看。」多餘老實地道。

坤儀：？

她長得不好看嗎？憑什麼多餘會被塞這麼多好東西，她當年一般只會被石頭雞蛋砸？

察覺到她略為悲憤的情緒，小多餘走過來，拍了拍她的肩：「娘親妳當年是在渡劫，自然沒法順風順水，不必太往心裡去。」

語氣跟他爹一模一樣，說完還將她拉起來按去旁邊的大石頭上坐著，然後挽了挽自己的衣袖。

「復原術我會，娘親歇會兒，看我的。」

一個三四歲的小神仙，再會能有她厲害？坤儀不信，咬著糖葫蘆睨著。

結果，多餘指尖一道光落下去，滿院的碎塊都一齊開始復原，比起她這個挨個拚的笨動作，小傢伙不到一個時辰就將十幾個燈檯一起恢復了原樣。

坤儀沉默了。

她突然伸手，探向了多餘的天靈蓋。

「娘親做什麼？」他下意識地避開。

「別動啊，為娘好奇你該歸什麼神位。」

「不必探查。」多餘矜貴地頷了頷首，「父君說了，我若歸位，神位應該在娘親之上。」

「??」

不是，一家三口，她遠不如聶衍也就罷了，畢竟那是個開天闢地的大神仙，但她怎麼能連自己的兒子都趕不上，這多沒面子啊。

放下糖葫蘆，坤儀不服氣地繼續復原別的物件。

多餘乖巧地陪著她。

整個明珠臺寶貝何其多，就算只是放夜明珠的燈檯，那也是白玉石雕刻的，被砸毀三千多件庭院擺設，坤儀覺得應該要修很久。

但是夜幕黃昏來臨之前，明珠臺裡就亮起了燈。

多餘睡在她懷裡，小臉圓嘟嘟的，累得發出了輕微的鼾聲。

她的面前，明珠臺已經變回了以前的模樣，光華流轉，富麗堂皇。

坤儀心情很複雜，她望著燈檯裡的夜明珠發呆，手還在下意識地輕拍著多餘。

身後突然有了腳步聲。

她回頭，正好對上聶衍那雙微微含笑的眼。

「你怎麼這麼快就下來啦？」她輕聲問。

他從她懷裡接過多餘，一手抱孩子，一手托著她的腰將她扶了起來，轉身往屋子裡走：「事情很順利，就想著先下來看看。」

「事情？」坤儀挑眉。

「……我是說，修煉。」略微閃避開眼神，聶衍輕咳，「靈氣充沛，我修為大有進益。」

要是先前，坤儀聽著這話定是覺得開心的，但今日，她垮著小臉，眉間的花鈿都要拉成喇叭花了：「又進益了哦？」

察覺到自家夫人情緒不對，聶衍眉心微動，輕輕瞥一眼她的表情，斟酌地道：「或許……沒太大的進益，就一點點？」

「那也比我厲害多了。」坤儀撇嘴，「今日我還說李寶松是仰仗孟極才得以囂張跋扈，卻沒想我自己也是仰仗著你的，若不是你的夫人，我在九重天就只是個普普通通的真君，連多餘都比不上。」

眼角一抽，聶衍暗自用神識叫醒了沉睡中的兒子。

「你惹你娘親了？」

多餘睜眼，一臉懵懂：「什麼時候？」

「你看她，臉色不太好看。」

「那怎麼就是我惹的，說不定是父君你惹的。」

「不可能，我剛剛才到。」

「那就是她自己想不通。」多餘打了個呵欠，閉眼就要繼續睡，「可能覺得自己太不厲害了，修東西都沒我快。」

聶衍不悅地瞇起眼。

坤儀和他能比麼，坤儀那是凡人歸神位，真君已經是破天荒的高位了，他一個繼承了自己神骨的人，起點都不同，有什麼好驕傲的。

冷不防察覺到一股寒氣，多餘打了個哆嗦。

他哭笑不得地看了自己父君一眼，用神識回：「好，知道了，娘親最厲害。」

然後他就被聶衍放去了床榻裡，落了結界封住。

多餘：？

每次哄娘親都要封住他的視聽，有什麼是他這個親生骨肉不能知道的？

坤儀也有些睏乏了，坐在桌邊揉著額角，見他進了內室又出來，便問：「安頓好了？他晚上睡覺有些難入眠，待會兒醒了指不定要哭。」

「不會。」聶衍胸有成竹。

反正哭了外頭也聽不見。

坤儀哪裡知道聶衍對自己兒子會如寒風般殘酷，她眼裡的聶衍沉默少話，但溫柔體貼，就算是累了一整日從天上剛趕下來，也眉眼溫柔地望著她，替她拆掉頭上的珠釵。

「很喜歡這地方？」他問。

坤儀「唔」了一聲，打著呵欠道：「談不上多喜歡，但落在這兒就覺得安心。」

「先前說將這宅子搬上九重天，妳不肯。」

「這得費多大的功夫啊，沒必要，留著給災民們避避難也挺好的。」提起這茬，坤儀突然納悶地問他，「天上誰跟誰打起來了？瞧著鬧挺凶。」

聶衍垂眼，臉不紅心不跳地道：「朱厭他們一時衝動，砸了女媧一支的門楣。」

原本還有些睡意，一聽這話，坤儀嚇醒了：「女媧的門楣他們也敢砸？這不是蓄意挑事麼？天上才安穩幾年啊，這要是鬧起來，伯高子他們還不得立馬過來攪渾水？」

「我說過他們了。」聶衍嚴肅地道，「不過等我出來的時候，他們已經砸完了，淑人恰好入了渡劫的機緣，我勸說也沒什麼好勸的，乾脆就下來尋妳了。」

淑人與她是有些不對付，一遇見就要劍拔弩張，渡劫一趟能有幾百年不出現在九重天，坤儀對此沒什麼意見。

只是，這舉止太大膽了些，她忍不住唸叨：「等見著朱厭他們，得好生說說了，這師出無名砸人家門楣，就不怕女媧出關之後找他們算帳？都是神位上的人，行事也該更多考慮才是。」

聶衍自然是不怕女媧找他算帳的，但他還是低眉應了一聲。

恰好，朱厭他們也跟著落了凡，滿臉興奮地走進來同聶衍道：「帝君，後續都處理妥當了，那幾個剩餘的想反抗的，統統都扔進了渡劫輪盤……」

「荒唐！」聶衍出聲喝斷他們。

飛葉嚇得一激靈，垮著臉就道：「帝君，這已經算是重的了，渡劫要很久呢，那是女媧的門楣，總不好也當王氏那般趕盡殺絕……」

「人家與我們相安無事多少年了，你們何必在這時候非要動手。」聶衍捏訣，閉了朱厭和飛葉的嘴，一臉正經地問，「踏踏實實過日子有什麼不好？」

飛葉：？

朱厭：？

您先前在九重天上大殺四方的時候不是這麼說的。

聶衍很惆悵，聶衍很悲痛，聶衍指著他們倆，沉重地道：「下不為例。」

飛葉委屈死了，他扭頭看向坤儀，用神識喊冤：「嫂子妳是知道我們的，這事分明只有帝君做得出來。」

「你別冤枉他。」坤儀皺眉，「我夫君是那種挑事的人麼？他都好些年沒跟人動手了，一心想著同我母子倆過安穩日子。倒是你們，戾氣怎麼越發重了。」

飛葉一口氣差點沒哽死。

帝君要是想過安穩日子，他名字倒過來寫！

第133章 一見鍾情

聶衍站在坤儀身邊，慈眉善目，滿袖溫風，任誰看了都要說一聲是個心無雜念的上神。

可是，等他送他們出門的時候，飛葉和朱厭都清晰地聽見他沉聲道：「在她面前說漏嘴，你們就跟淑人一起去渡劫，渡情劫。」

兩人齊齊打了個寒顫。

以前的聶衍，頂多是心思深沉心狠手辣，他們挺習慣的。但現在的聶衍，不但要心狠手辣，還要背著殿下心狠手辣。

他們就想不明白，殿下都成神了，做什麼還要像護朵嬌花似的護著她，人家跟人動起手來，也是刀光劍影的啊。

像是看穿了他們的心思，聶衍淡聲道：「你們沒夫人，不太清楚這種感覺，我什麼都能做，但在她面前，我就得是個不沾鮮血的好神仙。」

後半句道理他們是可以懂的，但開頭那一句，屬實可以不說出來。

飛葉和朱厭對視一眼，灰溜溜地離開了明珠臺。

李寶松被趕出明珠臺，但這府裡依舊有燈火，打聽消息的各家傳回話去，說的都是——可能是「那位」回來了。

民間百姓都以為坤儀公主已經去世，連公主墳都有了，但名門高官不少人清楚，公主墳只是個衣冠塚，殿下當年羽化登仙之後，時不時還托夢給他們匡扶朝政，她若回來，便是神仙下凡。

世上有妖的存在，自然也有神，坤儀這樣不學無術的人都能成神，那有天賦的孩子，只要潛心修習，說不定也能得道飛升，光宗耀祖呢。

於是在坤儀飛升那一年，她留下的私塾學府就空前繁榮了起來，再不用送什麼東西，有的是達官貴人願意把孩子送去讀書，尤其是女孩兒。

發展至今，雖暫時沒見誰家孩子當真飛升了的，但上清司裡的凡人漸多，大宋的文化發展也是遠超別的小國，加上貿易被朝廷認可扶持，盛和帝時期的大宋，是最有錢也是最有才的。

而當下，坤儀回來了，許多消息靈通的人家自然動了心思。

若是能讓坤儀把自家孩子收成弟子，那以後就有的是仙路好走。

於是，坤儀一覺睡醒，前庭裡除了多了避難的災民，還多了堆成小山一般的禮物。

興致闌珊地拆了幾個，坤儀哼笑：「算盤打得都挺好，但也是想得太美了些。」

要是凡人隨隨便便就能被帶上九重天當神仙，這世間哪還會有什麼凡間。

「有捷徑誰不想試試？也就是我還沒生孩子，若生了，也當為妳添一份禮。」杜蘅蕪跨步進來，自顧自地坐下就端起茶喝。

坤儀白她一眼：「妳倒是不見外。」

「我要是跟妳見外，妳反倒還要不適應。」杜蘅蕪撇嘴，「外頭堵了好多車馬，我翻了妳家院牆，不介意吧？」

說介意也沒用啊。

坤儀好笑地看著她：「都二品內閣了，妳還這麼不莊重。」
低頭瞥一眼自己的官服，杜蘅蕪輕哼：「沒什麼稀罕的，若不是有人作梗，我今年都能升一品。」
「怎麼？」她好奇，「我都沒在了，還有人能跟妳過不去？」
眼神微黯，杜蘅蕪不說話了。
她端起茶喝了幾口，略顯煩躁地道：「妳若留得久，就等我納了吉再走。」
「哦？」坤儀來了興致，「妳又要成親了？這次是跟誰？」
杜蘅蕪對她嘴裡的這個「又」字極為不滿，腹誹了片刻，還是道：「崔尚書家的庶子，比我小兩歲。」
「好麼，徐梟陽放過妳了？」
「誰管他那麼多。」杜蘅蕪撇嘴，「崔公子挺有意思，願意給我入贅。」
話還沒落音，外頭就響起一聲冷笑：「老牛吃嫩草，妳也是好意思。」
聶衍原本一直在旁邊無聲地喝茶，一聽見這動靜，他抬眼，往門口落了一道結界。
徐梟陽就站在結界外，臉色微青：「還有這般擋客的道理？」
坤儀挑眉，看著他就笑：「客也分兩種，一個是座上賓，一個是不速之客，後者可不得被擋麼？」
徐梟陽咬牙：「大宋商貿稅重，我去年一年為妳家交的稅，還不夠妳請我一盞茶？」
一說這個，坤儀態度就好了。
她拍拍聶衍的手背，示意他將人放進來，而後當真給他變了一盞熱茶放在桌上。
「徐東家勞苦功高，請。」
徐梟陽眼睛盯著杜蘅蕪，在她身邊坐下，沉默片刻，又冷笑：「也就只有庶子肯入贅，換任何一個出息一些的，都斷不肯進妳杜府的門。」

杜蘅蕪看也沒看他，兀自把弄著自己的丹寇，淡聲問：「讓你入贅，你可願？」

微微一窒，徐梟陽抿了抿唇。

兩人已經半個多月沒見面了，她突然說這話，難道是終於想通了？

然而，不等他答，杜蘅蕪便嗤笑：「連入贅都不願，說什麼情啊愛的，有什麼用。」

「我沒說不願。」徐梟陽皺眉。

杜蘅蕪終於轉過頭來看了他一眼。

只是，這眼神裡滿是嘲弄，半分溫情也無：「那徐東家也是沒什麼出息的，同崔家庶子沒什麼兩樣。」

「妳！」徐梟陽氣得站起了身。

他怎麼能跟別人一樣？他如何該跟別人一樣！他與她自幼相識，都這麼多年了，累積的情分難道只抵得上她那個只見了一面的庶公子？

坤儀坐在上頭，饒有興致地看著他們。

要是沒記錯，以前的徐梟陽才不會急婚事呢，哪怕一早與杜蘅蕪有婚約，他也從來沒急著娶杜蘅蕪過門，甚至後來杜蘅蕪入仕之前問過他，要不要成婚。

徐梟陽當時好像只當她在說笑，還說婚事哪有女兒家來急的，給糊弄了過去。

後來，杜蘅蕪就與他解除婚約了。

這些是杜蘅蕪去她的神廟裡上香的時候說的，坤儀好巧不巧地都記住了。

在杜蘅蕪的敘述裡，徐梟陽應該是個利用她身分行商的無情商人，可坤儀記得，原先這人替杜蘅蕪來擠兌她的時候，沒少下狠手，就算與青雘有仇，要是心裡半點沒杜蘅蕪，他也不會那麼拚命，一次扔十座鐵礦出來。

她和聶衍那段緣分，想想還得謝謝他。

「不必謝他。」聶衍用神識對她道，「就算沒他，我也會娶妳。」

「嗯？」坤儀納悶了，「你當時不是怪嫌棄我的？」

「妳記錯了。」

「沒有，我還記得我每回去找你，你都滿臉不樂意。」

耳根微微泛紅，聶衍輕咳一聲。

他當時也不可能表現得太樂意吧，畢竟也沒意識到後來會當真喜歡她。

說起來，他是什麼時候心悅於她的？

聶衍認真地想了想，腦海裡只想起多年前的那一場宮宴。

藺探花變成了妖怪，整個宴會杯盤狼藉，無論平日裡架子多大的官，多尊貴的宗室，都被嚇得抱頭鼠竄，衣衫凌亂，面色驚懼。他帶著手下的人慢悠悠地過去，其實是想去看熱鬧的。

結果一眼就瞧見了她。

當時的坤儀坐在華光流轉的鳳椅上，額間點金，眉目豔麗，一身繡著金符的黑紗裙從椅子上拖曳到臺階上，九翊孔雀扇在她身後交錯，飛鶴銅燈在她身邊明亮。

她就那麼坐著，手托著下頷，興致勃勃地看著眾人亂竄，好像一點也不害怕那黃大仙。小腿甚至還在繁複的裙擺下有一搭沒一搭地晃著。

他覺得這小姑娘真有意思。

正好，她視線一轉，與他雙眼對上，那雙鳳眼裡倏地就迸發出了燦爛的星光。

那樣的星光，他後來想從天上摘來灑在她的裙子上，只是不管他摘多少，好像都沒摘到比那天晚上她眼裡的更好看的。

聶衍從來不相信什麼一見鍾情，畢竟他見過太多太多人、神、妖，若是一見鍾情有機會發生，那在他見了那麼多人的時候，怎麼也該發生一兩次，可從來沒有，所以，他不信。

但後來想起看見坤儀的第一眼，聶衍覺得，一見鍾情是有的，只是可能只會對一個人，碰不上這個人就沒了，如果碰上了，它就是存在的。

「想什麼呢？」身邊這人推了推他，好笑地道，「人家都快在我們眼皮子底下打起來了，你還在出神？」

聶衍凝眸，正好看見徐梟陽想伸手去拉杜蘅蕪的手腕。

他挑眉，指尖一動，將他扔出了明珠臺。

杜蘅蕪：「……」

她僵硬著臉，朝聶衍屈了屈膝：「多謝。」

「不必謝，不是為妳。」聶衍淡聲道，「他曾和坤儀說，我總有一天會殺了她，這帳今日就算清了吧。」

杜蘅蕪默了默。

當年徐梟陽也給她說過這件事，他說青臒與聶衍有仇，聶衍又不會真心喜歡一個凡人，所以等他發現青臒在坤儀身上的時候，坤儀必死無疑。

其實也不算料錯了，若不是坤儀聰明，找了樓似玉，那時候還真有可能死在聶衍手裡。

不過這段往事聶衍是不愛提的，她也沒興趣為徐梟陽喊冤，再吃坤儀兩盞茶，就告退了。

坤儀目送她離開，好笑地戳了戳聶衍的手臂：「你怎麼這麼記仇？」

「我只是記性好，不算記仇。」他莞爾，勾起她的手道，「用膳去吧，多餘應該已經做好了。」

坤儀愕然：「你讓多餘做飯？」

聶衍理所應當地點頭：「都要四歲了，再不會做飯，養著有什麼用？」

第134章　長風幾萬里

聶多餘並不知道自己天生的仙骨、無限的前途，落在自己父君嘴裡就只是用來做飯的。

他的夢想是懲惡揚善，讓天下太平，讓那些渺小的百姓都過得富足安逸。

不過在做大事之前，多餘還是將做好的三菜一湯放去了桌上。

娘親一到人間就很開心，雖然跟父君一起在天上的時候也開心，但在這裡，娘親臉上的笑意總是要更真實一些的。

所以多餘覺得，留在凡間也無妨，他可以攢銀子，為娘親買一座仙島用來修煉。

至於父君，父君不需要他操心。

多餘清楚地記得自己來到這個世間的時候，一睜眼就對上父君那雙帶著薄怒的眼。

「你醒了。」他沉聲道，「但我夫人還沒醒。」

生來就有的仙力讓他落地就能聽懂自己父君的話，但那一瞬間，多餘很想裝聽不懂。

生孩子都是九死一生辛苦萬分的，他以後會好生孝敬娘親的，父君凶他有什麼用嘛。

幸好，他的娘親十分溫柔，醒來之後抱著他一個勁兒地逗弄，還將想湊過來的夫君推遠了些。

「你身上有殺氣，別嚇著孩子。」

就是就是，他都要被嚇暈過去了。

父君有些委屈，但他心疼娘親得很，半句話也不反駁，就坐去了桌邊的凳子上，雙手放在膝蓋上，乖乖地等著娘親。

等娘親抱他抱累了，乳母將他抱走，父君才哼哼唧唧地湊到娘親身邊，笑著說了什麼。

娘親紅了臉罵他：「那是你兒子的！」

繈褓裡的多餘想伸頭看熱鬧，乳母一把就將他的腦袋蓋上了，他揮著小手撓了半天也沒能將繈褓給撓開，只能生悶氣。

一歲多的時候，多餘出了繈褓，會走路了，他終於能自己去看熱鬧了。

只是，這天很不巧，多餘跌跌撞撞去找娘親的時候，撞見了王氏一族殘黨復仇，那些個渾身妖氣的人看見他就朝他衝了過來，多餘早慧歸早慧，但也是頭一回遇見這狀況，還沒反應過來，那些人就已經到了他跟前。

多餘抬頭，看見的就是一張凶惡又猙獰的臉。

他以為自己會被拍個魂飛魄散。

但是下一瞬，一柄長劍從背後將這人貫穿，妖血飛濺下來，在即將沾到他的時候打了個圈，落到了旁邊去。

他的父君順著天光走過來，拔回卻邪劍，將他一把抱上了肩頭。

「坐好。」他的語氣還是很冷淡，跟對娘親的時候仿若天壤之別。

但這時，多餘覺得自己的父君很厲害。雖然他完全不顧自己還是個孩子，帶著他切菜似的砍殺了三百多個王氏餘孽，一邊砍還一邊教他招式，還問他經脈通沒通，下次能不能反應得過來。

經此一役，後頭再遇見危險，多餘反應得比對面動手的人都快。

對父君的印象，也從一個稀奇古怪的男人，變成了一個絕頂的高手。

九重天上與父君不對付的人有很多，父君從來沒輸過誰，一歲的多餘還能見著些提劍要與父君論輸贏的人，到他兩歲的時候，天上眾神連看見他都會禮讓兩分了。

伯益叔叔說，他爹是最厲害的神仙，想要什麼都能有。

可是，娘親好像不知道這回事，她跟父君拌嘴，拌不過了，還是會把父君關在門外，那麼薄的一扇門，父君一根手指就能打碎，但他愣是在外頭一直站著，站到娘親捨不得了，將門打開一條縫，噘著嘴讓他進去。

多餘不太明白父君怕娘親什麼，呵斥人要躲著娘親，打架要躲著娘親，欺壓……呃，朱厭叔叔說那個叫征服——父君征服別的神仙的時候，也都不會讓娘親看見。

一開始多餘以為是娘親比父君修為還高，所以父君避讓娘親，但後來多餘發現，這跟修為好像沒什麼關係，單單是父君想要維持自己在娘親眼裡的形象。

他說娘親就喜歡人長得好看、身姿瀟灑、不染紅塵。

於是他哪怕剛跟別的帝君鬥了法，也一定會先沐浴更衣，換一身上好的玄衣，再去見娘親。

多餘三歲的時候，聶衍給了他一張很長的單子，不是什麼武功祕笈，也不是什麼絕世祕密，而是他娘親喜歡吃的菜譜。

父君說：「你天生早慧，既然早慧，總要學點有用的東西，將來也好找媳婦。」

多餘信了，以為父君是靠這個追到娘親的，於是認認真真地學會了做菜，並且廚藝超群。直到後來飛葉叔叔無意間說漏了嘴，他才發現父君壓根不會做菜。

追到娘親全靠臉。

想想也是，多餘咬牙暗忖，他只有一張臉，給娘親那邊用了，在他這兒可不就不要了麼。

不過明珠臺眼下尚未招納奴僕，他又不捨得自己的娘親在人間餓肚子，於是還是做好了飯菜。

娘親吃得很滿意，只是滿意之餘，忍不住心疼地拉了他的小手去看：「燙著沒？」

雖然只有三歲，但多餘的神力了得，怎麼會被這些凡間的物件弄傷？

但瞥了一眼旁邊從容吃著飯的自家父君，多餘扁扁嘴，眼淚汪汪地道：「沒事。」

坤儀當即就踢了聶衍的雲靴一腳。

聶衍挑眉，放下筷子看向多餘：「你都四歲了，做飯還會被燙著？」

多餘有些心虛，還沒開口呢，自家娘親就站了起來：「四歲的孩子能會什麼呀，你聽聽你說的這像話嗎，不知道的還以為你刻薄親子。」

聶衍試圖解釋：「他是天生仙骨……」

「天生大骨湯也不行！」

聶衍沉默。

他眼睜睜看著那臭小子被坤儀一把抱進懷裡，又揉又哄的，拳頭捏緊了又鬆開。

算了，畢竟是親生的，留著吧。

多餘出生的時候，坤儀原本打算為他取個正經名字，但聶衍說，這孩子看著就福氣多，剛生下來很圓潤，代表家裡總能有餘糧，福氣多又帶餘糧，那就叫多餘吧。

坤儀想了半天也沒反應過來哪裡不對。

方了。

聶衍一直有個計畫，就是等多餘長大一點，就把他送去仙島上修煉，這樣他就能帶著坤儀去周遊四

多餘也一直有個計畫，那就是為他娘親買個仙島，就他和娘親住，父君要來的話就給他交過路費，一次一顆修為丹，童叟無欺。

坤儀沒啥想法，教訓完了夫君，收拾了碗筷，她就抬頭去看天象。

彩雲飛旋，喜鵲啾鳴，今天是個上好的日子。

眼神微動，她讓聶衍留在府裡帶著多餘，自己一個人出了府。

日近正午，生門大開，高高的院牆裡傳來了嬰孩的啼哭聲，坤儀隱了身形，正好落在那產房之內。

「恭喜老爺，是個公子。」

「好，快抱給夫人看看。」

吳世子滿目欣喜，看向床榻上的張曼柔。

張曼柔有些虛弱，但人還清醒著，接過孩子看了看，有些驚訝。

剛出生的孩子都皺巴巴的，沒什麼好看，但她懷裡這一個，除了皺巴巴的外表，竟有兩層旁人看不見的金光落在周身。

她下意識地就朝坤儀站著的地方看了過去。

然而，坤儀現在修為遠高於她，這一眼看過去，只能看見垂落著的幕簾。

「沒想到會是在她這裡。」旁邊有人嘀咕了一句。

坤儀不覺得驚訝，轉過頭就笑：「皇嫂連太后的位置都不稀罕，難道還會在意皇兄轉世的出生？」

「倒是不在意，但遇見熟人，難免有些為難。」瞥了張曼柔一眼，張皇后沉思，「這算不算亂了輩分？」

「妖界似乎沒那麼多規矩。」

「走一步看一步吧。」張皇后嘆了口氣，「大不了，再等他一世。」

嬰兒在繈褓裡哭得正歡，坤儀走過去，輕輕地撫了撫他的額頭。他不哭了，但也沒睜眼，就安靜地睡著。

「有皇嫂在，我就不擔心皇兄了。」坤儀轉身，看向張皇后，「他氣運太大，往後還得皇嫂多操心。」

張皇后點了頭。

世子府裡一片喜氣洋洋，坤儀出來的時候，正巧撞見霍二姑娘梳著婦人的髮髻，匆匆從正庭走去偏庭。

這幾人的故事應該挺豐富的，但眼下，她沒什麼探聽的興趣。

等了這麼多年終於等到皇兄轉世，她的心願也算是了結了，等秋日起風，就乘船南下，帶多餘和聶衍遊山玩水去。

路過合德大街的時候，坤儀瞥見了掌燈酒家。

酒家門口依舊掛著燈，那高深莫測的老闆娘倚在門口，遙遙地朝她屈了屈膝，便扭著腰沒入了大門。

鄰街的馬車上，孟極輕聲哄著落淚的李寶松。

杜府大門，崔家剛送到門口的聘禮，被徐梟陽帶來的隊伍沖散，紅彤彤的喜結在人的推搡裡依舊豔麗，杜蘅蕪穿戴好官服，理也沒理，徑直從側門入宮去了。

妖怪依舊存在於這個世上，說不定過個幾十年，她們經歷的故事就會被風吹回盛京，誰人是妖，誰人是神，妖與人，刀與肉，總有些爭頭。

只是那時候，就該是別的人再去迎這陣風了。

長風幾萬里，吹度世間悲歡離合，風不會停，每個人的故事也都會順著風繼續下去。

（正文完）

第135章　聶衍視角（1）

我出生的時候，鴻蒙未開，天地未明，女媧正臥在高山沉思怎麼玩泥巴，凡間大片的空地上還沒有一片瓦。

有個聲音告訴我，萬物自我而始，讓我擔當起自己肩上的重任。

於是我折葉化鳥禽，落石為走獸，一點一點填滿這個天地。

日出之時，凡間已有了萬千生靈。

女媧當時大抵也是聽見了這個聲音，她靜靜地看我落成了一切，然後才開始造人。

她所定義的人，就是比飛禽走獸聰明，能以之為食，能馴服奴役牠們的靈長。

說沒有針對我，我剛造出來的野豚都不信。

於是跟女媧的梁子就這麼結下了。

天地間只我與她兩個造物主，但她覺得多了，於是接下來的幾萬年裡，我都在與她鬥法，要麼她弄死我，要麼我弄死她。

她造人吃獸，我便造妖殺人，她造道降妖，我便再造大妖。

如此幾萬年，我覺得有些無聊，趕上一次天生異象，留下五大妖王便閉關了。

沒想到我閉關修煉的時候，女媧弄出了個「神界」來。

他們搶在我出關之前封鎖了九重天，定下一系列的規矩，就是為了阻止我上去，因為他們知道，除了女媧，誰也不是我的對手，我一上去，他們頭頂便要多一重天。

但規矩是最無用的東西。

我帶著龍族和旁系族類一齊攻天，原是可以打贏的，我清楚女媧的脾性，她不會當著那麼多神仙的面親自動手，只會讓她門下的幾個族類來「抵禦外敵」，而那幾個凡人族系，壓根不會是我的對手。

但我沒料到，狐族會叛。

青臒當年說，心悅於我，願為我驅使，我不信。畢竟我與她沒有血緣，這世間哪有沒有血緣還能生出來的感情。

但她一直守在我身邊，大戰之時，還替我擋過一次攻擊。

她的血飛濺出來的時候，雙眸就那麼痴痴地望著我，有那麼一瞬間，我恍然覺得她說的有可能是真的，這世上當真會有憑空生出來的感情。

只是，我對她沒有。

我很感激她，願意信任她，但她要我娶她的時候，我問她，嫁娶和並肩作戰有什麼區別？

青臒失笑，說：「嫁娶是兩情相悅之人才做得來的事，與並肩作戰哪裡一樣？並肩作戰之時，我只是你的屬下，但你若娶我，我便是你所愛，你的家人。」

太複雜了，聽不懂。

我擺手拒絕了她，讓她多花點心思在大戰上。

青臒瞬間變得很難過，她怔愣地望著我，說：「你是不是不會愛人？」

我會那玩意兒幹嘛，我會造物和打仗就行了啊。

女人真的很麻煩，老說些聽不懂的話。

擺擺手，我帶著族人繼續去廝殺了，青雘留在原地，沒有跟上來。

想來就是那個時候，青雘生了叛我的心思。

我不覺得她背叛我是我的錯，如若我不答應娶她她就要背叛，那這樣的人就不值得與之為伍，早斷早好，雖然這次我付出的代價十分慘痛，敗退了不周山。

自這一回起，我不打算再信女人嘴裡說出來的半個字。

龍族背負了不該有的罪名，雖然我知道這只是他們阻止我上九重天的手段之一，但我對我的族人們還是很愧疚。九重天大門已關，我無法帶他們再衝上去，便只能先去凡間看看。

女媧引以為傲的凡人成長得很快，短短幾萬年，就已經建立了諸多國家，我到了大宋，化成人形，望著那高高的宮門開始沉思。

凡間不奉女媧，他們奉帝王為主，那若我成了帝王，女媧會是什麼表情？

這念頭一閃而過，還沒來得及細思量，背後就有喪儀隊伍經過，白紙兜頭朝我灑下來，紛紛揚揚的，像深冬的雪。

我回頭去看，就見那隊伍最前頭的白幡上寫著個「杜」，周遭圍觀的百姓議論紛紛。

「又是坤儀公主剋死的，這女人命真硬，都還沒過門呢，杜大公子就沒了。」

「這往後誰敢與她議親啊?拿命去議可不划算。」

「你甭擔心這個，人家是公主，還是最受今上寵愛的公主，一道聖旨下來，京中哪個青年才俊敢不接?」

「造孽啊……」

聽明白了，大約是個剋夫的女人又剋死了與自己議親的男人。

我瞥了那棺槨一眼，卻發現上頭有些殘存的妖氣。

是我的徒子徒孫造的孽？

那就造吧，這凡間每日死的人總是沒有獸多的。

收攏衣袖，我開始在這盛京裡走動。我必須快速學會他們凡人的言行舉止，這樣才能更好地混進人群裡。

琴棋書畫詩酒茶都是些簡單東西，看一眼就明白了，但夜半說，我不懂凡人的情感，臉雖然好看，但顯得很生硬。

我如何不懂呢？哭就是難過，笑就是高興，除此之外還有什麼？

夜半搖頭，帶我去了一處墳前。

我看見很多人在哭，獨一個小姑娘跪坐在最前頭，臉上沒有半滴眼淚，背脊挺得更直，漂亮的鳳眼裡一點光也沒有，就那麼呆呆地望著石碑上字。

夜半問我：「這裡頭誰最難過？」

我理所當然地指了指後頭跪著哭得最厲害的那個。

「不是。」夜半搖頭，「是最前面那個。」

我皺眉。

那人連哭都不哭，還好意思說是最難過的？

不止我這麼覺得，凡人也是這麼覺得的，那小姑娘很快被另一個小姑娘衝上來推開，怒罵道：「他要妳跪在這裡擺好看不成？我哥死了，妳若不難過就滾遠些，做什麼還來幸災樂禍！」

那小姑娘被推了個趔趄，什麼也沒說，爬起來就走。

她一走，眾人罵得更厲害，若是手裡有爛菜葉，定也是要朝她扔的。

我看得迷惑，扭頭問夜半：「是我不懂凡人的情感，還是你不懂？」

夜半堅持：「是您不懂。」

我呸。

我不打算跟這隻剛成人形的狼崽子計較，扭頭就回了宅院。

大宋朝妖怪為患，我很快找到了入仕的途徑——宋清玄封印妖王，身死魂封，留下個群龍無首的上清司，幾近沒落。

我放出了一隻大妖，任牠禍亂盛京半個月，然後帶著朱厭他們將妖降了。

盛慶帝高興萬分，立馬就封我為昱清侯，接管上清司。

一切都很順利，我能降妖，盛慶帝也就不在意我的情感與凡人不合，只是，他畢竟是弄權者，有能人才幹，第一時間想的還是拉攏。

於是我的侯府裡時不時就會出現女人，夜半說她們很漂亮，我是沒看出來，再好看也趕不上青腰那模樣了，青腰尚能叛我，她們自然也能。

所以，從容地看著她們在我面前搔首弄姿了幾日，我放了妖怪入府，將她們吃了個乾淨，而後將那妖怪關進鎮妖塔，給了盛慶帝一個交代。

妖怪這東西來無影去無蹤，是極大的變數，盛慶帝也沒什麼辦法，他只是看著我，突然惆悵地道：「要是坤儀還在，你這性子與她倒是合得來。」

坤儀，有點耳熟。

我想了想，沒好意思直接問是不是那個剋夫的公主，只說：「皇室驕矜，臣不敢肖想。」

「她也是命苦。」盛慶帝嘆息，「嬌生慣養長大的孩子，就這麼遠嫁和親去了，路上不知要吃多少苦。」

別說吃苦，為了有事做，我放出了很多的妖怪，她在路上可能就被妖怪吃入腹中了。

被盛慶帝這麼提了一嘴，我便時不時問著這位公主的消息，夜半逐漸開始每隔七日與我稟告。

「今日公主被吃了嗎？沒有。」

「今日公主被吃了嗎？還是沒有。」

過了一年有餘，夜半神色複雜地說：「今日公主依舊沒有被吃，但是她駙馬被吃了。」

我：？

這女人果然很剋夫。

朝中傳來坤儀公主有可能回朝的消息，盛京裡突然就緊張了起來，各門各戶有適齡公子哥的，都趕緊議親成婚，哪怕是婚事從簡他們也樂意。

我看得很稀奇，問：「這公主吃童男啊？」

夜半哭笑不得：「主子，妖怪才吃童男，人家是凡人。」

「那他們怕什麼？」

「自然是怕被坤儀公主看上。」夜半唏噓，「這位公主如今成了遺孀，沒人能管她了，她又喜歡好看的男人，一旦被她選中，聖旨必定賜婚，到時候還不得被她給剋死？」

這還挺有趣的，滿盛京的男兒，竟會被這一個小姑娘嚇成這樣。

夜半看了我一眼，突然擔憂地道：「主子，你切莫動什麼心思，那公主是有些邪門在身上的。」

我白他一眼，冷笑：「你幾時見我對女人動過心思。」

夜半說：「剛剛。」

「……」有個嘴太碎的隨從不是什麼愉快的事。

我確實動了那麼一點心思，一是因為好奇，想看看她能剋夫到什麼地步，二是因為，她是公主，我若與她交好，盛慶帝必然厚待上清司，在他們滅國之前的這段時間裡，我的日子能好過許多。

不過，也就只是這麼一想，情情愛愛的沒什麼意思，我還是更喜歡放妖怪再捉妖怪，有利於提高上清司的業務量。

但這一天，我想到了個比放妖怪更好的法子。

第136章　聶衍視角（2）

我用鎮妖塔裡將死妖怪的血，畫出了一種叫「妖顯」的符咒。

妖顯妖顯，顧名思義，是讓吃下去的人顯出妖怪的形態來，比起讓我抓自己創造出來的妖怪，抓這樣的人顯然更能讓我愉快。

更愉快的是，我能用這法子，讓很多人體會到妖怪的絕望。

比如藺探花。

科考之後，藺探花作為聖上欽點的探花郎，要指派進上清司擔任主事，這原本沒什麼，但他去上清司拜訪的第一日，就「誤觸」機關，絞殺了鎮妖塔裡關著的二十多隻安靜修煉的小妖怪。

他半點沒覺得殘忍，反而是哈哈大笑起來，說：「原來絞殺妖怪這麼容易，那昱清侯一直留著這些妖怪，是何居心？」

我沒有回答他的話，只看著那些碎裂的妖魂，暗自給牠們龍血，送了牠們輪迴。

藺探花深深地看了我一眼，回府就寫了三千字的奏摺要向盛慶帝揭發我。

當然了，他這封奏摺並未能送到盛慶帝的手裡，就被我化成了粉。

於是宮宴之上，我讓夜半化了宮人模樣，送了他一杯混著「妖顯」的酒。

他很快就變成了一隻黃大仙，在宮宴上驚慌地亂竄。

我一早就站在了旁邊高高的亭臺上看熱鬧，瞧著場面差不多了，就帶著上清司的人「正好」趕到。

我很喜歡這些皇親國戚達官貴人驚慌失措的模樣，每個人平時虛偽的臉上此時都充滿恐懼，與他們要求我誅殺妖怪時的趾高氣揚形成了十分鮮明的對比。

他們在一隻弱小的黃大仙面前都是不堪一擊的，卻想方設法地讓下頭的人去誅殺大妖，真是可笑。

一片狼藉之中，我瞧見了個人。

她坐在十分誇張的金色鳳椅之上，翹著二郎腿，層層疊疊的黑紗裙拖曳到了臺階上，眉心點金，美眸顧盼，彷彿一點也不怕那邊的妖怪，眼裡帶著些莫名的自嘲。

有那麼一瞬間我以為她也是妖怪，但我凝神去看，這人身上一絲妖氣也沒有，也沒有妖心。

竟然是個凡人。

那為何會露出這樣的表情？彷彿在憐憫那亂竄的黃大仙，又好像在看熱鬧。

她好像察覺到了我的目光，隔著一大片的桌椅杯碟，朝我看了過來。

在她看過來的前一刻，我收回了目光，兀自立在那飛鶴銅燈之下，命令身後的道人與我一同布陣。

盛慶帝是怕極了妖怪的，所以宮中守衛十分森嚴。但同時，他也怕我，因為我比妖怪還厲害，他願意重用我，卻也防著不肯讓我守衛他的宮闈。

此番宮中出現妖怪，是宮門各處守衛的失職，我順理成章地就去向他提出讓上清司的道人看住宮門各處。

可是，他還是戒備地不答應。

我不太高興，正想告退，旁邊一個人卻嬌聲開了口：「侯爺傷著了？」是坤儀公主。

她嬌嬌弱弱地倚在太師椅裡，看向我的鳳眼卻是發著光的。

這樣的眼神我在青艧那裡見過，想起青艧，當下就有些不悅。

無論是妖怪還是凡人，這些女人的心思還真是出奇地一致，想馴服我，然後讓我為她們所用。做夢。

也不是我霸道，比起被人算計，我更喜歡算計人，所以我對她有點想法是可以的，但她對我有想法，那就不美妙了。

我冷聲告退，回了侯府。

夜半去查了坤儀身上那黑紗的來歷，說是用來擋煞的，我沒有多想，但他又提醒了我一次，說這公主喜歡面容俊俏的男子。

言下之意，她要是沒看上我，那就是我相貌不夠俊俏。

真是活膩了。

我正要發怒，沒想到那坤儀公主比夜半還活膩了，一個女兒家，竟然開始用哄婦人的手段來追……追求我？

笑話，我豈會因為那些個金銀珠寶動心，就算她把整座明珠臺都搬到我眼前，我也不會放在眼裡。

凡人求偶的手段真是庸俗又無趣。

只是，坤儀身上好像確實有什麼東西，能引得妖怪不顧一切地朝她衝過去。

我想知道答案，所以才允她進我的府門，絕不是因為別的。

雖然她幫我嚇退了藺家鬧事的人，又送了各種好吃的給我，還替我拿了恭親王手裡的地，但我是不會欠凡人恩情的，大不了以後她國破家亡的時候，我保她一命。

這麼想著，我就開始習慣她的各種舉動了。

習慣她半夜翻牆過我的府邸，習慣她送吃的給我，習慣她總是自以為是地替我出頭。

這位公主好像也沒傳言裡那麼可怕嘛，惱起來的時候雙頰泛紅，鳳眼圓瞪，可愛得緊。

猶為好笑的是，旁人罵她，她並不著惱，反而是一副很囂張的模樣，但我那日不經意地因為杜蘅蕪的事說了她兩句好話，她竟就生氣了，急慌慌地提了裙子就走。

不過，也不是真的生氣，轉過背去的時候，她眼眸分明比任何時候都亮。

那一瞬間，我腦海裡生出來的念頭竟然是，以後多誇她兩句好了，隨便一句話都能讓她這麼高興，何樂而不為。

意識到自己在做什麼的時候，我嚇得一凜。

坤儀是凡人，是女媧所造，我若對她生憐憫之心，那豈不是輸給女媧了？

不行，我得冷靜些。

她與別的凡人沒什麼不同，不過是性子有趣了些，人長得靈動清秀了些，身段窈窕了些，舉止優雅了些，愛往我眼前湊了些。

除此之外，也沒什麼。

夜半說我對坤儀有些不一樣，笑話，我只是跟別人沒那麼多接觸的機會而已，而坤儀，她老是主動創造機會。

上天都會對努力的人稍微偏愛一點，更何況我，但我必須重申，凡人真的不會讓我動心，頂多是玩玩，就像凡人養的寵物一樣，逗個樂罷了。

這不，徐梟陽跟坤儀打賭，只要坤儀成親一年夫君不死，就送她十座鐵礦，這消息我就聽得毫無波瀾，也沒什麼想主動請纓的心思，就單純想看看熱鬧。

徐梟陽我是知道的，他打這個賭是胸有成竹，不管坤儀嫁給誰，他都有本事把那人殺了，所以他一定會贏。

但他沒想到的是，坤儀身邊還有個龍魚君。

我也沒料到這一點。

那條龍魚顯然早該位列仙班了，卻一直留在人間沒走，還想當坤儀的駙馬。

更可氣的是，坤儀竟有些動搖，還送紅玉給他。

這人真是很不可靠，嘴上與我卿卿我我的，到這個時候，壓根沒有盡力求過我，反而是擱那兒為自己算著退路呢。

我不氣別的，就氣她不把我放在眼裡。

我也想過是不是先前拒絕她太多次，傷著她那脆弱的自尊了，所以特意舉辦了生辰宴會，打算給她個臺階下。不曾想，這人不但沒來，反而還召見龍魚君去明珠臺。

我不生氣，我才不生氣，她愛見誰見誰去吧，區區凡人，寵物而已，管她願意嫁給誰呢。

只是，我認真分析了一下形勢，覺得我娶她的話，上清司能更快入駐宮門守衛。

你看，比起她的意氣用事，我這種深謀遠慮考慮大局的決定才更顯成熟。

青雘曾說嫁娶是要相愛的兩個人才可以的，我覺得她那話也是騙我的，你看，我和她現在並沒有很相愛，不也能談婚論嫁麼？

說白了這玩意兒就是凡間的人閒得慌弄出來的東西，沒多麻煩，走一遍流程之後，我和她的名字就能被一起刻在宗碟上，挺省事的。

眼下只有一個問題，那就是怎麼才能讓龍魚君知難而退。

這個也簡單，我殺了他就行，畢竟十個龍魚君捆起來也擋不住我一掌。

但就是這麼巧，我剛打算動手，坤儀就來了。

她甚至看見了我布的結界，問我有沒有見著龍魚君。

我承認，那一瞬間我真的生氣了。

我覺得她好像當真把龍魚君放心上了，口口聲聲，心心念念，全是這個人。

我不明白凡人的情感怎麼可以變得這麼快，幾天前還滿眼是我，如今就只想著龍魚君。

夜半說我這是在爭風吃醋，笑話，我能一巴掌把龍魚君拍碎釀醋，我吃什麼醋！

我就是煩，她變心怎麼都不打個招呼，我還沒適應好。

不過，跟我成親對她而言一定是更好的選擇，比起龍魚君，徐梟陽更無法動我分毫。

於是我透露了一點想法給盛慶帝。

盛慶帝很上道，立馬為我助了力，就憑這一點，我覺得，以後多留他一條命也不是不可以。

只是，成婚之前，我問了坤儀一個問題，我說，如果我是普通人，她還會願意與我成婚嗎？

這小丫頭片子連想都沒想，直接就說，不會，那樣我們兩人都得死。

理是這個理，但我聽得很不高興。

她愛的不是我這個人，只是我的修為和本事。

夜半說我不講理，自己也未曾敞開心扉，卻要她愛我愛得個徹頭徹尾。

笑話，我修煉幾萬年，難道是為了來凡間跟個小姑娘講理的？

我就不講。

她總有一天得全心全意地愛我，遠勝她那些別的男人。

至於我，我是要回九重天當神仙的人，我只用庇佑她，不用愛她。

第137章　聶衍視角（3）

女媧用她那狹隘的想像力創造出來的凡人是千篇一律的，兩個眼睛一張嘴，沒什麼新意，不像我，創造的飛禽走獸各式各樣，豐富極了。

在造物這一塊兒，我是遠勝於她的，但架不住這些凡人自己要生出各種各樣的情感來。喜怒哀樂也就算了，後來還衍生出什麼「冷漠中夾雜著一絲桀驁」、「微笑裡帶著幾分苦澀」，甚至還有什麼「三分涼薄兩分陰鷙一分漫不經心」的鬼東西。

我懷疑這是女媧企圖勝過我而暗自搞的花樣，但我沒證據。

於是當坤儀趴在我膝上與我說我這模樣叫「欲拒還迎」的時候，我惱了。

哪有那麼複雜，我就是不習慣她非湊上來親我下巴。

這人嘴唇本就生得軟嫩，猝不及防地來一下，弄得我渾身都不自在，想推開她吧，她這身子又嬌弱，腰肢不盈我合掌一握的，萬一把她推壞了，白擔個傷害公主的罪名。

可我不推開吧，她就一直笑，邊笑邊親我，雪滑的身子就在我懷裡滾來滾去的，險險就要掉下去。她這花一樣的肌膚，就算這軟榻不高，掉下去也得摔個青紫，我可不就只能伸手攔著她？但我一伸手，這人順勢就將我手抱了去，軟聲問我晚上一起睡可好。

你聽聽，這是一個女兒家該問出來的話嗎，女媧捏她的時候，怎麼就沒多捏點廉恥進去？

不過像坤儀這麼灑脫的姑娘，也不像是出自那小氣的女媧之手，她說不定是天地自成的凡人，如此想來，我也不輸女媧什麼，少些廉恥就少些，反正這屋子裡就我與她，夜半早去後院刷馬了，她愛怎麼折騰都行。

只是，我覺得她沒那麼心悅於我，她就是貪圖我的皮囊，所以愛與我親近，看我的眼神雖然明亮，但有幾分是好色，有幾分是真心，就不得而知了。

對這一點，我不太高興，倒不是在意她，而是……是什麼我也不知道，上古生來的神仙，喜怒哀樂都是最自然的，有什麼好解釋的，不高興就是不高興。

不過，平心而論，坤儀是個很合格的夫人，她會帶湯去上清司給我喝，還會帶廚子給上清司那一大堆老爺們改善伙食。

那天我沒多說什麼，一直保持著十分冷靜的表情，接下湯食，然後允她去鎮妖塔看杜蘅蕪。

她不知道的是，上清司未成家者良多，她走之後，消息傳得飛快，那些個道人看見我夫人這麼體貼我，一個個眼睛紅得跟兔子似的，連課都沒習完就往飯堂衝，說要嘗嘗公主府上廚子的手藝。

上清司的飯堂很大，也很吵，平日裡我是不會去的，但今天麼，天氣不錯，微風習習，我一個人在書房裡吃飯悶得慌，決定去飯堂看看。

坤儀帶來的廚子手藝很好，哪怕是素菜也做得比平常他們吃到的好吃很多，整個飯堂都是搶食的動靜。

我優雅地坐在主位上，讓夜半把坤儀單獨為我備的飯菜和湯端來了，一邊吃，一邊看著這群道人搖頭。

家裡沒夫人就是沒吃過什麼好吃的，嘖嘖。

哦，有幾個道人是有家室的，成親倒是也好幾年了。

但是他們的夫人不送飯，嘖嘖。

我開始習慣了跟坤儀一起生活，她這個人真的非常有意思，明明是個跋扈非常天不怕地不怕的祖宗，前腳剛囂張地氣得杜蘅蕪破口大罵，後腳卻又撲在我懷裡嚶嚶嚶地說害怕。

說來慚愧，我就吃這一套。

我家的殿下，就算出門將天捅個窟窿，回來對我眉毛一耷拉要抱抱，我也覺得是她受委屈了，天上破個窟窿而已，怎麼就還要她親手去捅。

對此，黎諸懷忍不住提醒我：「大人，她是凡人。」

廢話，我自己的夫人，我能不知道是什麼品種，要他來提醒？我一個活了幾萬年的神仙，不能有點自己的興趣愛好了？

況且，坤儀的一切都在我掌握之中，明明是我在上風，他怎麼就一副天要塌了的表情的？

凡人怎麼了，她又不像女媧那麼討人厭，反倒是像我造過的一種貓，姿態慵懶，總是漫不經心的，卻又喜歡拿尾巴來蹭你的手。

更可氣的是張桐郎，他一個在凡間生活了上百年的瞿如妖，怎麼會不懂凡間駙馬不能納妾的規矩，居然企圖用張家那點殘兵敗將來跟我談條件，要我娶張曼柔。

真當我是泥捏的？成親這麼麻煩的事情，一次就行了，還想來第二次？呸！偷偷的也不行，女人麻煩死了，養一隻就夠了。

要讓那小祖宗知道我納妾，非得把盛京給翻過來不可。

說來坤儀吃醋的模樣也當真是十分可愛，有個誰家的小姐，姓什麼沒太注意，就是一個女子，每回見著我都兩眼放光，還說是因為我，考進了上清司。

我沒太注意她，但坤儀注意到她了，有一次在街上遇見，當下就有些不高興。

坤儀這個人，生氣或者吃醋是不會明說的，她依舊會笑瞇瞇的，甚至十分客氣地同我說話，但身上始終有股子彆扭勁兒，橫豎不用正眼看我。

別說，她這模樣比平日裡還要更可愛幾分，我愛看得很。

但是吧，她身子太弱了，氣著氣著難保就要氣出病來，我也不是擔心她，就是為了大局著想，於是在朱厭問我新來的幾位道人怎麼安排的時候，我將他們統統都下放去了盛京邊郊地帶，平日裡在上清司也見不著。

對此，坤儀竟然沒有打聽消息，一直不知情，也沒回來誇過我，嘖。

張桐郎想設計陷害我，利用朱厭的失誤，讓盛慶帝摒棄上清司的守衛。

說實話，我很想直接捏死他，但坤儀沒給我機會。

她能言善辯，幾句話就讓盛慶帝不聽張桐郎的話，繼續重用上清司。

我站在旁邊看著，覺得這小姑娘其實也沒那麼柔弱，她有的是厲害的時候，只是這些厲害都不用在我身上，在我面前，她永遠是笑眼盈盈，嬌俏可愛的。

這樣的小玩意兒，九重天上能不能養？

腦海裡頭一次出現這個念頭，我嚇了一跳，卻又不可抑制地思考起可行性來。

不等我想完，盛慶帝突然說：「你倆剛成婚，就整日地替朕奔波，要是耽誤了子嗣可怎麼是好？」

我突然就想起，我與她雖然親近，卻還沒圓房。

這凡間的周公之禮我不太熟悉，但夜半說，繁衍之事乃天生，我到時候就明白了，只是得收斂著些，殿下肉體凡胎，受不住太折騰。

聽了他的話之後我仔仔細細研究過一些繁衍過程，只等著她哪日與我求歡，但等到現在，她也沒什麼動靜。

光說話不行動，她真是膽小鬼。

我才不會去想是不是她不夠喜歡我，呵，在一起這麼久了，總歸是有些感情的，她只能是因為膽小，不能是因為別的。

這天，我在街上撞到了張曼柔，當時還不知道是她，只察覺到有隱隱的妖氣，所以我順手送她去了醫館，結果這事傳到坤儀耳朵裡，不知道傳成了什麼，她過來接我的時候，臉上神色又是淡淡的。

她沒問我什麼，但我知道，她肯定是難過了。

淮南說，我得哄哄她。

怎麼哄？我又不會這些花裡胡哨的東西，與張曼柔又分明沒什麼，能做些什麼？

思來想去，這人不是喜歡漂亮的東西麼？我見過最漂亮的東西就是天上的星辰。

但那些星辰受星君管束，不可擅摘。

幸好，星君打不過我，完全不是我的對手。哪怕我當著他的面薅下一大片來，他也只能看著我。

坤儀給過我一個荷包，坦白說，那是我見過最醜的荷包，不過有了這個荷包，我送她星星就顯得順理成章了，回禮嘛，很自然，完全看不出哄她的痕跡。

我們這種遠古神仙，做事就是要這樣妥當不掉顏面。

她果然很高興，望著我的眼眸又重新亮了起來。

也不是我非要誇自己的夫人，但是你們是沒親眼看見，她眼裡當時那個亮啊，比我送她那一把星星好看多了，晶瑩璀璨，流光四溢。

我想，大概就是這一眼太好看，讓我記了很久，所以後來我讓她眼眸黯淡下去的時候，心口才會那麼痛，彷彿是犯了滔天大罪，錯失了一整片銀河。

不過當時，就算我付出幾十年修為的代價送她星星，我也沒覺得自己有多喜歡她，凡人於我們來說都是螻蟻，她至多比別的螻蟻要好一點，可以成為我的寵物而已，至於別的，我一概沒有多想。

這世上像她一樣喜歡我的女人太多了，她不是最痴狂的一個，那個孟極的女人，叫什麼來著我又不記得了，反正就她，被我救回來的時候痛哭流涕說喜歡我，我聽著與鳥鳴蟲嘶無異。

但坤儀每每抬眼看我，說我好看的時候，我都會心情很好，她不管是嬌嗔還是戲言還是撒嬌，都比別人鮮活得多。

我覺得不是她特殊，是我特殊，我眼光獨到，在女媧那大批量不保質製作的凡人裡，遇見了最好玩的一個。

第138章 聶衍視角（4）

天地生女媧的時候，將她生得很慈悲，可生我的時候，卻多了幾分戾氣。我不知道這是不是天地所求的兩儀平衡，但我骨子裡是嗜血的，若不是怕嚇著坤儀，很多人早就該死了。

比如秦有鮫。

北海鮫人算來其實也是龍族遠親，但他們這一族十分親近凡人，因著祖上被皇室救過，欠了天大的恩情，於是後世都擔負著護衛蒼生的職責。

我絲毫不意外他會跟坤儀說我是妖怪，反正他也是，互相告狀唄，我還不信坤儀會在我二者之間偏心他了。

果然，我倆前後腳跟她控訴對方是妖怪之後，坤儀壓根沒當回事，只略帶惆悵地拉著我的手說：「你小心我師父一些，他挺厲害的。」

這話聽得我渾身舒暢，雖然秦有鮫那點功力壓根入不了我的眼，但我還是半闔了眼，幽幽地道：「無妨，我會仔細著，妳別被他傷著了就行。」

這招是跟龍魚君學的，他老這樣給坤儀說話，每回都讓我如同吞了鐵餅，沒想到如今倒是有機會讓我也用上。

我比龍魚君還有個優勢，那就是坤儀尤其喜歡我的臉，我一用憂鬱的表情望著她，她就會十分緊張地握著我的手哄我。

坦白說，坤儀哄人比我厲害多了，比如當下，她立馬就勾著我的尾指晃了晃，篤定地道：「你放心，你若跟我師父打起來了，我一定暗暗幫你。」

這話誰不愛聽啊，我用盡全力控制表情，也沒忍住彎了彎嘴角。

聽見了嗎秦有鮫，就算我能一巴掌拍死你，她也會幫我。

但是我沒想到，這小姑娘說一套做一套，真當我和秦有鮫動起手來的時候，她先喊的是師父。

我承認我甩過去那一劍有些凶狠，但她說話不算話。

我也承認那畫面怎麼看都是我在單方面行凶，但她就是說話不算話。

我還能承認她當時跑過來必定要先經過秦有鮫，但我就是生氣了，她說話不算話！

不高興，想殺人。

但剛一動怒，又想起她說不喜歡張桐郎那樣滿身戾氣的人。

呵，就算我滿身戾氣了，她還敢不要我了不成？

——想是這麼想的，我還是收斂了氣勢，只板著臉跟她去用膳。

坤儀是最會享受的人，她帶我去珍饈館吃好吃的，態度殷勤，說盡了好話，企圖讓我消氣。

我是那種一桌好吃的就能哄好的人嗎？我肯定不是。

除非再加上這人的美色。

一開始看見坤儀的時候，我就覺得她生得很好看，比青腰還好看許多，但不知為何，她似乎沒意識到這一點，頂著一張明豔不可方物的臉，老對我露出一副垂涎欲滴的模樣來。

照鏡子不是更好？

不過比起我這張臉的死板僵硬，她這張臉真是靈動極了，喜怒哀樂都十分自然，一顰一笑，比我捏的飛禽走獸不知好看了多少。

我當然不會承認這是凡人比飛禽走獸更好的意思，只是她而已，別的凡人也就一般般。

坤儀用她的美色成功讓我消了氣，雖然她覺得是飯菜好吃的緣故，我自然也不會告訴她，一頓飯下來我看她的時間比看菜的時間多多了。

幾個月的相處，我對她的了解似乎更多了一些，她這個人，嬌生慣養，喜歡一切華麗漂亮的東西，會哄人，嘴也甜，是隻很好養的小東西。

只是，她太弱小了，秦有鮫教的那麼淺顯的道術她都只學了皮毛，將來哪裡又能陪我上九重天。

我開始考慮要不要偷偷傳授她一些東西，用來防身也好啊。

但不等我行動，春獵的時候就出了事。

但是不巧的是，遇見牠的時候，坤儀在我身邊。

土螻只是一隻幾千年修為的妖怪，別說現原形，只要讓我放手一搏，我都能將牠輕鬆拿下。

牠看出了坤儀對我的重要，不來對付我，專去攻擊她。

我大怒，半點不再念牠乃我所造，拚著這人形也將牠打了個魂飛魄散。

後來黎諸懷一直說我瘋了，因為只要顯出真身，我壓根不至於受那麼重的傷，但是他不知道，坤儀就在旁邊看著，要是發現我是妖怪，那不得嚇死？

我從未有一天介意過自己的身分，畢竟無論是神還是妖，都比脆弱的凡人厲害太多了。

但……不知為何，那一瞬間我就是生出了顧忌。

頭一次覺得，不想再有妖氣了，我想早些打開九重天的門，將這一身妖氣化回仙氣，這樣在她眼裡，我至少是不吃人的。

我從未吃過人，天地就能供養我，但我殺過人，很多草菅妖命的人。

我也不覺得自己做錯了什麼，大家立場不同而已，在妖怪眼裡，凡人才是壞人。

總之，我因為不想暴露身分，受了很嚴重的傷，嚴重到神識都傳不出去，需要卻邪劍替我守著肉身。

卻邪劍跟了我上萬年，與我是心意相通的，照理說我傷成這樣，它不會允許任何人接近我，但奇怪的是，坤儀靠近我，它並沒有攔。

我頭一次見坤儀狼狽成這樣，衣裙破碎，雪白的肌膚上掛了不少的血痕和髒汙。想起她平日裡那嬌弱的模樣，再看看眼下我二人所處的糟糕環境，我有些絕望。

她是一定會哭的，但我現在沒有力氣哄，她若哭得狠了，說不定還要暈過去，卻邪劍守不守得住我們兩個？

未曾想，我印象裡這位嬌滴滴的公主，遇見事倒挺冷靜的，先是去找了洞穴，而後又回來接我。

坦白說她去找洞穴的時候，我以為她是要拋下我自己逃難的，當時還有些生氣，想了很多。

比如其實我倆也就是在那花團錦簇的富貴地裡能調笑幾句，要說感情，當真談不上生死與共，她要走是情理之中，我沒什麼好難過的。

再比如我傷得實在很重，她要是留下來，興許我們兩個人都逃不掉，她是明智的。

還比如……比如個頭啊氣死我了，早知道我就現原形跟土螻打，她半點都不在意我，我做什麼還要在意她！

女人果然都是靠不住的！

正生著氣呢，小姑娘卻又回來了。

她扶起我，深一腳淺一腳地去了她找到的山洞，一路上喋喋不休，倒不是精力旺盛，而是她在害怕。

她怕黑、怕蟲，什麼都怕，但她居然回來接我了。

她居然在這種環境裡，牢牢地扶住了我，任由我高大的身子將她壓得一步一個踉蹌，都沒有鬆手。

怒意散去，我有點不好意思。

她好像比我想的還要更心悅我一些。

我從來不相信花言巧語，但我信患難見真情。一個人在絕境裡做出的反應，比什麼話都來得真實。

她不是第一個捨命救我的人，青雘也用過這個法子來算計我，但在黑暗裡坤儀湊過來抱著我瑟瑟發抖的時候，我覺得不一樣。

對青雘，我會給她足夠的報酬，但對懷裡這個人，我覺得虧欠。

應該就是虧欠的感覺吧，不然不會那麼心慌，胸腔裡的東西亂撞個不停，想把我所有的一切都給她。

坤儀真的是我見過最笨的道人，分明還剩兩張符紙，她竟用來探囊取物也不畫千里符。

在我的印象裡，沒有什麼符紙是不能輕鬆畫成的，所以我當下自然不會覺得是她不會畫，而是覺得……她可能想多跟我單獨待會兒。

你看這女人多傻，周圍危機四伏，她身上又狼狽不堪，她居然想的都是跟我多待會兒。

嘖，早表現出來對我這般喜歡，我也不至於生龍魚君和秦有鮫那麼多次的氣。

探囊取物符就探囊取物符吧，她高興就好。

我是不指望她能帶我在這山洞裡過上什麼舒心日子的，但她很體貼地幫我上了藥，又來抱著我睡。別的都挺好的，但是這小姑娘外裙洗了還沒乾，就著一件兜兒這麼抱著我……

誰吃得消啊？

我是昏迷，不是死了。

等恢復了，我說什麼也得找她聊聊萬物繁衍之道。

坤儀比我想的更堅韌，糟糕的環境和半夜來襲的妖怪都沒有打垮她，她篤定地帶著我翻山越嶺，往行宮的方向趕，一連幾日未曾梳妝的臉顯得清秀又楚楚。

她覺得自己很狼狽，小聲嘀咕說我要是現在醒過來看見她這模樣，肯定會嫌棄她，但她不知道的是，不施脂粉的坤儀公主也是儀態萬千的，清若芙蕖，明如晚月。

我喜歡這樣的她。

……等等，我方才說了什麼？

遠古神仙是不興什麼七情六欲的說法的，方才是口誤，不必介懷。

總之，在離開那片森林的時候，我看著昏過去的坤儀，心裡下了一個決定。

無論如何，我都會保住她的小命，然後去哪兒都會帶著她。

上九重天的機會很難得，無數妖族拿自己的身家性命來與我交易，只求他日天門大開我能帶他們一程，我其實能帶很多人，但我從不輕易答允，因為人太多了看著煩。

但若是坤儀，不用她開口，我也會帶著她，甚至她的皇兄，她的丫鬟，她想要誰位列仙班都可以。

嗐，怪不得黎諸懷總是戒備坤儀，能讓我有這樣的想法，確實有些讓人不安。
只是，大老爺們去對付一個柔弱的小姑娘，著實讓人不齒。

第139章　黎諸懷視角

我叫黎諸懷。

對於聶衍的控訴，我有話說。

我是興於不周山的六足大蛇，照理說也算是龍族遠親，因著想上九重天，我投靠了龍族，又因著我豐富的凡間生活經驗，成為了聶衍行走凡間的引路人。

一開始一切都挺好的，聶衍這個人強大又可靠，很快就在凡間站穩了腳跟，跟著他，旁類別的什麼妖怪都要對我低頭，我只用替他謀劃取代大宋皇室、澄清龍族的冤屈即可。

這些是小事，我一直按部就班地推進計畫，算著幾年之後，大約就能成事了。

但是那一年，我做了個十分錯誤的決定。

我居然慫恿他娶了坤儀公主。

一開始這個決定其實是好的，畢竟坤儀公主深受盛慶帝的寵愛，聶衍一娶她，整個上清司的日子都好過了起來，可謂犧牲一人，幸福全司。

但我沒料到，聶衍居然會對她動情。

聶衍這個人沒有情的啊！青雘那樣的大美人擱他眼皮子底下晃了那麼多年，他把人家當戰友，怎麼這個凡人小姑娘一湊上來，他手都不知道往哪兒放啊！

坤儀這個人看著紈絝無用，實則心思細膩，跟聶衍在一起，聶衍居然毫無防備，還讓她去上清司、進鎮妖塔。

我覺得不妙，我嚴肅地提醒聶衍：「您得防著她些，她畢竟是個凡人。」

聶衍覺得我多管閒事，畢竟我的職責只是助龍族沉冤得雪，不包括插手他的私事。

可是他那樣子實在讓人太害怕了啊，堂堂玄龍，受一丁點皮肉傷就把我招過去看傷，只為了讓人家心疼著急一下。

大人，凡間五歲小孩兒爭寵才用這一招您明白嗎？

還有，他以前從未在意過自己身上的傷疤，反正他常年捉妖，新傷累舊傷的，在意起來反倒麻煩。結果現在，剛跟坤儀成親沒多久，他居然就問我要能祛疤的藥。

能祛疤的！

一個男人開始在意起自己身上的疤痕好不好看，他若不是對女人動了心思，我黎字倒過來寫！

可聶衍不承認，他非說只是覺得皮囊也需要好好愛護，或者說今天天氣太好了，想祛個疤。

我呸。

在我的計畫裡，坤儀只是用來讓上清司進駐宮門的工具，她除了性子活潑模樣討喜之外，沒有什麼特別的，所以我至今都沒有想通，聶衍到底怎麼就把她擱心上了。

淮南倒是勸過我，他說聶衍這幾萬年的老鐵樹好不容易開一回花，我何必非去掐了，白惹他不開心。

我沒聽進去。

我覺得坤儀會壞了我的事。

坤儀這個人，一心想的是讓她國家裡的凡人安居樂業；而我，想的是怎麼利用她國家的這些凡人讓龍族得雪。

我們立場不同，註定會交手，要是以前，我會很有信心地覺得聶衍一定會站在我這邊，但現在，看著聶衍在上清司望著窗外微微出神、唇角還帶笑的模樣，我不太確定了。

皇室春獵的時候，我們計畫用凡人的手段來報復凡人，他們不是喜歡射殺妖靈為樂麼？我們就將來春獵的兩千多隨從和外臣都變成了妖靈，讓他們去體會一下每年枉死的妖靈們的絕望。

這件事如果能做成，我的心會安上許多，因為背負上更多的人命，聶衍的處境就會始終與我一致，不會生出什麼變故來。

但果然，坤儀成了這件事裡的變故。

她不知道用了什麼法子拖住了聶衍，甚至讓聶衍心軟到對帶那些「妖靈」下山的秦有鮫睜一隻眼閉一隻眼了。

我聽見消息的時候，只覺得五雷轟頂。

坤儀這個人不能留，絕對不能留。

聶衍會為她心軟一次，就會為她心軟第二次，長此以往，滿身罪孽的人會只剩我一個，他會離我越來越遠，將來就算能上九重天，我的地位也會大不如前。

別說我現實，這世上哪有那麼多旖旎的愛情，我滿心就想搞事業，我想憑本事坐上一人之下萬人之上的位置，這沒毛病吧？那坤儀擋了我的路，我針對她，又有什麼問題？

聶衍似乎察覺到了我的心思，他一句話也沒說，直接開始分走我手裡的權力。

我慌了，與他道歉認錯都沒有用，他這個人信誰就會一直用誰，但不信了，摒棄起人來也是快得很。

我不得已，真的是不得已，才害了坤儀一回。

坤儀沒懷孩子的時候都被聶衍捧在手心裡了，真生個孩子下來，聶衍不得把她頂在腦門上寵？是以，她的丫鬟到我的一間小藥堂裡拿避子湯的時候，我覺得機會來了。

我把她的避子湯換成了墮子藥，打算佯裝她想殺他們的孩子，好讓聶衍對她心生芥蒂。

我當時並不知道坤儀懷著孕，就只是打算做個局，誰料她一碗墮子藥下去當真小產了，急得聶衍眼睛都紅了。

跟了他這麼多年，我頭一次看他心疼成那樣。

對著坤儀還是一副雲淡風輕的模樣，來找我卻是滿身寒氣，讓我搜羅各種各樣養身體的藥材，統統都給她送去。

我看著坤儀那模樣，心裡是有那麼一點愧疚的，所以直到她坐完小月子，我才帶聶衍去看她丫鬟埋在後院裡的碎瓷片。

我承認這手段屬實讓人不齒，但很好用，龍族最恨的就是欺騙，而坤儀已經欺騙了他第二次。

聶衍忍不了，雖然我沒看懂他忍不了的是欺騙還是她或許壓根不愛他的這件事，但他做的決定是我喜歡的，他不再把坤儀放在心上、會提著卻邪劍去找她、甚至納了妾。

雖然那妾是他自己幻化出來的，但對坤儀是很大的傷害，我和他都明白。

他願意傷害坤儀，我就還有機會。

坤儀嘴上說不在乎，但我偷偷去看過她，她一個人坐在房間裡的時候，時常在無聲地落淚。淚水落進被褥裡，她咽下一口氣，整頓許久，才若無其事地招她的丫鬟進去，笑著說話。

坤儀其實很可憐，她連大聲哭的機會都沒有，我能理解她為何那麼喜歡聶衍，除開聶衍的皮囊之外，他能讓她覺得安心，做什麼都有他兜著，她可以肆無忌憚一些。

但現在聶衍收回了這些體貼，留她一個人痛不欲生。

我真壞，但我前途又光明起來了。

聶衍魂不守舍了一段時間，我趁機就推行了一個大計畫。

用西邊二十多座城的人命，來換這些凡人最後被龍族所救的感激。

這是最簡單好用的計畫了，狐族以前就是用這個法子來坑害龍族的，雖說會犧牲很多人命，但要不是因為這些愚蠢的凡人，龍族何至於敗退不周山這麼多年。

找他們拿一點利息，我覺得是情理之中。

然而我沒想到，他們的誤會就在這時候解開了。聶衍滿心愧疚，想也不想就與坤儀一起去西城除妖了。

拜託，大人，那是咱們自己放的妖怪，您這一放一收的不累嗎？

我氣極了，這計畫若是落不成，聶衍是能成事的，他有坤儀。但我，我會失去他的所有信任，成為一個可有可無的人。

雖然以聶衍的心胸，我相信他不會對我趕盡殺絕，也依舊會讓我上九重天，但我想要的無上地位和權力都會化為泡影。

你們別覺得喜歡地位和權力的就是反派啊，這世上有人喜歡談情說愛，就會有人喜歡搞事業，而搞事業的人若沒點野心，那能搞出什麼來？我沒錯，錯的是鬼迷心竅的聶衍。

讓妖怪屠殺城池，他再化出真身去救這些凡人是最簡單的法子，聶衍不信邪，非要跟坤儀兩個傻子費心費力地去救回那些城池，事倍功半。

只是，我也疏漏了一點，召集來的那些妖族裡，有一些是包藏禍心的。

誰都想要上九重天，誰都想要跟聶衍談條件，我後來想想，若是當時真照著狐族的法子那麼做了，後頭免不得被這些妖族糾纏威脅，聶衍選的路子雖然費事，但終究是更光明正大且無後顧之憂。

行吧，我承認這件事上坤儀沒有拖他的後腿，甚至還幫了他，但說到底，一個搞事業的人就不該去談情說愛，就算沒造成什麼不好的後果，但自古以來就是江山美人不能兩全的，那樣才合乎常理，他這一把全抓，就讓人看著不爽。

後來我如願上了九重天，也不出所料地被聶衍放到了偏遠的仙府，不過我的事業是不會停止的，就算他不再信任我，我也會在九重天出人頭地。

姻緣什麼的，耽誤老子得道，我才不稀罕。

……其實是稀罕過的。

大約是受聶衍的影響，我有那麼一個瞬間，覺得某個人很可憐，想幫她一把。但她心裡眼裡裝的人都不是我，想想就算了，還是飛升有意思。

我不像聶衍，堂堂玄龍，成天圍著女人轉，除了玩弄權術，想的就是怎麼讓一個小女子開心。

哼，沒出息。

就算他打遍九重天無敵手，成為洪荒之主，也還是沒出息！

人都說無欲則剛，我的將來，一定會比他還要厲害。

第140章　聶衍視角（5）

聶衍這個名字是我自己起的。

當時為了學習凡人的言行舉止，我看了很多很多書，其中有幾本史卷，記載了一千多年前的一個朝代，有個姓聶的帝王興於微末，勤學肯練，不近女色，最後一統了天下。

我覺得他很不錯，所以選了他的姓，然後挑了同頁裡看得順眼的一個「衍」字，希望能借著他這名字，衍成我自己的大業。

這麼多年，以他為鑑，我一直做得很好，但沒想到有一天我會遇見坤儀。

我真沒多喜歡她，真的，是黎諸懷和夜半他們大驚小怪，一些壓根不會影響大局的事情，他們非要覺得是天塌了。

比如那幾千隻凡人變成的妖靈被秦有鮫放走的事情。

說實話一開始我確實對這個報復的法子很感興趣，但秦有鮫那個大嘴巴對坤儀告了狀，別問我怎麼知道的，她回來的時候眼神不對勁，我又不瞎。

雖然她極力裝作無事發生，但躲閃的眼神出賣了她，我抬了那麼多張家送來的寶石給她，她也只是故作開心。

我認真地想了一下，其實想殺的那幾個出虐殺妖靈主意的官員，已經在第一天就被盛慶帝親手射殺了，剩下的人，放了也就放了。

只要她跟我開口，再撒一撒嬌，我絕對會答應她。

但她沒開口。

她那鳳眼左飄右飄的，最後竟是偎在我懷裡小聲問我，要不要出去。

大晚上的出門去，她又是這副表情，我當時就有些呆愣。

作者在第五十四章說我是「無奈地嘆了口氣，然後站起了身」。

信她個鬼，我當時心都要從喉嚨跳出來了，抱著她腰肢的手都有些抖，滿腦子都是些不能過審的東西。

但我怕嚇著她，我只能裝出一副「今天晚上天氣真好妳既然想出去那我就去陪妳散散步吧」的平靜表情。

坤儀的身子很軟，比毛茸茸的小兔子還軟，偎在我懷裡一隻手就能抱攏，她頸窩還很香，跟別的庸脂俗粉不同，她清水出……倒也不能說清水出芙蓉，但她用的是最貴最好的脂粉，很好聞。

我得用很大的力氣才能控制住自己不要冒失，雖然我們已經成了親，但這小姑娘是抱著滿肚子的小算盤來睡我的，她表現得特別無畏，一仰脖子一閉眼，就是一副要名留青史的樣子。

我忍不住失笑，覺得她真的特別可愛。

具體過程我就不陳述了。

總之那天晚上雲淡風輕，月明星稀，我與她成為了真正的夫妻，自此，我打算庇護她，包括她的家人。

所以秦有鮫帶那幾千妖靈離開的時候，我沒攔。

要攔其實很簡單，一道符就能追上去，但懷裡的人兒十分緊張地抓著我的背，那爪子跟小貓似的，收了指尖，只拿肉墊撓著，又軟又熱。

我實在沒必要辜負良宵。

後來黎諸懷因為這事跟我吵了一架，或者說是他單方面地指責我，還企圖說坤儀的壞話。

我這個人其實不護短的，但我覺得他的發言實在是影響不好，所以讓他去守一下不周山，正好最近不周山腳下有凡人糾集，想上山挖寶，得有人護著山。

這不算我公報私仇，只能算人才的合理分配。

說到不周山，我想起自己當龍的時候喜歡收藏寶石，不周山裡藏了許多亮晶晶的東西，我放著也是放著，乾脆就讓人全送來，哄哄這哭得梨花帶雨的小姑娘。

但夜半看見那滿屋的寶石之後，還是顫顫巍巍地說：「您別嚇著人家。」

寶石麼，又不能用來修煉，有什麼要緊的。

有什麼好嚇著的，她喜歡就都給她。

我喜歡看她眼睛亮亮的模樣，也喜歡看她滿心歡喜地朝我撲過來、說些沒羞沒臊的調戲之言，雖然每次都聽得我不太好意思，但她說那些話，我聽著開心。

別人都說她身上帶著厄運，但對我而言，她真是個難得的寶貝。想把她要的東西都給她，想弄座仙島來嬌養她。

如果她一直愛我就好了。

她小產的時候，我當真是心疼極了，倒不是心疼子嗣，而是她身子本來就弱，一旦小產，傷損極大，所以我想盡各種辦法找仙草幫她補身子，仔細地陪了她一個月，確定她將身子養妥了，才稍稍放下心。

結果黎諸懷告訴我，那孩子是她自己流掉的。

我看著她後院裡埋著的藥罐碎片，腦子裡一片空白。

這一個月，我幾乎天天與她在一起，她沒有表現出絲毫的心虛或者欲言又止，裝得彷彿是真的不知道自己小產了一樣，到頭來，卻是騙我的？

我有多恨別人騙我，她是知道的，沒曾想現在，騙我的人正好是她。

怎麼想的呢？

我很想抓著她的肩問問她，但現在還有個更要命的事情。

青腰竟然在她的身體裡封印著。

看見狐眸出現在她臉上的時候我不知道是什麼心情，一瞬間應該是生氣的，但我更多的是驚慌。

她得有多難過，才會讓青腰占了她的身子？

老實說，我怕她出事，這心情比我想殺了青腰的情緒更濃兩分。意識到這件事的時候，我竟是想笑的。

原來我當真喜歡她。

可惜，我從來不認，她也從來不知。

她覺得自己連累錢書華丟了命，又要再度因為青腰回到噩夢裡去，乾脆就想逃避，想長睡不起。

她一點也沒想過她死了我會不會難過。

原來她是不愛我的，是我自己會錯了意。

更好笑的是，在我還在擔心她的時候，她逃了，我們話都沒有說清楚，她就逃去了皇宮。

我想追她其實很容易，但上清司眾多的人都想殺她，若追上了，她沒什麼生機，所以我只是策馬，並未用千里符。

她在我眼前被人救進宮，我沒有攔。

我只是看著她，想從她臉上看見哪怕一絲的愧疚和歉意，這樣我就有理由說服自己原諒她。

但沒有，她遙遙地看著我，眼裡竟有些怒火。

為什麼呢？是覺得我這個被騙的人，不應該發現事情的真相？不應該來追她？還是不應該與她一起做了那麼長的一場夢。

在我的夢裡，我們相知相愛、相伴相守，一朝我能飛升，她也會位列仙班，我們周遊四方、恩愛白頭。

但現實告訴我，她只是在利用我而已。

利用我護住她的皇兄，利用我抓出朝中埋藏的妖怪。

照理說我應該恨她，但不知為何，我的心上一片荒蕪，連恨也提不起力氣。

我發現我最無力的事，不是殺不了她，而是無法讓她愛我。

如同我愛她一般。

感情這東西是天生的，有些感情要麼一開始就有，要麼一輩子也不會有。我確定我這輩子只會對她有這樣的感情，但同時我也明白，她回饋不了我。

我這幾萬年順順當當的日子，終於是迎來了劫數。

之後那幾日，我有些消沉，夜半說我其實應該跟坤儀好好聊聊，說不定這其中有什麼誤會。

我不願。

我不想再去看她那張臉，分明不喜歡我，為何會一次又一次對我露出那等痴迷的表情，她這騙術，比起青䕶也不遑多讓，再看見她，就彷彿讓我直面過於那傻不愣登的自己。

我想著與她老死不相往來就好。

但是，黎諸懷竟然自作主張去刺殺了她。

收到消息的時候，我突然覺得天暗了下去，狂風乍起，吹得我衣角翻飛。

我不應該著急的，一個凡人而已，就算當真死了，我也有本事將她從黃泉裡撈起來。

但我突然就想到，死之前，她會是什麼樣的心情？

會不會覺得，是他讓黎諸懷去動的手？

對，沒錯，我也不是捨不得她，她都那樣對我了，我若還上趕著，便沒有半點神仙做派。我只是怕她誤會，我不是會派人去殺女人的人，我一般有仇都自己動手。

我開始瘋了一樣地找她的魂魄，若在她下黃泉之前找到，興許救回來也不會損害她的下一次輪迴。

但我沒找到。

站在盛京最高的屋頂上，我被夜風灌得遍體生涼。

然而，邱長老告訴我，坤儀沒死。

我又被她騙了，騙得差點在這夜黑風高的地方落了淚。

我滿心憤怒，提著卻邪劍就殺進了掌燈酒家。

但其實，我沒多惱，她還活著，這件事帶來的開心比煩惱要多。

所以，哪怕我能將掌燈酒家連帶著那塊女媧留下的晶石一起毀了，我也沒動手。

留著他們，坤儀才能有個名正言順被我饒過的理由。

其實也就幾天沒見而已，再見面，我覺得她瘦了，下巴尖尖的，臉色也不太好看。我很想問問她是不是哪裡不舒服，但看她滿眼畏懼的模樣，我氣得沒開口。

我若真想殺她，她活不過一炷香，多聰明一個人，都會算計我，怎麼這點門道都想不明白！

心裡慪了個半死，我臉上也是一副什麼都沒發生過的模樣，選了一個側臉最好看的角度對著她，然後開始沉思。

我這麼好看的人，她難道當真半點也沒有動過心？

第141章　聶衍視角（6）

這人間的情愛我當真不是很懂，譬如我覺得坤儀對我有情，但她看見我的時候沒有絲毫歡喜，只有滿眼的恐懼；譬如我覺得我對坤儀無情，但我現在居然因為她坐在這裡聽夜半的碎碎唸。

我不喜歡夜半碎碎唸，他跟了我這麼多年，早就養成了閉嘴的好習慣，但眼下也不知道是怎麼了，他長吁短嘆地道：「都這樣了，您又何必嘴硬。」

我嘴硬什麼了？她騙我在先，用晶石威脅我在後，雖然後者是我默許的，但她不知道，在她看來，那當真是能掐住我脖子的東西，她竟當真用來當對付我的籌碼，我還不能不高興了？

我絲毫感覺不到她對我的情意，除非她哄我。

夜半看我的眼神很奇怪，我感覺我被蔑視了，他是不想要自己的三魂七魄完好無損了才敢這麼看我。

我抬了手，剛打算給他個教訓，黎諸懷就來了。

黎諸懷最近學乖了，他鮮少再在我面前提坤儀的種種，只是來聊些閒天，比如今日，他帶來的消息是吳世子毀了張曼柔的婚事，將她納進府了。

有霍二在前，張曼柔名分尷尬，他爹震怒，打斷了他一隻手，但吳世子執意要留下張曼柔。

我聽得很驚奇：「先前吳世子不還與張曼柔一刀兩斷了？」

黎諸懷就笑：「是一刀兩斷了，但張曼柔學那青丘的把戲來倒是好用，她故意勾得吳世子時常掛念她，然後給自己尋了門親事，吳世子一看這熟悉的人要嫁與他人為妻了，當下就生了氣，跑去搶親。親事一搶，吳世子就得對她負責到底了。」
我沒太明白：「為何她要嫁人，吳世子就會搶親？」
黎諸懷唏噓地道：「這世間情愛，左右逃不過一個醋字，有的人就是意識不到自己的感情，除非旁人要搶你心上人。在即將失去的時候，再木訥的人也該有所悟了。」
彼時我並不覺得他在內涵我，於是成功將他的話與坤儀一一對上了。
坤儀或許不是真的不喜歡我，她只是沒有意識到自己的感情。
對沒錯就是這樣，不然她怎麼可能之前還好好的，一下子就對我冷淡又防備了，我也沒做什麼。
我冷著臉說他們很吵，將他們都趕了出去，然後就開始思索我要怎麼讓坤儀意識到她是喜歡我的呢？
張曼柔可以嫁人，那我就可以納妾。
納誰呢？
我冥思苦想了一個時辰，用從女媧那邊瞥見的祕術，試探性地捏了一個人出來。
這是我第一次捏人，以往我是不屑於做這個東西的，不如走獸威風，不如飛鳥靈巧，但一想到坤儀會生氣地將我搶走，我嘴角就忍不住往上揚。
我是想捏一個與坤儀截然不同的女子的，但當她落成的時候，我無奈地發現，這張臉長得跟坤儀一模一樣。
我發誓我沒有想她，是人太難捏。
我仔細改了她的五官，改了她的身段，勉勉強強將她與坤儀區分開，然後我就選了一個良辰吉日，去告訴坤儀我要納妾。

夜半說，皇家駙馬是不能納妾的，除非公主七年無所出。我與坤儀成親不到一年便要納妾，是欺負人。

聽他這麼說，我是有些遲疑的，但站到坤儀的床前，一對上她那雙笑得客套的眼，我氣性就上來了。

她雖說是臥病在床，但雙頰紅潤，精神也甚好，只在瞧見我的時候，眼裡的情緒飛快收斂，然後就端出了一張笑得虛偽的臉來。

「何事？」

一生氣一上頭，我也不管什麼規矩不規矩了，冷聲就道：「我看上了一個女子，想納為妾室。」

她愣了愣，但也只是愣了一瞬，就接著笑問：「誰家的？」

不著急，也不吃醋，神態還有點和藹可親。

我心裡沉了沉，表情也就更加難看：「何家的庶女。」

她歪了歪腦袋，似乎在回憶這個人是誰，但沒想起來，便繼續笑：「好。」

就這麼答應了。

連生氣都沒有。

我僵在原地，不敢置信地又看了一遍她的神色。

坤儀笑得更加自然，與我說：「既然有看上的人了，伯爺便好生待人家。」

「用不著殿下提醒。」

我要氣死了，不管不顧地道：「我與她一見鍾情，迎她入府之後必定只愛她一人，我將來的孩子，也會由她來生，倒是不必殿下再算計。」

「甚好。」她無波無瀾地答了這麼一句，然後就落下了帷帳，「本宮替伯爺納妾，成全伯爺這拳拳深情。」

「……」

蘭苕看我的眼神像是想撲上來打我，我冷冷回視她，這小丫頭咬死了牙關沒避開我的視線。倒是倔，她主子若能有她十分之一的生氣，我會很高興的。

可是沒有。

我心愛的人，體貼地替我納了妾。

何氏被我捏得十分靈巧，能說會動，甚至會去向她請安，我透過何氏的眼睛看向坤儀，發現她的儀態當真是得體又大方，面對我的美妾，沒有一絲不悅和責罵，反而是賞賜了何氏一大堆的東西。

她只有喜歡誰才會給誰那麼多好東西。

她不討厭我的「心上人」。

所以她對我的感情，還不如吳世子對張曼柔。

我沉默地看著這個可笑的事實，好幾天沒能入睡。

夜半說，坤儀病得厲害，病去如抽絲，身子骨怕是不太好了。我冷笑，人家絲毫不在意我，我難道還去管她生病不生病？

……不周山有的是藥材，送去讓她養身子就是。

只是別說是我送的，丟不起那個人。

我聶衍從出生開始就沒缺過什麼，不缺修為，不缺跟隨者。我不用逢迎任何人，更不該低下身段去討好一個凡人。

她不喜歡我就不喜歡，我也不喜歡她就是了。

大家各自過日子，不就正滿足了她一開始與我的約定？

我很開心，真的。

坤儀也很開心，她像是沒了顧忌一般，立馬跟人去花天酒地，然後帶回來一個面首。

我問夜半什麼是面首。

夜半說，陪殿下吃飯，陪殿下玩耍，陪殿下睡覺的人。

我把桌子掀了。

陪你×，我都多久沒能與她同塌而眠了，這憑空冒出來的人怎敢？

當時我的情緒雖然不那麼平和，但是尚算穩定，但夜半嚇壞了，雙手死命拖住我的腿，聲嘶力竭地勸：「您現在是凡間的駙馬，不好殺面首的，會落下個善妒的罪名，還會被殿下降罪。」

降罪就降罪，我還怕罪？

「殿下也會被您嚇著的！」

嚇著就嚇著，她最近反正也怕我得很。

我黑著臉想著，步子還是放慢了一些。

「更何況您這樣吃醋，不是明擺著告訴殿下，您愛慘了她了麼！」

「……」我徹底停下了步子。

上頭了上頭了，要冷靜，輸人不輸陣啊，同樣的把戲，憑什麼她不上我的當，我要去上她的當？我堂堂玄龍，遠古上神、開天地之主，要對一個凡人暴露自己的心思？

不了不了不了。

我飛快地鎮定並將夜半從我的腿上撕了下來。

「她就是想讓我吃醋？」我問。

夜半點頭如搗蒜：「這麼看來，我覺得殿下也是心裡有您的，只是您二位這不知道到底在置什麼氣……」

其餘話不用聽了，前半句就夠用。

我扔開他，整理了一下衣襟，決定給坤儀看看我的定力。

她尚且能對何氏溫和寬厚，我為何不能留林青蘇一條賤命？

「去盯著他們。」我對夜半道，「有什麼動靜就回來稟我。」

夜半遲疑地看著我。

我一臉無所謂地擺手：「放心，我不往心裡去。」

夜半點頭去了。

第一天，夜半說，坤儀沒留林青蘇同房。

我心情甚好地下著棋，果然麼，她心裡有我，只是做做樣子。

第二天，夜半說，坤儀還是沒留林青蘇同房。

我開始憐愛地想，要不要配合她吃吃小醋？不然她這一籌莫展的可怎麼辦？

夜半看了我一眼，說坤儀雖然沒有與林青蘇同房，但兩人白天總在一起，有林青蘇的陪伴，殿下的心情一天比一天好了起來。

心口一抽，我皺眉。

她不是在做樣子給我看，是真的喜歡人家不成？

我以為人間的歡好就是床笫上的，所以我每夜都讓何氏發出許多曖昧的動靜，還專給坤儀傳消息過去，也做好了她會用同樣的法子來激我的準備。

可不曾想，沒有。

她只是每日與林青蘇玩耍聊天，時不時展顏一笑，比起面首，更像是拿他當朋友。

但不知為何，我比聽見他們同房了還難受。

我想去找她，又有些拉不下來臉，偶爾在街上偶遇，也只是聽見擦肩而過的鳳車裡灑出來一串銀鈴般的笑聲。

她在沒我的時候似乎過得比以前還開心。

但我不開心，我很想質問她在她心裡我到底算什麼，也很想質問她我哪裡做得不對，她非要與我強到這個地步。

天氣漸涼了，朱厭搓著胳膊上冒起來的雞皮疙瘩，嘀咕道：「我當真是不喜歡水，他們給我的屋子還就在水池邊上，真是一日都不想回去。」

我望著遠處坤儀帶著林青蘇往接天湖走的身影，淡淡地應了他一聲：「那今日就不回去了。」

朱厭一喜，問我：「大人有什麼好去處？」

我指了指前頭：「遊湖。」

朱厭：？

第142章　聶衍視角（7）

比起怕水，朱厭顯然更怕我，所以他就算兩腿打顫，也還是跟著我去接天湖了。

坤儀和林青蘇有說有笑地在畫舫上打鬧，夜半說得沒錯，她與他在一起的時候果真很開心，哪像跟我在一起的時候，笑得虛偽又敷衍。

眼下湖面上波光粼粼，她一身黑紗與那林青蘇的青衣疊在一處，怎麼看怎麼難看。

眼瞧著林青蘇的手要碰到坤儀的手了，不知道怎麼的風就很大，吹得我的船狠狠撞了他們一下。

怪風啊，她瞪我幹嘛？

不過也是好些天沒見著她了，這一眼瞪過來，明眸皓齒的，還挺好看。

我是不會相思什麼的，就只是覺得她好像比前幾日是要面色好些，就忍不住一直看她。

當然了，我們這種遠古上神行事，是不會讓凡人窺見端倪的，我看她用的是神識，雙眼是一直看著對面的朱厭的，嘴裡還在一本正經地與他「議事」。

坤儀沒察覺我在看她，但她似乎是與我較上勁了，親手去教林青蘇開船來撞我的船。

看看，像話嗎，我的夫人帶著她的面首，用這種囂張的姿態來挑釁我。

是個人就不能忍對不對？

不是因為感情或者別的，這是顏面，顏面你懂嗎？所以我怎麼都得生氣，跟吃醋什麼的無關。

於是我打算伸手把坤儀撈過來。

但是不等我動手，他們的船突然就被水下的妖怪擊了個大洞。

我瞥了一眼水面就知道，牠們是被坤儀身上的妖氣吸引來的，想把船撞翻了好吃掉她。

真是在太歲頭上動土，這滿湖的妖怪還不夠扛我一掌的。

我看著坤儀，只要她回看我一眼，哪怕就一眼，我就替她擋災。

但是，她沒看我。

她莫名其妙就生了氣，拉著林青蘇就往湖裡跳。

怎麼的，還要給我表演一個同生共死？

林青蘇也配？

我當時真的又氣又急，她與我是多大的過不去，才寧願跳湖都不願與我求救，我沒林青蘇好看？沒他厲害？還是哪裡不如他了，她要這樣對我。

但是我面上不能露出任何的怒意，只冷冷地看著他們往湖邊游，也冷冷地看著湖裡的妖怪朝坤儀一窩蜂游過去。

這傻子覺得自己體內有青雘就是無敵的了，焉知狐狸怕水，水裡這麼多的妖怪，青雘壓根吃不過來，她必定會受傷。

不受傷怎麼長記性！我才不管她！

……說是這麼說，我還是冷著臉替她將妖怪收拾了，只留了一隻給她自己對付。

她完好無損地從湖裡出來了。

第一件事就是去看林青蘇。

這小沒良心的。

我將她裹起來送回了和福宮，倒不是我要低頭，是她衣裳浸透了水，玲瓏身段一覽無餘，我……替他們皇家的顏面著想，哪能讓這些個凡人隨便亂看。

不過我當真是有些時日未與她同房了，抱著她身上都忍不住發熱，她倒還有多餘的精力與我拌嘴，一張臉慘白慘白的，一看就是凍著了。

我加快了步子將她帶回宮，又偷摸用道術把她宮裡弄得暖和了些。

坤儀現在看我的眼神我不喜歡，還不如看林青蘇的一半溫柔。

但我是想多看她一會兒的，難得有機會。

結果黎諸懷突然用神識傳話給我，說有七個妖族不服管，開始在西城大開殺戒。

我只能匆忙離開。

按照黎諸懷與我的謀劃，有一百多個妖族要在三個月之內到西邊三城安置，我對牠們下了禁令，不可以吃老弱婦孺——倒不是我偽善，強者是不屑凌弱的。

但顯然，這七個妖族因為從未見過我，覺得沒什麼好怕的，開始脫離了黎諸懷他們的掌控。

我去西城，花了三天的時間，將這七個妖族所有的族人全部找出來剿殺。

都是我創造出來的東西，沒有人比我更了解他們的弱點，也就沒人比我更會斬妖。

有一瞬間我突然在想，若我輪迴轉世變成凡人，當真斬妖除魔造福天下，會不會能跟坤儀有一個好結果？

這念頭一出來，我覺得有些可怕，我與她立場相左，這樣想不就是我投降了？

我一個遠古上神，為什麼要跟一個弱得不能再弱的凡人投降？

搖了搖頭，我繼續剿殺叛妖。

也不是我自吹，我的修為強到能抹殺一切不知天高地厚的叛賊，甚至不用多說力氣，西城就恢復了之前的井井有序，我也回了盛京，聽下人稟告，說這幾日坤儀在為林青蘇的科考鋪路。

「一個人只有真心喜歡另一個人，才會為他的前途如此費心費力。」

「殿下怕是當真動心了，寧願放林青蘇走，也要他得償所願。」

「林青蘇入仕之後可就不能當面首了。」

以上是黎諸懷和淮南的對話，生怕我聽不見似的，就站在我窗外說的。

夜半看我的眼神有些擔憂，他低聲道：「區區凡人而已，大人不必放在心上。」

我一時分不清他嘴裡這個凡人說的是林青蘇還是坤儀。

心裡一股子無名火，我也沒聽進去夜半這話，坐在屋子裡越想越氣，乾脆就去「拜訪」了一下尚書省的幾個老臣。

我沒威脅他們，就提了提林青蘇入仕的事，表達了一下略微不滿的情緒。

他們很懂事，果然沒讓林青蘇輕鬆參考。

我坐在書房裡等著，靜靜地看著門口，希望坤儀來，又希望她不要來。

太久沒見她了，我想看看她最近養得如何，但她若來，便是當真在意林青蘇。

我至今也沒想明白林青蘇有什麼好的，一副弱不禁風的模樣，又愣頭愣腦的，一看就是那種經歷很少滿腹空談的書呆子。

「伯爺，殿下過來了。」夜半稟告了一聲。

我眼睫顫了顫，放在椅子扶手上的手緊捏成拳。

說時遲那時快，我立馬將何氏變了出來，彷彿這樣我就沒那麼狼狽。

坤儀看見何氏，眼神動了動，問我是不是很疼愛她。

她！終於！在意了！

先前的鬱悶一掃而空，我連背都挺直了兩分，立馬答她：「自然。」

吃醋吧吃醋吧，只要妳說一句在意，我立馬解釋清楚。

然而，她卻問我：「既然如此，伯爺為何不能將心比心。」

將我疼愛何氏之心，比她疼愛林青蘇之心？

我×！（這是髒話，遠古上神不能說，說了也不能播）

老實說，她那一句話出來我當真差點被氣吐血，何氏是我捏出來的假人，林青蘇卻是個活生生的男人，她讓我將心比心？她憑什麼對他有心？

我彷彿一個要糖吃的小孩子，她不給就算了，還把糖全給了別人，讓我站在旁邊看著。

胸口起伏，我伸手按了按，生怕自己被她給氣出原形來。

她說，我要是不讓林青蘇科考，她就去浮玉山讓青攏吃個飽。

天知道我為了讓她和青攏分開花了多少心思想了多少辦法，她居然拿這個威脅我，當真不知道青攏吃太飽破封而出她會沒命不成？

還、還讓我不要對她糾纏不休。

我被她給氣得，連閻羅筆都捏出來了，想把林青蘇的名字寫在生死簿上第一頁，寫滿，寫一百遍！

還是夜半死活抱著我的腿，說咱們現在還不急動黃泉，不能打草驚蛇，為這麼個凡人不值得，碎碎唸了半個時辰，我才勉強放下了筆。

氣得肝疼。

她倒是心情好，回去還加了兩個菜，還讓林青蘇與她一起用膳，留我在府裡愣是一晚上沒睡著，連夜將伯爵府與明珠臺之間的圍牆砌高了半丈。

沒良心還沒眼力的，別來見我了！

她倒也沒空來找我了，從徐武衛那邊拿的貨開了鋪子，又用賺來的錢開學堂教凡人怎麼對付妖怪，搞得挺熱鬧。

黎諸懷說過她這些舉動對我們不算好事，我也覺得，但看在她還記得每月送一箱銀子來給我的份上，我也沒管。

不算好事，但也算不上什麼大的威脅，更何況，因著這些事，她就與我斷不開聯繫。

這不，因為上清司的幾個道人私自去她的私塾裡當先生，我又能見著她了，還是她主動來找我的。

其實那幾個道人都是凡人出生，去私塾謀生我也不想攔著，但如果攔著就能讓她來拉我的手說好話……

我吩咐淮南往死裡追究他們的責任！

坤儀拉著我的手，細聲細氣地對我說好話，雖然看我的眼神裡已經沒有多少愛意這一點讓我非常不爽，但她的手很軟，軟得我沒了什麼脾氣。

與她坐在一起，我突然就覺得委屈了。

原本可以好好過日子的，原本我可以一直擁著她，不用這般盼星星盼月亮地等她來找我，到底是為什麼跟她走到這一步的？

我糾結了許久，終於還是直接問出了口，問她為何不要與我的孩子？雖然我不怎麼喜歡孩子，但我很在意自己在她心裡的位置。

她笑得雲淡風輕，說我倆這樣子沒法要孩子，過好自己的日子就不錯了。

彷彿這麼久了，被折磨的只有我一個人。

我突然覺得很累。

原先學凡人的言行舉止的時候，書上寫情愛之事多是酸甜，但書上沒告訴我，它裡頭還有這麼苦的東西。

國家圖書館出版品預行編目資料

長風幾萬里（下） / 白鷺成雙 著 . -- 第一版 . --
臺北市 : 未境原創事業有限公司 , 2025.01
面； 公分
ISBN 978-626-99199-3-2(下冊 : 平裝)
857.7 113020257

長風幾萬里（下）

作　　者：白鷺成雙
發 行 人：林緻筠
出 版 者：未境原創事業有限公司
發 行 者：未境原創事業有限公司
E-mail：unknownrealm2024@gmail.com
地　　址：台北市中正區重慶南路一段 61 號 8 樓
8F., No.61, Sec. 1, Chongqing S. Rd., Zhongzheng Dist., Taipei City 100, Taiwan
電　　話：(02) 2370-3310　　傳　　真：(02) 2388-1990
印　　刷：京峯數位服務有限公司
律師顧問：廣華律師事務所 張珮琦律師
總 經 銷：聯合發行股份有限公司
地　　址：新北市新店區寶橋路 235 巷 6 弄 6 號 2 樓
電　　話：(02)2917-8022

定　　價：350 元
發行日期：2025 年 01 月第一版